A TRIBO PERDIDA

JAMAIS ESQUEÇA QUEM SOMOS

Série

A TRIBO PERDIDA

Jamais Esqueça Quem Somos (Vol. 1)

A Terra Prometida (Vol. 2)

Leia também:

Série

MOISÉS

Um Príncipe sem Coroa (Vol. 1)

O Profeta Fundador (Vol. 2)

JACQUES LANZMANN

A TRIBO PERDIDA

JAMAIS ESQUEÇA QUEM SOMOS

Volume 1

Tradução
Roberto Francovalente

BB
BERTRAND BRASIL

Título original: *La Tribu Perdue — N'oublie jamais qui nous sommes*

Capa: Rodrigo Rodrigues

Editoração: DFL

2007
Impresso no Brasil
Printed in Brazil

CIP-Brasil. Catalogação na fonte
Sindicato Nacional dos Editores de Livros, RJ

L299j Lanzmann, Jacques, 1927-2006
Jamais esqueça quem somos/Jacques Lanzmann; tradução Roberto Francovalente. – Rio de Janeiro: Bertrand Brasil, 2007.
294 p. : – (A tribo perdida; v. 1)

Tradução de: La tribu perdue: n'oublie jamais qui nous sommes
Continua com: A terra prometida
ISBN 978-85-286-0924-0

1. Romance francês. I. Francovalente, Roberto. II. Título. III. Série.

CDD – 843
07-1168 CDU – 821.133.1-3

EDITORA BERTRAND BRASIL LTDA.
Rua Argentina, 171 — 1º andar — São Cristóvão
20921-380 — Rio de Janeiro — RJ
Tel.: (0xx21) 2585-2070 — Fax: (0xx21) 2585-2087

A meus filhos: Mitia, Chine, Emmanuel,
David, Alma, Nathan e Milena...

VINGANÇA

JUSTIÇA

SUMÁRIO

PRÓLOGO

JAMAIS ESQUEÇA QUEM SOMOS

Nos confins da Índia e da Birmânia, aos pés do Himalaia, algumas centenas de homens e mulheres proclamam-se os últimos herdeiros de uma tribo perdida. Atravessaram três mil anos de História, conservando intactas a fé em Deus e a esperança em Israel. São os *Manassés**, os judeus lendários.

Da tomada de Samaria por Salmanasar, o Assírio, à de Jerusalém, por Nabucodonosor; de seu exílio na Babilônia até a odisséia após Ciro e os outros reis persas; de sua epopéia com Alexandre, o Grande, que os conduzirá até o coração da Índia e da China do imperador Qin, até suas peregrinações ao longo da Estrada da Seda; dos reinos que fundaram em terras dos quirguizes, dos khazars e na península arábica, que agora só pertencem aos ventos, até seu encontro com Gengis Khan, depois com Tamerlão; das Cruzadas à Inquisição; da descoberta do Novo Mundo às altas chapadas tibetanas; do islã ao budismo, do

---

* *Manassés* ou *Manasseh*. Uma das 12 tribos de Israel. Dez das tribos tinham nomes dos filhos de Jacó, e duas — Efraim e Manassés — tinham os nomes dos filhos de José, netos, portanto, de Jacó. A tribo de Manassés situava-se na região central da Palestina e, após a conquista dos assírios, tornou-se uma das lendárias tribos perdidas de Israel. (N.T.)

hinduísmo ao cristianismo anglicano, eles passaram por todos os lugares em que o mundo se compunha e decompunha. Tremeram, pagaram com o próprio sangue, clamaram por sua sede de liberdade até o final do século XX.

A saga de todos esses êxodos, em que se mesclam tanto as imensas felicidades quanto os dramas mais terríveis, os amores mais celestiais e os mais proibidos, nos é contada, hoje, por esses homens que todos acreditavam desaparecidos. Assim como uma enorme palpitação, ela é vivida por um único e solitário herói, um judeu eterno chamado Saul. Após várias gerações, ele realizará a missão sagrada, ordenada pelo primeiro dos Manassés, em agonia nas muralhas de Samaria, mais de 700 anos antes da era cristã: "Jamais esqueça quem somos." Saul, metamorfoseado até o infinito, tornou-se para a eternidade o braço e o espírito que vingam Israel de suas desgraças passadas. Nas piores tragédias, como nas mais belas vitórias. E até o limiar do Nada.

CAPÍTULO 1

Em que se sabe que o livro sagrado dos judeus da floresta foi devorado por cães famintos...

Para chegar à sinagoga onde o aguardavam, o Estrangeiro teve de subir pela vereda. Lá no final do caminho, começava a estrada.

Daquele lugar, ele descortinava a cidade escalonando-se em sucessivos patamares e cujas últimas casas perdiam-se na montanha.

Abaixo, distinguia o vale sobre o qual ainda deslizavam algumas nuvens vaporosas. Ao sabor do vento, elas iam e vinham, deixando entrever, por momentâneas clareiras, a planície verdejante que nenhuma construção modificava: nada, senão uma faixa de terra amarelo-ocre, serpenteando em meio às florestas e às plantações de arroz, e pela qual rodavam ônibus e caminhões.

Imaculado, exuberante, o vale havia empurrado a cidade para melhor proteger-se das construções desordenadas.

As casas, agora, erguiam-se pelos flancos das colinas, em meio a precipícios, não importando onde e como. Pavilhões, cabanas, bangalôs e barracos, escolas e capitéis, pagodes, tudo se incrustava confusamente às vertentes abruptas, diante do vazio.

O Estrangeiro hesitou: O que tinha ido fazer junto daqueles judeus no fim do mundo? Devia acreditar na história daquele punhado de homens que se apresentavam como se eles próprios fossem a História? Como, honestamente, seria possível separar, naquela odisséia de 28 séculos, o estreito encadeamento entre o cotidiano e o mítico? Como se orientar entre a verdade e a lenda quando uma mentira que parece verdade sempre leva a uma verdade que parece falsa?

O clamor indiano, essa cacofonia perfumada por odores de incenso e especiarias onde todos os ruídos, todos os sons se fundem num único e espesso zumbido, surpreendia o Estrangeiro. Só alguns passos o separavam da sinagoga. Tinha tempo, ainda, para desistir, para dar meia-volta. Mas rejeitou a idéia, caminhando em direção a uma escada entalhada na rocha. Desceu com cuidado os degraus que avançavam sobre o abismo, em seguida esgueirou-se sob uma fileira de colunas. Teve a impressão de que as colunas e pilares formavam alas em sua homenagem. A idéia o fez sorrir. Naquele instante ouviu-se um acorde de cítara que parecia responder ao seu sorriso.

Uma voz rouca entoou versos suaves. E aquela melodia, que não se sabe de onde vinha, seguiu-o por um momento.

Debruçado sobre o penhasco, o velho galpão que servia de templo parecia querer desmoronar ao peso da multidão. Naquela manhã, entretanto, ninguém parecia preocupar-se com a possibilidade de um acidente. Era um dia excepcional, como poucos na vida.

Estávamos no outono do ano 5757 do calendário judeu — 27 de novembro de 1997 da era cristã. E naquela manhã os sobreviventes da tribo de Manassés, que se acreditava perdida para sempre desde a sua deportação para a Assíria, preparavam-se para apresentar ao Estrangeiro uma parcela ou a totalidade de sua fabulosa epopéia.

Impressionado, o recém-chegado notava a extrema sobriedade do lugar, que nem mesmo a luz do dia poupava, penetrando abundantemente através dos vitrais repletos de remendos. Implacável, a luz atravessava de ponta a ponta o aposento, despojando-o totalmente de seu mistério. Para falar a verdade, o mistério permanecia vagando ao redor. Como um ator que se prepara em seu camarim. A qualquer instante ele faria a sua entrada e ocuparia a cena para não mais deixá-la.

O *hazan*,* um homem de meia-idade, que ainda não era rabino, de faces salientes e olhos amendoados, cobriu o *Sepher-Torah*** com

* *Hazan*. Em hebraico, "cantor". No judaísmo, o religioso que dirige os cantos litúrgicos na sinagoga. (N. T.)

** *Sepher-Torah*. Em hebraico, "Livro da Lei": os cinco primeiros livros do Velho Testamento — ou Pentateuco. Escritos em hebraico por um calígrafo especializado, um tecido vermelho e, em seguida, convidou o visitante a sentar-se. E ele pôde perceber o veludo em farrapos, carcomido até a trama do tecido pelas traças. O *Sepher-Torah* também não se achava em melhores condições.

O Estrangeiro acomodou-se sobre um banquinho dobrável, o único objeto que parecia intacto.

Devoravam-no com os olhos. Ele não se sentia à vontade. Era um judeu de fora, um ocidental de olhos azuis, um ser raro em comparação com aquela espécie de chineses que pretendiam ter saído diretamente da Bíblia, e cuja origem remontava à noite dos tempos. Pois não tinham, seus ancestrais, defendido o reino de Samaria contra os exércitos de Salmanasar e de Sargão, antes de serem dispersos pelos desertos da Assíria?

O Estrangeiro só desejava poder acreditar neles. Tinha ido até lá para escutá-los. Seriam eles os últimos justos, os mais pobres entre os pobres, os mais puros entre os puros? Eram indianos ou chineses? Seriam filhos do povo judeu? E judeus por convicção ou por oportunidade?

O Estrangeiro tentava desvendá-los. Por enquanto, via-se sob a sua influência e encantamento.

Vestidos com roupas muito grandes ou pequenas demais, casacos e túnicas puídas, mil vezes remendados, todos permaneciam ali rijos e silenciosos. As crianças, com seus rostos de pequenos tibetanos, usando franjas, remelentas, agarravam-se de tal modo às mães que poderiam ser tomadas por refugiadas de um eterno êxodo.

O Estrangeiro não disfarçava sua perturbação. Perguntava-se em que momento, e por que tipo de circunstâncias, aqueles judeus do Assam teriam substituído suas características semíticas pelas tibetano-birmanesas. Quantas vezes não teriam tido de trocar de rosto, de credo, de país e de costumes para finalmente retornar à sua primitiva religião? Tudo aquilo lhe parecia extravagante. No entanto, desejava

---

os pergaminhos são conservados na Arca da Lei (*Aron Ha-qodesh*) nas sinagogas, cobertos por um manto com ornamentos ritualísticos. (N. T.)

ouvi-los. Se a verdade, às vezes, se aparenta ao milagre, este, por sua vez, nada tem a ver com a verdade.

O *hazan* antecipou-se aos pensamentos do visitante. Com um gesto de mão, pediu para que todos se concentrassem. E, quando nada mais se ouvia senão o sopro contido das respirações, fixou o olhar sobre os membros da comunidade que ocupavam os primeiros lugares. Eram 28 pessoas, uma para cada século: 28 homens e mulheres encarregados de apresentar respostas às indagações daquele ocidental alto e louro, que tampouco tinha de bíblico.

Esse colegiado da memória era obra do rabino. A partir daquele momento e até tarde da noite, a obra talvez pudesse tornar-se uma obra-prima. Isso iria depender dos oradores e de sua arte narrativa. Nenhum deles havia lido o livro sagrado, porém todos tinham sido modelados por ele. Do livro, conheciam apenas seu lamentável destino: havia sido devorado por cães famintos, imensos molossos que tinham surgido subitamente da selva. Os animais se haviam regalado com os papiros e os pergaminhos recobertos de fungos. Fizeram um só bocado dos milhares de folhas de seda e de papel, devorando às dentadas todas as escrituras do Oriente: o aramaico e o hebreu, o grego e o sogdiano, o persa e o árabe, o turco e o chinês, o hindi e o tibetano. Seriam aqueles cães provenientes de Bengala ou do Himalaia, das estepes mongólicas ou — o que seria mais provável — da imaginação dos ancestrais?

O Estrangeiro esperava que tivessem sido da imaginação dos ancestrais. Era um modo de fornecer à tribo perdida um legado lendário único no mundo. Os cães selvagens tinham boa compleição: de uma só dentada, anulavam três mil anos de história judaica. Três mil anos de História que foram reduzidos, de um só golpe, a ração para cachorros.

Com o desaparecimento do livro, foi preciso reinventá-lo. A palavra sucedeu o papel, a oralidade tomou o lugar da escrita. Desde então fez-se, sem o livro, tudo que havia sido feito com ele. Os antigos recontavam-no para os mais jovens. E os mais jovens, com a idade, retomavam a história ao seu modo. Alguns retinham apenas o infeliz destino do livro sagrado. Outros, como aqueles 28 homens e mulheres das primeiras filas, haviam-no escutado tão bem e igualmente aprendido as lições da História, que acabaram se transformando, eles próprios, no livro. Eram capazes de ensinar a mitologia dos Manassés às crianças da tribo assim como aos estrangeiros de uma certa importância que estivessem de passagem. Nada daquela formidável odisséia lhes havia escapado. Eles eram o livro, mas eram também os escribas. A cada narrativa acrescentavam alguma coisa. E a cada acréscimo fantasiavam. A verdade, entretanto, deveria estar em algum ponto, entre o mais e o menos. Estava na voz deles, em suas entonações, na sinceridade de que davam mostras.

O olhar do *hazan* deteve-se numa pequena mulher, que aparentemente carecia de forças, a tal ponto era miúda e enrugada.

Sexagenária, com os cabelos puxados num coque, ela desaparecia sob um velho pulôver caindo-lhe até os joelhos. Uma estrela-de-davi, feita em tricô com lã vermelha, pousava na altura de seu coração.

A mulherzinha levantou-se. Disse chamar-se Séfora, como a esposa de Moisés, mas não mencionou seu prenome indiano.

De pé, pequenina, enrugada, emocionada, Séfora só aguardava por um sinal do rabino para virar a primeira página do romance dos Manassés.

Ouviram-se, então, um estalar da língua, um discreto pigarro e, depois, com naturalidade, as palavras foram saindo de sua boca, vindo falar ao Estrangeiro...

CAPÍTULO 2

Em que se sabe que os judeus de Samaria, súditos de Oséias, rei de Israel, são deportados para a Assíria pelo cruel Sargão, sucessor de Salmanasar.

Estamos no ano 3037 do calendário hebraico (722 a.C.). Saul, filho de Salomão, da tribo dos Manassés, organiza a resistência e funda o movimento dos Vingadores de Israel.

O livro de Séfora

Naquele tempo, toda a região de Samaria estava incendiada e banhada em sangue. De Megiddo* até Siquém, de Tirzah** a Hazor,*** via-se apenas uma chuva de cinzas e lágrimas.

Cegos a qualquer outra imagem que não fosse a própria, os reis judeus, apesar de advertidos sobre o perigo iminente e sobre seu fim, não percebiam que o pior ainda estava por vir. Zombavam dos inimigos, do povo e de Deus. Os sacerdotes fechavam os olhos à corrupção e aos abusos do poder. Acompanhavam o rastro dos reis, e os reis pisoteavam tudo que Deus lhes havia ensinado de mais sagrado.

Surdos a tudo, exceto a si mesmos, os reis e os ricos não escutavam o clamor dos artesãos nem dos camponeses que gemiam sob os impostos. Tampouco ouviam os profetas — como Isaías, do reino de Judá — anunciando destruições terríveis, grandes reviravoltas, calamidades infinitas para as tribos de Israel: "*Ai da orgulhosa coroa dos ébrios de Efraim e da flor emurchecida de seu soberbo esplendor.*"

---

* Antiga cidade da Palestina (vale de Jezreel). O nome *Armageddon* significa *Montanha de Megiddo.* (N. T.)

** Antiga cidade no norte da Palestina, uma das capitais dos reinos do norte de Israel no século IX, destruída pelos assírios em 722 a.C. (N. T.)

*** Antiga cidade da Palestina, capital dos cananeus. (N. T.)

Naqueles tempos, os reis judeus assassinavam seus próprios irmãos. E quando, por sua vez, os irmãos que tinham sido poupados chegavam ao poder, eles decapitavam pai e filho. Os reis judeus reinavam, absolutos, sob o terrível signo do sangue e do ouro. Os soldados do rei adaptavam-se a ambas as tarefas: mostravam-se heróicos em combate, quando Deus lhes ordenava, e covardes sem fé ou lei, ao se entregarem às pilhagens.

Naquele tempo, tribos do mesmo sangue e reinos amigos guerreavam entre si. Executavam-se massacres entre judeus, entre filhos do mesmo Deus.

Naquele tempo já se estava longe, muito longe, das gloriosas conquistas do passado, quando se tratava de retomar a terra de Canaã, sob a direção de Josué.

Naquele tempo, a despeito dos crimes de sangue, das traições, das injustiças, do menosprezo às leis, das riquezas que faziam com que uns apodrecessem, e da miséria que consumia outros, o povo permanecia fiel a sua terra e a seu Deus. Quando o inimigo, assírio ou babilônio, com seus carros e máquinas de guerra infernais, transpunha as fronteiras do reino, então o país inteiro se erguia, como um único homem, para enfrentá-lo. O poder dos judeus era constituído por essa ligação secreta, que os prendia à terra, um laço sagrado, um pacto firmado a três: a terra, os homens e Deus, tanto para o melhor quanto para o pior.

Naquele tempo, no ano 3037 do calendário judeu — ou seja, 722 antes da era cristã —, os assírios, que desde muitos anos já devastavam o norte do reino, decidiram acabar com Samaria, a capital cujos subúrbios Salmanasar, seu rei, ia pouco a pouco reduzindo a cinzas. A cidade resistia, entretanto, graças à coragem dos habitantes. Pobres e ricos faziam, dessa vez, causa comum no sacrifício de sua própria pessoa.

A súbita morte de Salmanasar acarretou a ascensão de Sargão, que, pressionado para assentar seu poder sobre o sangue dos judeus, invadiu a Galiléia, à frente de um imponente contingente de novos soldados. Seu objetivo não era reduzir a pó apenas os subúrbios de Samaria: ele sonhava com o extermínio de todos os hebreus, tornando-os um povo morto para a História.

O exército de Sargão desceu o monte Efraim, precipitando-se na direção de Samaria, onde se reuniu às legiões do falecido Salmanasar, que erravam, esfarrapadas e sem comando, diante das muralhas da cidade. Após revigorá-las com discursos, Sargão, retomando-lhes as rédeas, efetuou o assalto.

Do outro lado das muralhas, a resistência se organizava. Entre os improvisados comandantes da guerra, notava-se um jovem que percorria, febril, as ameias, lançando sobre o inimigo jorros de óleo de pedra incandescente, um líquido grosso que as mulheres e as crianças, com baldes presos a correntes, faziam subir de reservatórios subterrâneos.

Senhor do fogo, brandindo seu archote, Saul, jovem arquiteto da tribo dos Manassés, incendiava os caldeirões, lançando, assim, a morte por cima dos parapeitos. Os assaltantes, então, fervendo sob a armadura, vacilavam no vazio, ardendo em labaredas.

Insensível aos urros animalescos que se elevavam a seu redor e que se misturavam às explosões e ao furor das crepitações, Saul sentia um orgulho incomparável: pela primeira vez no mundo uma nova arma era posta à prova. E, pela primeira vez, Saul empregava essa arma.

Empurrando o inimigo, que ardia como pau de oliveira e guinchava como as pás de um moinho, Saul relembrava o dia em que seu pai, Salomão, de quem era discípulo, o mandara inspecionar as fundações do forte. Para sua grande surpresa, havia descoberto o lençol de líquido viscoso, de forte odor, estagnado no nível dos alicerces. Era uma corrente de óleo de pedra, surgida subitamente das profundezas da terra, um presente de Deus, capaz de salvar Samaria do desastre. E Saul agradeceu a Deus.

O rei Oséias, tão logo avisado do fato, enviou imediatamente para lá um cientista, perfeito conhecedor dos mistérios da natureza. Esse homem, cujo nome a História não conservou, também deu graças a Deus, por seu turno: por baixo do forte, efetivamente, jazia um tesouro de guerra de valor inestimável — toneladas e toneladas de petróleo bruto, que bastaria estocar ao pé das muralhas para ser utilizado contra os ataques, se a ocasião se apresentasse. Até então, escaldava-se o inimigo com tonéis de azeite de oliva e óleo de argânia derramados com certa parcimônia, por falta de reservas suficientes.

Geralmente, já na primeira noite as reservas se esgotavam e o inimigo, não mais receando o azeite e o óleo ferventes, podia atacar sem medo.

Dessa vez, na primeira noite, como também na segunda e na terceira, e na décima quinta e vigésima noites de cerco, as tropas de Sargão e de Salmanasar, reunidas, evitaram atacar em massa, retirando-se para longe a fim de cuidar de seus ferimentos contaminados. Foi por isso que, na noite do vigésimo primeiro dia, Saul e todos os Manassés da tribo, que se haviam estabelecido anteriormente no reino de Samaria, entre as tribos irmãs de Asher, Zabulão e Neftali, puderam imaginar, por um instante, que haviam derrotado os assírios.

Naquela vigésima primeira noite de sítio, Saul e os seus choraram os mortos. Eram centenas — uns atravessados por flechas, outros com os crânios afundados, outros ainda estripados ou mutilados pelo arremesso de balas e de pedras.

Naquele tempo, não se choravam os mortos como hoje. Não havia nem cerimônias, nem lamentações. Só um pensamento, a tristeza de um instante. A morte era onipresente: levantava-se com o sol, velava-se com a lua; atacava-se, duramente e com violência, em qualquer lugar, a qualquer momento. O povo se habituara a manter um pé na vida e outro no túmulo. Essa permanência da morte, essa ameaça de abandonar prematuramente o mundo dos vivos tornava o homem intransigente. Ele queria tudo, imediatamente: a riqueza e as melhores colheitas, a liberdade, os prazeres terrestres. Os judeus confiavam no Eterno, no Deus Todo-Poderoso e indivisível. Os assírios se compraziam na adoração dos ídolos que simbolizavam a Lua e o Sol, as tempestades e as estrelas, o fogo e a chuva. E, a seu modo, todos pediam o impossível. Às vezes os deuses ajudavam, mas, assim que o povo se via recompensado por sua piedade, os reis e os senhores desviavam a ajuda divina para seu próprio proveito, pois pretendiam ser, agora e sempre, os mais dominadores de todos. Assim iniciavam as guerras. O prêmio era a terra alheia, porque esta representava os despojos mais espetaculares e porque os despojos mais espetaculares só se conseguiam à custa de grandes sacrifícios e das mais loucas ambições.

Assim falava Salomão, pai de Saul, enquanto expirava nos braços do filho. Falava de seu amor pela terra de Israel, de seu apego por Samaria e até pelas pedras e seixos do reino. Cantava os vinhedos da Galiléia, o trigo e a cevada de Megiddo, os pomares do vale de Jezreel, os cedros e os sicômoros do monte Tabor, as verdes pastagens da planície de Sharon.

Nenhuma lágrima, nenhuma queixa. Varado por uma flecha, o agonizante partia serenamente. De nada falava, senão de sua saudade. De nada, senão de seu amor por aquela natureza que deixava. De nada, senão de sua esperança de ver o filho sucedê-lo: "*Cada palácio destruído, você o reconstruirá. Cada fortaleza desmoronada, você a reerguerá. Se algum dia acontecer de colocar o seu talento a serviço do inimigo, não se sinta obrigado a nada. Devolva-lhe, centuplicada, a desgraça. Enterre-o sob os próprios escombros.*"

E Saul perguntou ao agonizante:

— O que você quer dizer, Pai? Por que deveria eu servir ao inimigo? E como poderíamos enterrar os malditos sob os próprios escombros?

Salomão prosseguiu, então:

— É sempre assim, meu filho: o vencedor massacra o povo, mas poupa a elite. Gosta do belo e do raro. Vai encomendar afrescos e esculturas ao artista. Confiará as plantas de seu futuro palácio ao arquiteto que você é. E você dirigirá os trabalhos com mão de mestre. Na aparência, será tão dócil quanto qualquer um deles, mas, por dentro, a revolta não cessará de murmurar. E, então, colocará sua inteligência e talento a serviço de nossa vingança. E o dará de modo que, uma vez concluído, o palácio desmorone sobre o vencedor e todo o seu séquito.

Um sorriso iluminou o rosto fatigado de Saul. Amava aquele pai agitador que jamais se havia permitido subjugar pelos poderosos. Não havia enfrentado Oséias, o rei dos reis, e também o intrigante delfim Menachem, que exigia dos arquitetos excessivos e exagerados ornamentos em *trompe-l'oeil*?

Num último suspiro, Salomão murmurou:

— Prometa-me, filho. Aconteça o que acontecer neste mundo, não esqueça jamais quem somos, pois pertencemos à tribo dos Manassés, os herdeiros do sinal secreto.

Para melhor se fazer entender, afastou a gola de sua túnica ensangüentada e percorreu com o dedo uma cicatriz em forma de L, riscada logo acima do coração.

Saul prestou juramento. Ele também trazia sobre a pele, no mesmo lugar, as iniciais aramaicas das palavras "justiça" e "vingança".

Não se sabe desde quando os Manassés desafiavam as leis sagradas que proibiam as tatuagens e as incisões no corpo humano. Poderia parecer que só os que tinham prenome Saul tivessem conservado a prática por muitos séculos. Talvez mil anos, ou mais? Na realidade, esse sinal dos Manassés, intimamente ligado à idéia de justiça e de vingança, foi-se desvanecendo pouco a pouco, no decorrer dos anos negros e das idades indolentes. Quanto ao sinal, seja o que for que tenha acontecido à sua lenda gloriosa, a seus avatares, nenhum de nós conservou o rastro...

✡

Séfora, de cuja eloqüência ninguém ainda havia suspeitado, retomou o fôlego e olhou para o Estrangeiro. Temia que ele tivesse dificuldades para compreender seu inglês. Por sua vez, o Estrangeiro se perguntava como aquele pedacinho de mulher podia agir tão à vontade, ora com indignação, ora com pudor, em meio àquela gama de emoções. Evidentemente, algumas palavras lhe escapavam. Eram como que agarradas por aquele sotaque indiano, tão peculiar aos habitantes do Nordeste. Mas as palavras perdidas pouco contavam na onda das imagens que o assaltavam e se infiltravam na fortaleza das idéias recebidas. Já estava abalado, pronto para ceder.

E Séfora, que era o próprio livro, virou uma nova página, permitindo que a sua memória falasse. Então, deixou a atmosfera séria daquela sinagoga do fim do mundo para recuar 28 séculos antes e encontrar-se atrás das muralhas de Samaria.

Cativante, a voz graciosa narrava os derradeiros dias da capital do reino de Israel que os Manassés defendiam de corpo e alma...

✡

O livro de Séfora

Naquele tempo, a trégua não passava de um engodo. Enquanto Saul e os seus se preparavam para o pior, inventariando as armas e as provisões, as tropas de Sargão e de Salmanasar novamente avançavam em direção à cidadela. O inimigo havia se organizado em invencíveis comandos. Protegidas sob gigantescos e impenetráveis escudos que lhes serviam de teto, as unidades especializadas em abordagem zombavam agora do dilúvio de chamas. Soldados de infantaria destacados, estimulados por bebida e ódio, suspendiam impressionantes escadas de madeira e ferro ao longo dos contrafortes. Deslocavam-se aos milhares, em ordem cerrada, protegidos por aquela espécie de guarda-chamas, ondulando pela planície. Escondidos, quase invisíveis, os legionários espalhavam-se ao redor da cidadela, lançando seus terríveis gritos de guerra: "Morte aos judeus!", "Morte aos hebreus!".

Em ondas sucessivas, os assassinos lançavam-se ao assalto das ameias e se precipitavam como demônios pelo dilúvio de fogo.

Saul lutava como um leão. Ora com sua lança, ora com a espada, transpassava e fendia em dois o inimigo que conseguia ultrapassar o topo das muralhas. Todos, mulheres e idosos, jovens de ambos os sexos, da tribo de Asher e de Zabulão, de Neftali e de Manassés, ricos e pobres, senhores e escravos, todos se lançavam, de todas as partes, sobre os assaltantes, cujo número aumentava sem cessar.

De tal forma estavam misturados e entrelaçados, que não se podia mais distinguir os defensores dos agressores. Viam-se apenas as cabeças, rolando e se amontoando, com os olhos esbugalhados.

Assim foi tomada Samaria, após dias e dias de combates de rua, casa após casa, recanto após recanto. E a cada trecho de rua, diante de cada palácio e de cada templo, de cada venda e cada jardim, elevavam-se horripilantes pirâmides de cabeças cortadas, umas chegando a alguns metros apenas, outras ultrapassando as medidas do horror, atingindo o topo dos olmos e das sinagogas.

De todas essas pirâmides sanguinolentas, a mais estarrecedora erguia-se diante do palácio real. Mais de 15 mil cabeças, dispostas como pedras de demolição, formavam a base. Um número três vezes maior de rostos retorcidos empilhava-se desordenadamente nessa torre do horror.

À custa de fogo e de sangue, a cidade se rendeu. Não se contaram os mortos. Contentou-se com a relação dos sobreviventes. Os mais valentes foram deportados para o deserto assírio e condenados a trabalhos forçados. Com mais sorte, os letrados, os grandes sacerdotes e os príncipes, os artistas e os sábios tomaram a direção de Kalah, sob uma forte escolta.

Uma vez confinados naquela capital de eterna efervescência, de onde partiam e aonde chegavam todos os caminhos do Oriente, Sargão e sua corte utilizaram-nos segundo suas qualidades e competências.

Saul, com ferimentos incontáveis, caminhava em meio aos demais prisioneiros, em sua maior parte famintos estropiados, arrastando-se em longas colunas envoltas pela poeira levantada. Caminhavam sob sol implacável, a todo instante chicoteados por capatazes que batiam pelo mero prazer de bater. Ali, um grande número de prisioneiros travava seu último combate, a luta de vida ou morte contra o esgotamento. Manter-se firme e avançar — custasse o que custasse — tal era a obsedante ladainha retomada por milhões de cérebros. Manter-se firme e rezar. Rezar para se manter firme. Manter-se firme ou, então, cair. Ficar de pé ou estatelar-se por inteiro sobre a areia cinza e poeirenta. Aguardar os golpes. O derradeiro, fatal. E acabar ali, inchado e cheirando mal como todas as carcaças de camelos que se sucediam pelo caminho dos exilados.

Saul não aceitava sua sorte. Admitia a derrota, mas não o exílio. Não há pior túmulo do que a terra estrangeira. Nenhuma morada distante, mesmo a mais espaçosa de todas, pode equiparar-se à casa paterna e dos irmãos.

Assim pensava Saul. Não há mal pior que o da deportação, nada pior do que ser arrancado da sua terra natal. Sentia tamanha dor que sua intensidade não poderia ser igualada nem à do luto, nem à do amor infeliz.

Ele avançava de cabeça bem erguida, desafiando com os olhos os seus vencedores. Em meio ao tropel dos resignados, uns 30 homens, animados pelo mesmo sentimento que o dele, mostravam-se irredutíveis. Insurgiam-se contra o destino, que os havia tornado homens sem voz. Teriam preferido morrer em combate a ser entregues, como naquele dia, com os pulsos presos por correntes, a qualquer monarca ou caprichoso senhor do deserto.

Por uma fração de segundo apenas, ocorreu a Saul que mais valia matar-se a caminho do que chegar, amarrado como besta de carga, à terra assíria. Para desaparecer para sempre, bastava que insultasse um dos guardas, ou se lançasse ao chão com o rosto contra a terra.

No auge da tentação, pôde sentir a lâmina da espada contra a sua garganta e imaginou sua cabeça decepada rolando em meio à poeira. A imagem deixou-o de tal modo horrorizado que ele a expulsou imediatamente. Uma morte dessas seria indigna e covarde. Um guerreiro não pode se colocar contra a vontade de Deus. Por que o Eterno o havia preservado, apesar de todas as sangrentas lutas corpo a corpo, das quais sempre tinha saído vencedor? Não seria porque ainda lhe reservava outras tarefas?

E Saul, fortalecido em suas convicções, lembrou-se da ordem do pai: "*Vai, meu filho, vai. Na aparência, será dócil como qualquer um deles, mas dentro de você a revolta não cessará de rugir. E, então, porá sua inteligência e seu talento a serviço de nossa vingança. Fará de modo que, uma vez concluído, o palácio que lhe houverem encomendado desmorone sobre o vencedor e todo o seu séquito*."

Foi então que Saul saiu do alinhamento, interpelando atrevidamente um dos implacáveis guardas que escoltavam a coluna:

— Primeiro me escute, depois poderá chicotear-me. Eu sou Saul, da tribo dos Manassés. Saul, filho de Salomão, o arquiteto. Sou arquiteto, também. Meu pai e eu construímos os mais belos palácios de Samaria e de Megiddo. Surpreende-me o fato de que nossa reputação não tenha ultrapassado as fronteiras de seu país. Então, diga-me o que faço aqui com esses escravos que irão apodrecer nos meandros do deserto.

Estupefato, o terrível *tchaúch** estalou o chicote e perguntou:

— E onde está o pai desse que fala tão alto?

---

* *Tchaúch* ou *chaúch*. Palavra turca. Muitos oficiais da corte tinham esse título antigamente, dividindo-se entre guardas do palácio e estafetas. (N. T.)

— Meu pai não está mais neste mundo. Morreu defendendo as muralhas de Samaria, as quais ele mesmo ergueu. E ainda ressoam em meus ouvidos suas ordens e vontades finais.

O guarda pareceu desconcertar-se. Levou algum tempo examinando aquele jovem judeu que o afrontava. Verdade que nem suas mãos, nem seu porte eram os de um camponês. Uma longa cabeleira castanha, cortada reta, emoldurava o rosto anguloso, ainda mais alongado pelo nariz aquilino. Os olhos, talvez demasiadamente próximos um do outro, pareciam lançar faíscas. Brilhavam com tal ardor que era difícil sustentar seu olhar.

Demasiadamente rude para se emocionar, mas cauteloso, entretanto, o brutamontes perguntou:

— E quem pode me provar que fala a verdade? Quem pode me explicar por que não protestou ao se ver cercado de gente que não é da sua condição?

Na verdade, aquele que falava alto e em bom som diante do assírio não tinha nenhuma explicação. No momento em que se formou o grupo das elites, juntando letrados e burgueses poupados da decapitação, Saul, armado de buril e martelo, entalhava o signo dos Manassés sobre as pedras mestras do palácio real. Esgueirara-se por entre cavernas e fundações, subterrâneos e peças condenadas, para gravar, na argamassa, para sempre e para a História, as iniciais das palavras "justiça" e "vingança".

Como o prisioneiro demorasse a responder, o assírio brandiu seu sabre e avançou, ameaçando:

— Quando a língua emudece, é porque está boa para ser cortada.

Rápido como o antílope, vivo como a serpente, Saul esquivou-se para o lado, desarmando o braço que o atacava. Foi tão veloz, que o assírio não teve tempo de reagir. Em toda a sua vida de esbirro, jamais tinha visto um homem, com os pés e as mãos amarrados, executar um golpe daqueles.

Dividido entre a admiração e a humilhação, o bruto não reagiu nem mesmo às gozações dos prisioneiros, cuja insolência, em qualquer outra circunstância, os teria levado à morte pelo chicote.

Aquele murmúrio não era conveniente a Saul. Com o risco de vê-los voltarem-se contra si, ele tranqüilizou o guarda:

— Acalme-se, assírio! Que crime teria cometido, então? Por que haveria de querer cortar a língua de quem só pede para cantar loas a seu rei? É melhor me conduzir até ele para que eu lhe construa um palácio que ele jamais teve. Vamos, assírio, por que deveriam nos atormentar a brutalidade e a bobagem, como esses assaltantes de muralhas, roubando de nós tudo aquilo que Deus nos ensinou de melhor — a tolerância e a generosidade? Vamos, assírio! Reflita um pouco! Se eu fosse seu irmão, de terra e de leite, filho de Enlil, senhor supremo e pai de todos os deuses, reconheceria e adoraria as divindades que o protegem. Infelizmente, não é assim que se passa com os homens. Por mais que sejam irmãos do sol e da lua, filhos da espuma do tempo e das trevas sinistras, saídos dos mesmos ventres, partilhando da mesma terra, vizinhos de rios e órfãos do dilúvio, cada qual brilha com sua própria luz, pois essa luz, você bem sabe, provém de Deus. E cada qual, como o passarinho e a ave de rapina, como tudo que vive aqui embaixo, constrói seu ninho e cava sua toca, forma sua família e arranja uma terra para si mesmo. Sim, assírio, digo-lhe, diante de meu povo em marcha, que aqui morre de sede e de tormentos: nada nos separa a não ser esse pequeno pedaço de terra onde nascemos e a crença na qual fomos criados!

Como o assírio emitisse grunhidos estranhos que ele ignorava se eram de satisfação ou de incompreensão, Saul prosseguiu com o mesmo entusiasmo:

— E, se não crê em mim, então me devolva a liberdade e irei mostrar-lhe como, com minhas mãos apenas, sou capaz de edificar templos sublimes, dedicados aos deuses que os seus sacerdotes mais veneram. Para Adad, o deus das Tempestades, erguerei arcos de trovão, colunas feitas da poeira de relâmpagos empilhados. Para Shamash, o deus do Sol, plantarei mil raios de ouro incandescente em pleno deserto. Para Niturta, deusa da Guerra, nada farei melhor do que um monumento à paz, uma lágrima de mármore, um coração gigantesco no interior do qual os fiéis acionarão o grande fole da vida, um movimento sem fim, uma palpitação eterna. Para Ishtar, a deusa do Amor, construirei a mais vasta estrela jamais concebida pelo homem. Da montanha, com pás e enxadas, com serra e martelos, farei com que brote da terra e a enviarei, com um sopro, a aninhar-se na constelação que seu rei me designará...

Se o brutamontes parecia indeciso, ao mesmo tempo subjugado e desconfiado, por outro lado muitos judeus de Samaria, a caminho do exílio, indignavam-se com o discurso de Saul. Como ousava um deles vender-se daquela forma ao inimigo e louvar, àquele ponto verdadeiramente repulsivo, as divindades pagãs?

Só mesmo um temperamento como o de Saul, forjado em sal e ferro, pôde suportar tantas injúrias, passando por traidor aos olhos dos seus, sem enrubescer. Foi uma provação terrível, pois às invectivas e vilanias sucederam-se os golpes de verdade.

Aqueles que pouco antes admiravam a coragem do jovem agora lançavam-lhe pedras e toda sorte de entulhos.

Em meio a toda aquela multidão que arrastava penosamente o corpo dolorido sob o sol escaldante, apenas alguns incriminavam Saul diretamente. Mas gritavam como se fossem mil. Os outros só pensavam na própria sobrevivência, pouco lhes importando o que se dizia e que lhes pudesse ofender os ouvidos.

De qualquer lado que nos coloquemos, quer dos surdos, quer dos cegos ou dos que suportam a tempestade ou dos que a desencadeiam, raros eram os sábios, e mais raros ainda os bem-dotados que procuravam compreender o que poderia esconder a curiosa atitude de Saul, filho do virtuoso Salomão, o arquiteto-chefe dos reis de Israel.

Um deles, entretanto, o velho Amós, pedreiro em sua terra, não se surpreendia com a manobra daquele jovem manassé, para quem havia erguido muitos e muitos muros de tijolo cru e trabalhado as maiores pedras de sua vida, nas pedreiras de Siquém e de Tirzah. Amós sabia que Saul era extremamente piedoso e patriota, para lamber assim as mãos do inimigo. Corajoso e orgulhoso ao extremo para ser tratado como covarde e cão por seus semelhantes.

Foi então que o velho Amós se destacou do grupo dos surdos, seguido de sua neta Esther, uma beldade de 14 anos que os guardas planejavam vender a Trajut-Jutram, um senhor do deserto que colecionava virgens judias até enjoar-se delas e bater depois o tambor sobre a pele curtida de seu ventre. Atribuía-se a Trajut-Jutram uma centena de cabaças assim confeccionadas, esticadas com o veludo do sexo, costurado com pura pele, desde a vulva até o umbigo.

Entre Amós e Saul não houve sequer uma piscadela furtiva, nem comunicação secreta. Os dois homens compreendiam-se tão bem quanto o fio de prumo e a bolha de ar compreendem o equilíbrio.

Chegando diante de Saul, o honrado velho, de longa barba branca e cabelos de prata, lançou-se a seus pés. Era uma forma de atrair a tempestade para si mesmo, o que efetivamente sucedeu, quando o canto dos indignados o escutou proferir as seguintes palavras:

— Ó, filho mais velho de meu mestre, de quem fui um humilde servidor! Você, que sabe fazer sangrar a pedra rebelde e esquentar o frio mármore, que sabe capturar a luz e fazê-la cantar até nos menores recantos, deixe então que uivem os chacais e os lobos! Veja, filho meu, não se constrói a eternidade sobre a areia movediça e não se erguem palácios sobre um monte de lixo. E, se alguém quiser ter a oportunidade de atingir seus fins, não há nada a fazer senão sondar seu caminho a cada passo e nele se aventurar sob o olhar benevolente de *Elohim*. E é por isso, meu filho, que o Eterno me ordena segui-lo até meu último suspiro, para essa vida nova que nos espera, lá longe, no vale sorridente do Tigre.

O elogio, pronunciado na intenção do esbirro, não lhe escapou. Por outro lado, aquelas palavras desencadearam ainda mais a cólera dos que protestavam. O vale do Tigre chamava-se *Kalah*.* E, mais tarde, *Nínive*. Significava glória ao vencedor e aliança maldita.

Logo foi necessária uma quinzena de guardas para fazer voltar a ordem à coluna dos deportados. Bateram cegamente em uns e outros, sem se preocupar com os clãs e as opiniões. E, como se o Eterno velasse sobre o destino dos Manassés, Saul, por meio de quem o escândalo se havia instaurado, foi poupado. De fato, enquanto distribuía gol-

* *Kalah* ou *Calach*. Cidade antiga, mencionada na Bíblia (cap. X do Gênesis) dentre as que Nimrod e Assur fundaram no curso superior do Tigre. Foi a segunda capital do grande império da Assíria. (N. T.)

pes e mais golpes de sabre e de porretes em todas as direções, o assírio respeitava o jovem judeu, pois esperava tirar algum proveito dele: quem sabe alguns talentos de prata e ouro...

E Saul roía-se de remorso. Toda aquela brutalidade por sua culpa. Sua astúcia valeria aquela carnificina? Estava a ponto de abandonar seu plano quando Esther, a neta de Amós, veio refugiar-se junto a ele.

Jamais tinha visto uma jovem tão graciosa, um rosto de tamanha perfeição, lábios tão bem desenhados, cabeleira tão sedosa, negra como o azeviche. Os longos cachos emolduravam o pescoço mais delgado que já tinha visto e davam voltas a cada movimento da cabeça, até cair novamente, selvagens, sobre os ombros que a túnica de linho mal ocultava. Sob o tecido, adivinhavam-se dois pequenos seios firmes, palpitando de medo e emoção.

Porque ela tremia, ele a envolveu em seus braços. Poder-se-ia dizer que ambos estavam ligados pelas mesmas cordas de cânhamo.

Até então Saul, que ainda não tomara mulher, transgredia irresponsavelmente a lei judaica, que condenava qualquer união sexual extraconjugal. Preferia, ao casamento, as aventuras de uma hora ou de uma noite com as viúvas e as prostitutas. Em Samaria, as viúvas da guerra eram muito mais numerosas que as *zonot* e as *quedeshot* que perambulavam pelas calçadas. Com as primeiras, podia-se fazer amor de graça; às outras, tinha-se de pagar; mas, como as prostitutas eram muito mais risonhas do que as viúvas, ficava-se como entre amigos nas casas de tolerância. Cantava-se, dançava-se, vivia-se e festejava-se.

E assim corria o tempo em Samaria, entre o amor e a guerra, entre as semeaduras e as colheitas, os impostos e as injustiças; entre a boa vontade do rei e dos príncipes, o sermão tímido dos sacerdotes e as visões escandalosas dos profetas, que anunciavam o fim dos reinos de Israel.

Por um instante apenas, a lembrança de Samaria mergulhou Saul na saudade: uma estranha mistura de perfumes e de mau cheiro, de suavidade e aspereza, de luxúria e pureza.

Logo se seguiu, à saudade dos dias felizes, o ódio aos dias funestos. É sempre assim com a memória: ela vai e vem, entre as feridas jamais fechadas e as coisas escondidas, impalpáveis, às vezes apenas afloradas, que ela retira do esconderijo, perfurando-o cada vez mais profundamente.

A memória de Saul era como o poço ao qual ele descia para encher seus tonéis de óleo de pedra. No reflexo luzidio e viscoso que tremeluzia sob os efeitos das ondas de choque, irradiadas em círculo a cada impacto, ele reviu sua cidade sitiada.

A oeste, o mar invadido por uma nuvem de embarcações que se aproximavam inexoravelmente da costa, como caranguejos famintos. A leste, ao norte, ao sul, e por trás do horizonte das colinas da Galiléia e das margens vaporosas do Jordão, um exército de soldados de infantaria e de máquinas de guerra, de carroças e de cavaleiros que avançavam, compactos, empurrando diante de si os prisioneiros judeus, camponeses e pastores, como escudos vivos.

Diante das imagens dos seus, implorando por sua vida, que caíam, impiedosamente transpassados pelas próprias flechas, Saul sentiu crescer o desejo de vingança. Chegava em intervalos, até a sufocação. Então, dominou sua cólera, apertou mais fortemente contra si a neta de Amós e prometeu a si mesmo tomá-la um dia por esposa...

Séfora respirou fundo. O calor estava insuportável. O Estrangeiro suava em bicas, mas não se preocupava com isso. Agora, estava à mercê daquele pedacinho de mulher que narrava a história da tribo perdida, a epopéia que Saul, o grande ancestral dos Manassés, começou a escrever há 2.800 anos.

Depois de saciar a sede, Séfora, a judia do Assam e de muitas outras paragens desconhecidas, retomou sua narrativa...

✡

O livro de Séfora

O destino não satisfez o voto de Saul. Pelo menos por três longos anos, contrariou seu desejo de tomar Esther por esposa. Com efeito, enquanto o jovem manassé chegava à capital do reino da Assíria, sob pesada escolta, a bela Esther e seu avô, brutalizados ambos pelos capatazes, voltaram a fazer parte da coluna dos escravos.

Após uma travessia cheia de riscos do grande Zab, o caprichoso afluente do Tigre, e dias e dias de marcha pelo deserto árido, chegaram por fim aos arrabaldes de Khorsabad,* uma cidade montanhosa, onde foram todos para os trabalhos forçados.

Vendida ao temível Trajut-Jutram, que governava a região, Esther, pobre menina, esgotada e humilhada em seu corpo, quase perdeu a vida, devendo sua salvação apenas a um subterfúgio imaginado pela velha escrava do tirano, que, tomada de compaixão por aquela jovem com rosto de criança, fê-la tomar uma bebida que provocou na pele do ventre milhares de pústulas e cavidades, a tal ponto que o velho *rabsaque*** desistiu de sacrificá-la. Outra jovem, menos bela que Esther, foi transformada em tambor em seu lugar. E como Esther convalescia pouco a pouco, a escrava, temendo que ela fosse reconhecida e novamente oferecida ao tirano, levou-a para longe dali. Foi assim que Esther, a jovem beldade, foi posta numa casa freqüentada pela soldadesca assíria.

E nessa casa do vício, onde se recebiam até 100 clientes por dia, Esther não cessava de pensar em Saul. Ele era a sua luz, a tênue claridade que brilhava lá no fundo das trevas.

Autorizado a visitá-la, o velho Amós, que durante toda a vida alinhara tijolos e pedras para embelezar Samaria, como muitas outras cidades de Israel, revelou-lhe um segredo: ela era manassé pelo lado materno, podendo, assim, aspirar ao sinal que Saul portava abaixo do ombro esquerdo.

Ao saber disso, Esther, que acabava de completar 15 anos, experimentou imensa felicidade. Com impaciência, suplicou ao avô que lhe fizesse também a marca. O velho Amós obedeceu. Com um ferro em brasa, queimou sobre a pele as iniciais das palavras "justiça" e "vingança". Dali em diante, por aquele sinal, Esther estava ligada de corpo e alma a Saul.

✡

A cerca de mil e quinhentos quilômetros dali, Saul, devidamente negociado pelo esbirro assírio que o escoltara até a corte de Sargão, pas-

---

* *Khorsabad* ou *Khos-Robat*. Cidade na Turquia, próxima de Mossul. Edificada no local da antiga Hisr-Sargon, construída entre os anos 711 e 707 a.C. por Sargão II, que lhe deu seu nome. (N. T.)

** Título do grande escanção do rei, segundo personagem na hierarquia organizacional da Assíria. (N. T.)

sava por seu primeiro interrogatório. Quem o interrogava era o tartã, segunda personagem do reino, um homem assaz imponente, vestido com uma toga púrpura que deixava o braço esquerdo semidescoberto.

Crânio raspado, olhos pesados encimados por espessas sobrancelhas, o tartã falava com voz forte. Um escriba agachado gravava o essencial da conversa em tabuletas de madeira de sândalo. O doce perfume que se desprendia das finas lascas chegava às narinas de Saul, a quem a atmosfera do lugar e a natureza da entrevista impressionavam vivamente.

Desconfiado, ele dava mostras, entretanto, de vivacidade e espírito de oportunidade. Seria deplorável passar por traidor ou colaborador diante daquele poderoso chefe, que certamente não apreciaria deslealdade desse porte. E, entretanto, naquele momento, Saul estava sendo desleal e dissimulado.

Pela segunda vez, o tartã perguntou:

— Se compreendo bem, o judeu vencido, que se coloca diante de mim como se fôssemos da mesma classe e sangue, propõe ao vencedor que aprecie seus dons como arquiteto e seu gosto pelas coisas monumentais!

Ao que Saul respondeu:

— Se o grande tartã permitir, dir-vos-ei que nessa guerra de reinos, que opôs o meu país ao vosso, não há vencedor nem vencido. Se, do meu lado, os mortos e deportados contam-se às dezenas de milhares, se o sangue correu até tingir o mar de vermelho e recobrir o rio com ferrugem, não se trata absolutamente para mim de perder a guerra, ou para vós, de ganhá-la. Trata-se apenas de uma batalha mal começada e mal terminada. Uma maneira que tem o Eterno de punir seus filhos, demasiadamente arrogantes, e também de dar razão a seus tão clarividentes profetas.

Retomando o fôlego, Saul prosseguiu:

— Porém, sabeis muito bem, ó grande tartã, que a vontade do Eterno não é um simples capricho. Depois da punição, virá a recompensa. Israel renascerá de suas cinzas, e seu brilho novamente iluminará as regiões orientais com sua luz divina.

O tartã não se impediu de sorrir. Ele apreciava as discussões e a elas não se furtava. Retrucou:

— O judeu tem as convicções que sua religião dita. Mas a realidade é completamente diferente. Eu sou seu vencedor, você é meu vencido. Israel não brilha hoje senão pelos incêndios que eu provoco. Evidentemente, ninguém o impede de enxergar o ouro entre as cinzas e o divino em meio aos escombros.

O tartã cessou de sorrir e perguntou com seriedade:

— Vejamos, judeu, responda e, de preferência, sem cometer perjúrio: Por que saiu da coluna dos escravos? Estava com medo do sol do deserto? Tinha medo dos trabalhos forçados? Responda com sinceridade: Deseja, na verdade, aliar-se a Sargão ou quer apenas ver com seus próprios olhos se os esplendores de Kalah igualam-se aos de Samaria?

E o judeu respondeu sinceramente, pois aquelas questões não o obrigavam a mentir!

— Ó grande tartã, vós que sois mestre em todos os conhecimentos das coisas e dos homens; vós que sós instruído acerca das influências sobre o nosso entendimento, tanto da mais ínfima como da mais vasta das constelações, sabeis que um manassé nada teme, a não ser, talvez, um dia ser atingido por uma flecha lançada pelo Eterno. Fiqueis certo, ó grande tartã, que um manassé não teme nem as queimaduras do sol, nem os ferimentos da espada, nem a morte por tortura. Que são esses trabalhos forçados de que vós me falais, comparados às feridas que marcaram meus dedos quando meu pai, o melhor arquiteto do reino de Israel, me obrigava a entalhar o alabastro e o mármore com minhas unhas apenas, até esfolarem as primeiras falanges? Foi assim que aprendi meu ofício: sofrendo até em minha carne.

Saul exibiu discretamente seus dedos calejados e logo prosseguiu:

— Quanto à vossa segunda alusão, ela me ofende. Como ousais pensar que um manassé aliar-se-ia a seu inimigo para tirar algum proveito ou vantagem? Vede, nobre tartã, se mostrei tanta obstinação em me aproximar daquele que hoje me recebe é porque só ele pode compreender-me. Ele possui o senso da beleza, a aptidão para as letras e o estudo, a fé nas coisas construídas, mesmo quando edificadas em honra de Assur, um deus que o meu Deus não reconhece.

O tartã manifestou surpresa, mas não o interrompeu:

— E, àquele que me escuta com tanta atenção, eu, que sou vosso devedor, mas não escravo, gostaria de dizer o seguinte: O que seria do mundo sem os deuses que o regem? O que seria dos homens se não acreditassem em Deus? Talvez vivessem mais pacificamente. Talvez fossem menos agressivos, mais indolentes, dispostos a deixar as coisas andarem. Sem a fé que o anima, o homem não é senão um homem, ou seja, uma criatura terrestre, que só poucas coisas e fatos conseguem transformar. Eis o que eu queria vos dizer, ó grande tartã. Dizer-vos que pouco importa o deus ou a raça, o povo ou a crença, contanto que o homem seja animado por um sopro divino. E sabeis, ó grande tartã, o que seria o mundo, então, se não existissem reis e senhores, comandantes de guerra obcecados pelas conquistas, descobridores de terras e de horizontes querendo ir sempre mais além? Dizei-me, ó grande tartã, que restaria do mundo se os reis, as religiões, os conquistadores e os artistas desaparecessem de repente? Nada se poderia adorar nem admirar. Não existiria mais nenhum monumento sobre o qual pousar o olhar. Não haveria palácios, nem templos, nem fortes, nem muralhas, nem muros por trás dos quais procurar abrigo, nem estátuas, nem mesmo arte, qualquer que fosse. Eis então, ó grande tartã, as únicas razões que me conduziram a vós: dar aos homens algo diferente da desolação. Construir para eles uma herança de pedra, mesmo que essa herança venha a ser odiada e destruída por outros homens!

Saul interrompeu-se por um instante e olhou para a importante personagem direto nos olhos:

— Ó grande tartã, esqueçamos agora as nossas diferenças e desavenças; vamos construir juntos o futuro. O presente não passa de uma etapa, não a devemos queimar. Marquemo-la com o nosso sinal, construamos para os deuses, com todo esse dinheiro que os ricos e os poderosos tiram dos pobres.

Foi então que o tartã segurou bruscamente a mão do judeu e lhe disse:

— Você fala de ouro, meu filho. E, escutando-o, eu me dizia: "Eis aquele que eu estava esperando para a realização do *zigurate*.*"

Apertou mais forte a mão de Saul e acrescentou:

— Mas, por minha vez, eu queria dizer o seguinte: O que seria do mundo se os pobres e os escravos desaparecessem subitamente? Quem iria construir para os deuses, para os ricos e os reis? Quem iria combater nos mundos desconhecidos, trazendo-nos os saques que nos permitem erguer palácios e muralhas?

Saul retirou lentamente a mão que o tartã retinha. Depois disse:

— Que vossos receios se dissipem: só Deus poderia fazer desaparecerem, de um dia para outro, todos os pobres e todos os escravos.

O tartã lançou-lhe um olhar curioso e perguntou:

— Então você duvida da existência de Deus?

Saul esboçou um estranho sorriso e murmurou:

— Concedei-me a permissão para não responder a essa pergunta...

Assim, depois dessa entrevista, foram confiadas a Saul as plantas de um monumento dedicado ao deus Nabu para celebrar a vitória dos exércitos assírios sobre os de Israel. Tratava-se de edificar um zigurate com 17 andares, uma formidável torre com múltiplos usos, ao mesmo tempo palácio e centro administrativo, observatório astronômico e lugar de culto. O canteiro de obras deveria estender-se por vários anos e empregar milhares de operários. Na sua maior parte, eram judeus deportados, vindos de Samaria e das províncias do Norte, esvaziadas de seus habitantes, substituídos por populações subjugadas, vindas da Babilônia, Kuta, Ava, Hamat e de Sefarvaim.

Saul não trabalhava sozinho. Arquitetos assírios e babilônios empregavam-se no mesmo estudo e elaboravam imponentes maquetes de torres, espécies de cidades dentro da cidade onde se agrupavam todas as instituições do poder.

---

* *Zigurate*. Do assírio-babilônico ***ziqquratu***: templo em forma de pirâmide, com muitos andares, dos impérios da Mesopotâmia. (N. T.)

Enciumados com as prerrogativas concedidas ao jovem judeu pelo tartã, os criadores do projeto denegriam Saul e tramavam contra ele. Diziam-no animado das piores intenções. E, para sustentar sua afirmação, convocaram um adivinho de grande renome. O homem mandou imolar um carneiro, do qual foram extirpadas as entranhas. Cortado em pedaços e exposto sobre uma liteira de palha fresca, de acordo com minucioso ritual, o fígado não revelou nenhum traço ruim na personalidade do judeu. Como se verá adiante, é melhor não se fiar na leitura de um fígado de carneiro, mesmo que o adivinho, grande intérprete dos sinais, goze da confiança do rei e dos chefes militares.

Inocentado de todas as calúnias, protegido pelo tartã como se fosse por sua boa estrela, Saul saiu vencedor do confronto que o opunha a seus detratores. Dali em diante, ele teria a qualificação de mestre-de-obras e construiria o zigurate segundo seus próprios planos.

Afastados do mais ambicioso projeto real jamais encomendado por Sargão, os arquitetos titulares juraram acabar com o judeu. Assim, vigiavam-no dia e noite, e seus menores atos e gestos eram anotados, na esperança de detectar alguma falha capaz de comprometê-lo um dia. Isso, entretanto, não o impedia de socorrer muitos operários judeus que eram mais maltratados do que cachorros pelos brutamontes que conduziam os trabalhos. Chicoteados, mal alimentados, sujeitos a epidemias, morriam em grande número e eram imediatamente substituídos por outros trazidos das longínquas províncias de Khorsabad e de Mossul.

Estes últimos, estupefatos, descobriam os esplendores da cidade, na qual palácios e templos se sucediam numa abundância de jardins suspensos. Pomares de laranjeiras e limoeiros, conjuntos de plantas ornamentais e flores de inebriantes perfumes formavam luxuriantes coberturas sobre as ruelas, de onde se elevavam o clamor dos ambulantes e toda sorte de ruídos. À suavidade das harpas plangentes misturavam-se a estridência dos címbalos e o alegre retumbar dos tambores.

Os sobreviventes do deserto mal tinham tempo para admirar a bela disposição dos pátios pavimentados, dos numerosos parques arborizados, dos canais de irrigação que sulcavam a cidade, levando água até os terraços.

Estavam confinados junto ao zigurate, entre os blocos de pedra e as manjedouras. Trabalhavam ininterruptamente, da madrugada ao crepúsculo, de domingo a domingo. Proibiam-lhes o *Shabbat* e as orações. E, pior ainda, festejar o *Pessach* — a retirada do Egito — estava fora de questão. E se algum deles, encontrando um pouco de farinha, fabricasse em segredo o pão ázimo, arriscava que lhe arrancassem a língua ou que o deixassem apodrecer ao sol, esfolado vivo, tendo pedaços de pele arrancados dia após dia pelos afiados facões dos carrascos.

Às vezes, Saul conseguia salvar os mais ameaçados. Abrigava-os numa galeria que havia construído secretamente nas fundações do zigurate. O abrigo destinava-se a outros fins: seria preenchido com areia, a ser liberada posteriormente, no momento adequado, desequilibrando a construção para desmerecer o adivinho. A sala abobadada servia também como quartel-general dos Manassés portadores do sinal. Realizavam ali suas reuniões e também praticavam seus cultos. Falavam de Israel e de Samaria, jurando reconquistá-la. Preparavam o retorno à Terra Prometida, mas também tramavam uma imensa quantidade de estratagemas, destinados a prejudicar o rei de Judá, que se aliara a Salmanasar para defender Jerusalém, sitiada por Rezom de Damasco. Essa aliança maldita era a fonte das desgraças do Reino do Norte. Por culpa do rei e do clero de Judá, os judeus de Samaria apodreciam na escravidão. Uma coalizão daquelas era imperdoável. Por causa disso é que Saul e os seus empreendiam uma dupla guerra. De um lado, conspiravam contra a hegemonia assíria. De outro, procuravam vingar-se desse rei — o falso irmão cuja traição não merecia perdão.

Vigiado de perto pelos arquitetos que havia derrotado, Saul estava sempre em guarda e por isso tinha construído uma engrenagem giratória para dar acesso àquela galeria só acionada quando se queria entrar lá. Aparentemente, nada deixava suspeitar a existência do subterrâneo onde se reuniam os Manassés. Claro que bastaria uma denúncia, até mesmo uma simples indiscrição, para que o bando de invejosos e ambiciosos exigisse a pena de morte e as mais refinadas torturas para Saul.

E os invejosos, os ciumentos que espionavam o judeu na esperança de arruinar sua carreira, logo tiveram mais um motivo para aumentar o seu rancor. É que a filha do tartã, segunda personagem do reino, interessou-se subitamente pelo protegido de seu pai.

Nem todas as princesas são dotadas de notável beleza. E muito longe disso estava Amara, a filha mais velha do tartã, cujo físico infeliz desencorajava qualquer pretendente. Parecendo inflada, para não dizer obesa, Amara revelava personalidade autoritária e temperamental. Uma vez que os jovens príncipes assírios, aristocratas pelo sangue ou por recentes promoções na hierarquia, desapareciam sempre no último instante, ela encasquetou de seduzir o construtor do zigurate, a torre que agora erguia para o céu seu imponente conjunto de andaimes.

Amara estava certa de que um escravo judeu, mesmo que liberto e elevado à condição de arquiteto-chefe dos trabalhos reais, não lhe faria a afronta de rejeitá-la.

E Saul, que precisava manter boas relações com o tartã para levar adiante seu projeto diabólico, não pôde recusar os repetidos convites de sua filha. Ela exigia sua presença a qualquer hora do dia ou da noite, mandando-o chamar por qualquer *quarradé* ou *hupshi*, legionários a serviço de seu pai, que agarravam o jovem e imediatamente o conduziam até o palácio.

Se Amara parecia desabrochar, apesar do desempenho medíocre do judeu, que não estava de todo seduzido, a construção do zigurate sofria com as ausências do arquiteto.

Essa ligação carnal entre uma princesa assíria e um escravo judeu, inteiramente contrária à natureza, era vista com maus olhos até mesmo por aqueles que não se haviam atrevido a compartilhar o leito de Amara. Apenas o tartã rejubilava-se sinceramente, pois sua filha querida, num acesso de romantismo, havia começado a tocar harpa. Ela, que passava os dias inteiros invectivando contra o gênero humano, entoava agora belas melodias em seu instrumento de cordas. Toda a casa estava encantada. Tanto a família como a criadagem não mais reconheciam a moça briguenta que haviam temido e servido. E, mais ainda, depois que havia se apaixonado, Amara emagrecia e afinava a silhueta. Quase se tornava bonita.

Com muita persuasão, Saul conseguiu ser dispensado das proezas amorosas durante o *Shabbat*. Assim, pôde respeitar o quarto mandamento que Deus impôs ao povo judeu. Desde a sexta-feira, uma hora antes de cair a noite sobre a capital assíria, Saul deixava o palácio da quase bela Amara, mas muitas vezes precisava retornar no sábado à noite, quando surgiam, além da estrela d'alva, as três primeiras estrelas no céu de Kalah.

Em suas horas livres, Saul dedicava-se em dobro à obra. Precisava garantir o prosseguimento dos trabalhos que previam a elevação da torre no espaço, o que demandava organização minuciosa, conhecimentos técnicos e aritméticos excepcionais. Era indispensável calcular com total exatidão o estado de equilíbrio que resulta da ação de forças que se anulam. Como, efetivamente, chegar a harmonizar o equilíbrio estável com o instável? Como fazer convergir no mesmo conjunto um corpo afastado de sua primeira posição, mas que tende a voltar a ela, com um corpo também afastado de sua posição de equilíbrio, mas que se estabiliza em sua nova orientação?

Encerrado no subterrâneo do zigurate, acompanhado por alguns fiéis, Saul avaliava e multiplicava as combinações, a fim de que a torre, uma vez concluída, pudesse desmoronar de uma só vez, como um castelo de varetas. Depois de todos os cálculos, concluiu-se que era necessário cavar ainda mais as fundações, aumentando aquele compartimento. Uma vez cheio com terra móvel, ele se haveria de comportar como uma ampulheta. Sendo impossível girar o compartimento como se gira a ampulheta que mede o tempo fixado com antecedência, Saul imaginava dotá-lo de uma enorme canalização abrindo sobre o vazio, que um engenhoso sistema abriria quando chegasse o momento.

Às dificuldades práticas de um tal empreendimento, acrescentava-se sua realização na mais completa clandestinidade. Ninguém, exceto os Manassés, deveriam estar a par da operação. Não apenas foi necessário trabalhar no mais absoluto segredo, mas também ocultar o canteiro de obra, escamoteando-o durante as numerosas inspeções que, com regularidade, realizavam os arquitetos derrotados.

A dúvida, naturalmente, por vezes dominava Saul, levando-o mesmo ao desencorajamento. Fiel à sua terra e a seu Deus, nem por isso deixava de trair o tartã e os assírios notáveis, que o apoiavam com sua confiança, a ponto de considerá-lo um dos seus. Quando a dúvida era mais forte do que a fé, Saul imaginava o desmoronamento do zigurate no dia de inauguração. A corte, em seu conjunto, os oficiais e os dignitários, os governadores das regiões e dos territórios ocupados, todos iriam perecer por sua culpa, amortalhados sob blocos de pedra e de mármore, vigas e escombros. Não se podia imaginar semelhante crime sem vislumbrar as conseqüências dessa terrível vingança. Tudo de que dispunha a Assíria em matéria de autoridades e mestres, dirigentes e comandantes, príncipes e personagens influentes desapareceria, assim, para sempre, numa horripilante nuvem de pó. Alguns minutos bastariam para tornar o país enfraquecido e permitir aos cativos judeus escaparem.

Foi durante um desses momentos em que a hesitação contraria a ação que Saul recebeu a visita de um jovem manassé, um tanto depravado, mas cuja coragem, o mais significativo valor moral, ele admirava, principalmente quando acompanhada de segurança. Naquele dia, Samuel veio informar a Saul que havia ido à casa dos prazeres, um estabelecimento dos mais apreciados em Kalah, de tal modo eram as mulheres judias hábeis nas carícias.

Ele tivera relações com uma manassé de nome Esther, cujo ombro esquerdo estava marcado com uma cicatriz ainda recente.

Saul, escutando o depravado Samuel insistir sobre a beleza da jovem prostituta que trazia um sinal no ombro, teve a convicção de que ela não era outra senão a neta de Amós.

Seguindo apenas os seus pressentimentos, movido pela lembrança do mais gracioso dos rostos, partiu imediatamente para a casa dos prazeres. No caminho ele revivia os instantes dolorosos da separação. Relembrava o velho Amós, espancado pelos esbirros a quem seus compatriotas judeus, indignados com o seu comportamento, encorajavam. Ele próprio quase havia sido executado, tão chocante tinha sido a sua conversa. Salvou-se apenas graças à boa vontade do capataz, que o fez fugir a cavalo sob forte escolta.

Saul lembrava-se dos belos olhos de Esther, subitamente invadidos por um clarão de terror. Ela sabia que dali em diante estaria perdida, prometida ao tenebroso Trajut-Jutram, o que colecionava ventres de moças para fabricar couro de tambor.

E Saul, que se dirigia a grandes passadas ao lupanar sem se preocupar em ser seguido e denunciado, perguntava-se por que milagre a neta de Amós havia escapado à morte.

Esther contou-lhe como a velha escrava havia se apiedado dela e espalhado pústulas por toda a sua pele. Isso, entretanto, não evitava que o remorso a assaltasse, pois, em vez de morrer segundo os preceitos de Deus, ela havia escolhido viver na degradação, oferecendo seu corpo aos homens.

Apesar de tudo, porém, a vida merecia ser vivida. Não havia reencontrado Saul, seu Príncipe do Exílio, cuja promessa de casamento ajudara-a a transpor as piores provações?

Colocada, no início, num abatedouro reservado aos prazeres da guarnição assíria de Khorsabad, foi transferida depois para Mossul, onde havia um estabelecimento de mais categoria. Porque ainda guardava suas esperanças, achavam-na mais graciosa do que a maioria das jovens judias.

Esther conheceu outras cidades, outros soldados e diversas outras situações angustiantes, até o dia em que um copeiro real muito importante, alto dignitário do exército, provou dela e decidiu adotá-la. O rabsaque já possuía um gineceu dos mais apinhados. Só lhe estava faltando alguém capaz de ensinar a suas mulheres a arte de fazer amor com mil recursos refinados e sutis antes de alcançar o prazer supremo.

E Esther, que mal havia completado 16 anos, foi enviada ao harém do grande copeiro real, onde suas lições deixaram todos maravilhados, até o dia em que a jovem professora se viu igualada pelas alunas, na maioria mais velhas do que ela. E então o oficial colocou-a naquela casa de Kalah, freqüentada pela aristocracia assíria. Ia-se ali festejar entre amigos e divertir-se noites seguidas com outras mulheres que não as esposas.

Abalado com a má sorte que perseguia a neta de seu melhor artesão, Saul decidiu comprá-la. Possuía bastante ouro e prata, uma soma que representava dois anos de salário que o tartã lhe havia pago como arquiteto-chefe dos trabalhos reais.

Ao adquirir Esther, Saul não estava infringindo a lei assíria, que permitia a qualquer homem em boa situação comprar suas concubinas. Mas, por outro lado, desafiava a extraordinária filha mais velha do tartã, que chegou à sua casa inesperadamente, cercada de seus guardas.

Sua violência fez estremecer o zigurate.

Saul deixou, com astúcia, que a tempestade abrandasse.

— Vamos, princesa. Vós, que sois sempre tão bem informada sobre meus atos e atitudes por espiões pagos, seria melhor conter vossas palavras e refrear vosso ódio.

Apontando para a jovem que se encontrava junto de Samuel, o depravado, o mesmo que a descobrira na casa de Kalah, continuou:

— Princesa, estão cegos vossos olhos e se engana vosso coração. Esther é apenas a neta de meu melhor pedreiro, vítima de terrível desastre pelo qual me sinto responsável. Comprar essa jovem judia, retirá-la daquela casa, é uma forma de pagar a minha dívida e de ficar em paz com a minha consciência. Eu vos imploro, princesa, não vejais nisso nada além de um gesto fraterno.

A princesa lançou sobre Esther um olhar agudo como o fio de uma espada e exclamou:

— Eu o previno, Saul: se essa prostituta partilhar de sua cama neste zigurate, seu povo sofrerá uma grande desgraça, pois a torre desabará sobre os milhares de empregados em sua construção!

Saul sentiu o peito apertar-se. Como poderia Amara adivinhar e anunciar a catástrofe preparada por ele no mais absoluto segredo? Ela só se enganava num ponto: no dia da inauguração, nem mais um único operário judeu estaria habitando aquelas pobres choupanas de palha que enchiam o canteiro de obras do zigurate, desfigurando seus contornos. Então, disse:

— Compreendo-vos, princesa, mas vossos receios se fundam na amizade que sentis por mim, o que me deixa lisonjeado.

Ela o interrompeu, exclamando:

— Não lhe tenho nenhuma amizade. Apenas amor e uma atração que só se explica pela lei dos contrários. Certamente, você é belo e orgulhoso, senhor de seu corpo e de seus sentimentos. Mas raríssimas vezes fica fora de si, pois jamais pude vê-lo nesse outro estado, no qual sabe tão bem me manter.

Dirigindo-se a Esther, a quem as infâmias sofridas pareciam ter deixado incólume, ela acrescentou:

— Quanto a você, pequena prostituta, nem tente provocá-lo. Ao menor avanço, ao menor contato, mandarei prendê-la imediatamente e a esfolarei com minhas próprias unhas até vê-la morrer.

Esther, cuja arte do subterfúgio não havia esperado a idade madura, tomou a mão de Samuel, o depravado, e respondeu:

— Como vos enganais, princesa. Saul foi, talvez, o mestre de meu pobre avô, mas para mim ele não é mais que um parente distante, a quem devo, hoje, a minha liberdade. E essa liberdade, princesa, eu ofereço a Samuel, o jovem que amo desde sempre, porque me faz lembrar da suavidade de Samaria e das cheias do Jordão.

Amara ficou estupefata. A linguagem da pequena prostituta soava-lhe estranhamente sofisticada, e ela não contava com aquela revelação. Como todos em Kalah, costumava zombar das extravagâncias de Samuel, incomparável na arte de enganar o próximo. No entanto, saber que aquele sedutor de mulheres se preparava para o casamento deixou-a completamente desconcertada. Ela, porém, não era a única, ali, a se espantar com tudo aquilo, pois Samuel, por mais malicioso que fosse, também havia permanecido atarantado por alguns segundos.

Compreendendo tratar-se de uma artimanha, ele se lançou, por sua vez, à criatividade, jurando por seu grande deus — sem, contudo, nomeá-lo — que desde a infância era apaixonado por Esther.

A princesa pareceu convencer-se. Saul ainda teve de subir em sua carruagem, toda de ouro e brocado, partindo com ela para o palácio. Lá, foi submetido à provação dos mais loucos ardores. Apesar de tudo, conseguiu fazer, todo o tempo, que seu corpo e sua língua mentissem.

A partir desse dia, Saul viveu com Esther um amor clandestino, uma relação que retirava sua força da proibição e do segredo. Oficialmente, Esther vivia com Samuel, mantendo com ele os laços do matrimônio. Extra-oficialmente, ela só amava Saul, a quem se entregava com paixão, nas raras vezes em que ele conseguia burlar a vigilância dos espiões e também a intuição de Amara.

E tudo, mal ou bem, prosseguiu assim, no melhor dos mundos assírios, até o dia em que o zigurate, aquela verdadeira obra-prima do gênio humano, foi concluído.

Como previa Saul, as centenas de choupanas que se amontoavam pelo canteiro de obras foram derrubadas, e os escravos judeus, levados para fora da cidade. Uns retornaram para o deserto, e outros, para melhor sorte. Alguns tentaram retornar a Samaria, porém foram detidos e massacrados.

Depois que a vasta esplanada foi equipada com fontes e lagos, a gigantesca torre surgiu bem ao final de uma larga aléia margeada pelos mais belos olmos do Eufrates. A arquitetura era de estilo judeo-assírio, de proporções colossais. A base formava-se de blocos e lajes de pedra encaixadas umas às outras, englobando os quatro andares inferiores num conjunto vertical que era enriquecido com relevos inspirados pelas façanhas de Salmanasar e de Sargão. Observando mais de perto e a julgar pelo número de mortos assírios, percebia-se que os defensores judeus de Samaria não se tinham deixado esmagar sem resistir heroicamente. Os altos-relevos, com efeito, haviam sido esculpidos pelos melhores artistas hebreus, em detrimento dos entalhadores e decoradores assírios.

O tartã, chefe de guerra respeitador do inimigo, havia permitido que o fizessem assim. Quando a lenda já domina as cabeças, de nada serve cortar estas últimas, pois quanto mais se decapita, menos se apaga o mito da invencibilidade. Com o tempo, o terror só faz engendrar a rebelião. Assim pensava o tartã ao felicitar seu quase-genro pelos outros 13 andares em tijolos cor-de-rosa, esmaltados e lacrados com argamassa de mármore.

O resultado era uma construção monumental das mais harmoniosas, embelezada por um impressionante terraço colocado no cume da torre, para onde toda Kalah e mesmo toda a Assíria foram convidadas a vir contemplar as belezas de sua cidade, que o lânguido rio dividia em dois.

Por fim, os adivinhos e astrólogos escolheram o dia e a hora melhores para a inauguração. Examinaram-se fígados de carneiro, estudaram-se os astros, levaram-se em consideração diversas conjunturas, até chegar-se a um acordo sobre a terceira manhã do quarto mês lunar. E, para se certificarem de que se tratava efetivamente da melhor data, xamãs e guerreiros, estes últimos trajados com uma curta túnica vermelha apertada na cintura, com altas botas de couro amarradas até as coxas, convidaram os deuses e as forças da natureza para compartilharem de suas danças bárbaras.

Chegou o dia tão esperado por Saul.

As principais personagens do reino, acompanhadas de suas esposas e filhos, comprimiam-se agora no terraço sombreado do zigurate. Tendas foram erguidas ali, além de bufês, estrados e até um trono para o rei, que em vão foi aguardado.

Inspirado por súbita premonição, Sargão fez seu carro dar meia-volta e retornou ao palácio, acompanhado pelo tartã, que ficou extremamente contrariado.

O rei não pôde refutar a admoestação dos adivinhos. Dirigiu-se para o ponto mais alto de seu palácio e ali se acomodou. Daquele lugar, poderia avistar o enorme edifício lançando-se contra o céu. Um despreocupado tropel de formigas parecia ir e vir sob os cortinados esticados que uma ligeira brisa inflava, emprestando à cobertura do zigurate o ar de um grande veleiro prestes a desatracar.

Dissimulado nos subsolos da torre, Saul contava os segundos que o separavam da catástrofe. Como grande criador que era, hesitava em destruir a obra mais perfeitamente realizada de sua vida. No auge da confusão, dividido entre o remorso e a promessa, invocou o pai e novamente o escutou pronunciar suas últimas palavras: "*Se um dia acontecer de oferecer seus serviços ao inimigo, não se sinta obrigado a nada.*

Devolva-lhe a desgraça centuplicada. Enterre-o sob seus próprios escombros. Sim, meu filho, você conduzirá os trabalhos com mãos de mestre. Aparentemente, será dócil como se fosse um deles, mas por dentro a revolta não cessará de rugir. Então, porá sua inteligência e seu talento a serviço de nossa vingança. Fará de forma que, uma vez concluído, o palácio desmorone sobre o vencedor e seu séquito."

Com essas poucas palavras, pronunciadas pouco antes de sua morte, Salomão absolvia o filho de qualquer crime de sangue, como também de qualquer vaidade.

Então o jovem arquiteto acionou a alavanca, provocando a abertura da grande ampulheta.

Desse modo, cumpria-se o destino da torre, que agora ninguém poderia modificar. Saul subiu lentamente os degraus que conduziam à saída. Dirigiu-se pela aléia ladeada pelos mais belos olmos do país e voltou-se, uma última vez, para admirar sua obra-prima.

Do alto de seu palácio, de onde observava a cerimônia, o rei teve a impressão de que o mundo desmoronava sob seus pés. Tomado de vertigem, recompôs-se logo para recuperar a consciência de suas pernas. E, estranhamente, elas estavam bem. Algo diferente, porém, acontecia com a torre que ele havia encomendado e que simbolizava o esplendor e o poderio assírios. Ela vacilava, tal como um olmo na tempestade, inclinando-se irremediavelmente, um pouco mais, a cada segundo, até que, afinal, veio abaixo, com um espantoso ruído apocalíptico.

Em pouco tempo, o sonho de Sargão transformou-se em pesadelo, na certeza de que seu império afundava como um castelo de areia, arrastando em sua queda todos os súditos da casa real.

E, enquanto toda Kalah perecia e os feridos agonizavam, Saul e Esther, livres dos vigias, pois em toda parte só se via devastação, fugiam. Cavalgavam os dois melhores puros-sangues do tartã, esporeando-os a toda velocidade em direção ao país vizinho.

✡

Séfora, a judia indiana, agradeceu ao Estrangeiro por havê-la escutado e passou a palavra a seu vizinho. Era um homem corpulento, com o olhar animado por profunda bondade. Disse chamar-se Samuel, como Samuel, o depravado, descrito por Séfora. Diversamente dela, porém, ele mencionou seu prenome indiano. E Raj, que também se chamava Samuel, retomou por sua vez o livro...

CAPÍTULO 3

Em que se sabe do assassinato de Saul, apunhalado por bandidos cruéis a mando do tartã.

Seu filho, com apenas nove anos, recolhe o juramento dos Manassés dos lábios do moribundo e promete vingar Israel da humilhação.

Adulto, ele chegará a Samaria, onde será aprisionado, torturado, e depois terá os olhos arrancados. Enfim, pouco antes de deixar o mundo dos vivos, transmitirá a mensagem a seu filho, jovem de 16 anos, que quase ele não teve a oportunidade de criar...

O livro de Samuel

É preciso que vocês saibam que, durante 28 séculos, os Manassés que nos legaram o livro chamavam-se Saul, de pai para filho, em todas as sociedades, o que não os impedia de adotar outros nomes, conforme residissem na Babilônia, na Pérsia, em Bactriana,* na Ásia Central, na Índia ou na China.

Assim, esses numerosos Saul formam hoje um único e magnífico herói, do qual tiramos ao mesmo tempo nossa história e nosso orgulho.

Mas voltemos um instante a Saul, o primeiro deles, e a Esther, sua esposa...

Procurados por todos os exércitos do reino, eles chegaram à Babilônia, a mais rica região do Oriente Próximo, então sob controle assírio. Ali, os movimentos que se opunham ao poder central eram tão diversos e numerosos que nossos dois fugitivos, precedidos por sua lendária reputação, puderam encontrar esconderijo e sustento.

---

* *Bactriana* ou *Báctria*. Antigo país situado entre as montanhas do Hindu Kush e o rio Amu Darya, hoje parte do Afeganistão. (N. T.)

Alguns anos mais tarde, o casal tentou retornar a Samaria, que havia pago por seu fracasso. Pior do que a desilusão, para Saul, foi o desaparecimento de Esther, que morreu de parto a caminho do exílio.

Uma velha mulher conseguiu salvar a criança: um menino, chamado Saul, como o pai, que pouco tempo teve para transmitir ao filho mais do que o juramento dos Manassés.

Ao completar nove anos, o pequeno Saul, que se parecia com o pai em cada detalhe, viu-o tombar aos golpes de uma horda de bandidos sob as ordens do tartã.

Assim, 10 anos após o desmoronamento do zigurate, Saul pagava com a vida aquilo que alguns consideravam prevaricação, e outros, um ato de bravura sem precedentes.

Apavorado, o menino precipitou-se sobre o pai, que agonizava numa poça de sangue.

Reunindo o que lhe restava de forças, ele murmurou ao ouvido do garoto:

— Prometa-me, por *Elohim*, jamais esquecer quem somos, Manassés, os herdeiros do sinal secreto, investidos de uma missão divina.

E, como a criança sufocasse a dor para escutar melhor o pai, Saul acrescentou:

— Se algum dia o constrangerem a dar sua mão ao inimigo, não se sinta obrigado a isso, mas aja de forma que a sua mão o agarre pela garganta. Na aparência, você se mostrará dócil, como se fosse qualquer um deles, mas dentro de você a revolta não cessará de rugir. Então colocará sua inteligência e seu talento a serviço de nossa causa, para a honra de Israel.

O filho de Saul havia sido educado na religião por uma judia da Babilônia, e era a primeira vez que escutava o pai falar daquela maneira. Até então, tinha ouvido dizer que somente o Messias, no dia escolhido por ele, conclamaria seus súditos, dispersos pelos quatro cantos do mundo, a retornarem à Terra Prometida.

A súbita revelação que o proclamava Vingador de Israel perturbou-o muito.

Enquanto se interrogava sobre o sentido da vida, uma grande desgraça abateu-se sobre a Babilônia. Mal essa metrópole havia recobrado o fôlego, saindo da ocupação, Senaqueribe, o Terrível — o novo rei da Assíria —, rompeu o pacto de autonomia, concedido por Sargão, e invadiu a cidade. Seguiu-se um tenebroso massacre, no qual metade da população pereceu pelo sabre e pelo fogo. Milhares de cabeças foram cortadas e expostas no alto da fortaleza que rodeava a cidade. Sobre as muralhas abertas, ainda desprendendo fumaça, estenderam-se peles humanas, cuidadosamente esfoladas. E, como para embelezar aquelas espécies de afrescos sanguinolentos, espalharam-se por cima olhos e orelhas, línguas e órgãos sexuais, fígados e corações.

Quando caía a noite, tudo aquilo era recolhido e amontoado em grandes pilhas, às quais se ateava fogo. A cidade inteira foi invadida por um acre odor de carne tostada. Repetia-se tudo na manhã seguinte. Prisioneiros eram levados em longas filas até as muralhas, onde esperavam sua vez de serem esfolados vivos.

Aquela terrível matança não trouxe nenhuma resposta ao jovem sobre o sentido da vida. Ele havia nascido babilônio, depois que Esther e o primeiro Saul tinham fugido de Kalah; porém, a Babilônia era somente a sua pátria por acaso: continuava profundamente judeu, irrevogavelmente preso à sua terra de origem.

A salvação de Saul deveu-se unicamente à sua mãe adotiva, originária da Galiléia, mas que se fazia passar por meda ou elamita, segundo as circunstâncias ou os encontros.

Prevenida, como tantos outros, sobre o avanço das tropas assírias sobre a Babilônia, ela havia se refugiado nas distantes colinas do Leste que dominam o vale do Eufrates.

A soldadesca, ocupada em matar e pilhar, não se arriscava naqueles campos áridos onde só cresciam oliveiras atrofiadas e parreiras raquíticas.

Enquanto se escondia lá, o órfão Saul não se esquecia de que era um manassé. O sinal da justiça que trazia no ombro lembrava-lhe constantemente a sua promessa. Esperava crescer um pouco mais, ficar um pouco mais forte, para continuar o combate iniciado pelo pai, a quem votava ímpar admiração.

Aos 13 anos, sentiu-se suficientemente heróico para gravar o sinal dos Manassés no ombro de uma jovem que, como ele, vivia naquela região desolada. Assim, prometeu a Sarah que iria desposá-la e com ela formar a sua família em Samaria, quando a cidade fosse libertada.

Enfim, com a idade em que a consciência revela-se às vezes doloroso sofrimento, o órfão Saul partiu para a guerra. Desde então, não cessou de fomentar complôs contra os tiranos assírios.

Conheceu chicote e prisão, trabalhos forçados e torturas horripilantes. Muitas vezes, entretanto, foi até Samaria disfarçado de mendigo para semear a revolta.

Forçados à escolha entre morrer ou renegar seu Deus, numerosos judeus viviam em extrema aflição. Alguns continuavam praticando seu culto em segredo. Outros, ainda, mostravam-se tão devotos, que agora veneravam as divindades pagãs.

Decepcionado diante da atitude dos seus, que não se decidiam por qualquer iniciativa, Saul desfez-se de suas roupas de mendigo e se apresentou, de rosto descoberto, na praça do palácio.

A residência dos reis de Israel havia sido apenas parcialmente reconstruída, mas, ao examinar o andar inferior, ele percebeu o sinal dos Manassés, que ninguém ainda havia apagado.

Impregnado de orgulho, começou a pregar a resistência contra o povo assírio.

Alguns soldados da ocupação agarraram-no e arrastaram-no para diante dos juízes.

Após um processo arbitrário, foi condenado a sofrer a ablação dos dois olhos.

E assim tornou-se um pobre miserável que tomou o caminho de volta, tirando suas derradeiras forças do ódio que votava a seus carrascos.

Sarah, a esposa que ele havia negligenciado para poder cumprir seu apostolado, criava seu filho na clandestinidade. Ninguém, naquela cidade inimiga, conhecia os laços que a uniam ao incorrigível opositor.

Nas raras vezes em que Saul voltava à Babilônia, só em segredo encontrava os seus.

Dessa vez, quando estava morrendo por causa da dor e da doença, chamou seu filho nas colinas do leste. Privado dos olhos, só pôde contemplá-lo tocando-o com as pontas dos dedos.

Era um rapaz corpulento, de pronunciado nariz aquilino, a pele morena. Uma longa cabeleira negra, brilhando com óleo de argânia, emoldurava-lhe as feições, e pomos salientes realçavam de maneira viril a perfeita forma oval do rosto.

O adolescente parecia-se com ele em todos os detalhes, como ele próprio se parecia com seu pai. Os três haviam sido modelados com uma sutil mistura de força e de elegância, acentuadas por seu olhar penetrante, cuja acuidade intimidava aqueles que se viam por ele avaliados.

Então Saul perguntou ao filho:

— Eu o conheço tão pouco, fale-me sobre suas ocupações atuais. Continua apaixonado pelos estudos?

E o filho de Saul, também chamado Saul como o pai, respondeu com um sorriso largo:

— Não se preocupe comigo. Não existe ainda uma *Yeshivá** na Babilônia, mas, com a ajuda de um velho judeu, estou aprendendo a decifrar os arcanos do Livro dos Livros. Da manhã à noite eu me aprofundo na leitura da *Torah*.

No auge da emoção, o pobre cego sentiu correrem lágrimas de suas órbitas vazias, o que, porém, não passava de uma impressão.

Ao ver o pai tomado por sentimentos tão violentos, o jovem acrescentou:

— Minha dor é profunda, pois meu pai, que antes transbordava vida, irradiando todas as chamas que a fé provê, agora não passa de uma sombra de si mesmo. Pois Senaqueribe, o sucessor de Sargão, assim como Assaradão, que reinaram sobre Nínive e Babilônia, jamais cessaram de persegui-lo e destruí-lo, como destruíram o reino de Israel. Mas, pela graça de *Elohim*, meu pai, esse homem obcecado pela justiça e pela verdade, nada perdeu de suas convicções. Hoje, no umbral da morte, ele está quebrado, mas não dominado. E tão grande

* Escola judaica de ensino religioso avançado, cujo objetivo é preservar, transmitir e interpretar a revelação de Deus a Moisés. Teve a maior importância na preservação e unidade do povo judeu. (N. T.)

é meu orgulho por ser seu filho, que gostaria de dizer-lhe o quanto você me fez falta nesses anos todos que nos separaram. Também, para ser digno dos Manassés, aprendi a pensar e contar os dias em hebraico. E, mais ainda, aprendi também o sumério e o acádio. E essa língua que os cananeus falavam me permite agora decifrar as inscrições que datam de antes do dilúvio babilônico.

Ao ouvir o filho enumerar seus conhecimentos com a única intenção de lhe ser agradável, Saul teve uma idéia diabólica, que equivalia, em matéria de catástrofe, à destruição do zigurate.

E, com voz ainda firme, movida pelo espírito de desforra que animava os vingadores de Israel, ele falou:

— Chegou a hora de você deixar a Babilônia e ir para Nínive. Se Assaradão reconstruiu o templo consagrado a Marduk, que Senaqueribe, o Terrível, demoliu com tanta pressa, a Babilônia não deixa de continuar sob o jugo de Assurbanipal, o mais poderoso soberano da Assíria. Sabemos como ele gosta da caça e da guerra, pois costuma capturar na mesma armadilha de espinhos pontiagudos tanto o tigre quanto o inimigo. Sabemos, também, de sua paixão pelas letras e pelas artes. Tenho conhecimento de que, desde a chegada dele ao poder, ele agita céus e terras para satisfazer suas pretensões. Agora mesmo, está compondo a mais vasta biblioteca jamais organizada no mundo, nos planos mais elevados de Nínive.

O cego interrompeu-se. Apalpou a nuca e os ombros do filho, depois acrescentou:

— E é aí que você deverá intervir. Irá até Assurbanipal, a quem conquistará por meio de sua erudição. Irá mostrar-lhe toda a extensão de seu saber. Então, e eu confio no Eterno, o rei da Assíria lhe dará a maior importância e o empregará em total confiança. Sim, meu filho, você escavará todos os cantos do país, levando para o rei as preciosas tabuletas que contam a história da humanidade em toda a sua beleza, como também em todo o seu horror. Na aparência, será dócil como se fosse um deles, mas por dentro a revolta não cessará de rugir. E, então, quando essa biblioteca completa se curvar ao peso de tantos escritos, você só precisará atear-lhe fogo. E assim, por falta de memória, a Assíria cairá novamente na ignorância. Vai, filho meu, e não esqueça jamais quem somos.

O cego não pôde dizer mais nada, subitamente apavorado. Receberia alguma punição do Eterno por imaginar um crime daqueles?

O jovem Saul não deixava de pensar nisso. Era como se alguém lhe ordenasse uma ação contra si próprio.

Sem nada questionar e sendo o terceiro Saul da geração dos Manassés, ele obedeceu ao pai e se pôs em viagem para Nínive, a mais opulenta das cidades do Oriente, onde jorravam leite e mel das fontes de alabastro.

Na verdade, Nínive era simplesmente a antiga Kalah.

Arrasada durante o tempo de uma efêmera conquista pelo cruel Marduk, Kalah mudou de nome e de pele. Assurbanipal redesenhou os contornos e embelezou a cidade com inúmeros parques e jardins que estendiam sua beleza luxuriante sobre telhados e terraços.

Do começo ao fim do ano, essa floração, que desabrochava sob a magia dos jatos d'água, transformava a cidade num verdadeiro oásis suspenso entre o céu e a terra. As ruas sombreadas desprendiam bálsamos de âmbar e sândalo, menta e açafrão. E os mercadores, por trás de seus mostruários, apregoavam figos e granadas, olivas e amêndoas, maçãs e nozes. Outros modelavam à vista de todos roscas de malte e de trigo, pães de trigo-sarraceno perfumados com óleo de sésamo, e toda sorte de guloseimas à base de mel e de uvas, tâmaras e pistaches.

Vivamente impressionado por Nínive, Saul perambulou algum tempo pelas ruelas da cidade. Uma delas desembocava numa larga avenida, no fim da qual se elevava uma monumental construção, cuja assimetria deixou-o espantado. Tratava-se do novo zigurate, reconstruído por Senaqueribe, o Terrível, sobre as bases do antigo. Passados alguns meses, a torre começara a inclinar-se perigosamente. Foi necessário que se evacuassem todos que nela trabalhavam e transferir escribas e adivinhos, astrólogos e engenheiros, altos dignitários e coletores de impostos para outras instalações.

Ao descobrir aquela torre abandonada, Saul lembrou-se, emocionado, do avô. Oitenta anos mais tarde, seguindo seu exemplo, entrava agora como um lobo naquela cidade para morder o povo assírio em seu coração.

E a predição de Saul, o cego, realizou-se.

Recebido pessoalmente por Assurbanipal em seu palácio, o jovem conseguiu seduzir aquele rei intelectual.

E o rei lhe perguntou:

— Quem é você?

E Saul, o terceiro dos Manassés, respondeu:

— Sou um judeu da Babilônia e vos sou grato por haverdes reconstruído a minha cidade, arrasada por vosso predecessor.

— Seu agradecimento me toca, mas não me informa sobre quem o envia a mim.

Saul hesitou por um instante, enrubescendo: o rei o intimidava, por sua imponência e suas vestes. Mas, enfim, respondeu:

— Quem me envia a vós é apenas a vossa reputação como protetor das artes. Vede, ó grande rei, se me permitis, gostaria de vos dizer o seguinte: ninguém ainda o sabe, mas a sabedoria é daquele que preserva as obras adquiridas e que incita os artistas a criarem outras. Infelizmente, é mais glorioso ser temido como bárbaro do que ser amado como benfeitor. É mais fácil e mais radical arrasar cidades e pilhá-las do que embelezá-las à sua custa.

Assurbanipal examinou o jovem com ar divertido. Sorria francamente, quando Saul acrescentou:

— Voltando a vós, ó grande rei protetor das artes, digamos que o céu me fez ouvir sua voz, e ela me deu a coragem para me aproximar de vós.

E o rei exclamou:

— De que voz está falando? Dos meus deuses ou do seu?

Saul não se desconcertou e respondeu:

— Sabeis como eu, ó grande rei, que todos os deuses compartilham do mesmo céu e que eles estariam em paz, ali, se não estivéssemos sempre provocando-os.

O rei pareceu apreciar a resposta. Estava gostando muito do rapaz. Era um judeu de boa família e de boas idéias. Perguntou:

— Diga-me o que estudou e lhe direi se você me convém.

Ao que Saul replicou sem hesitar:

— Estudei a *Torah*. Aprendi o aramaico, a língua dos antepassados, o sumério e o acádio, línguas que se aparentam à minha como se fossem mães e irmãs.

Foi então que Assurbanipal, como príncipe das letras que era, dirigiu-se em hebraico ao jovem judeu.

Pode-se imaginar qual não foi a surpresa de Saul, ouvindo expressar-se assim o chefe de um império que englobava Israel, Fenícia, Babilônia, Mênfis e o Baixo Egito, e a quem os reis de Tiro e de Judá, os citas e os cimérios pagavam tributo.

Mas Saul ainda não havia chegado ao cúmulo da sua surpresa. Logo, entre o assírio e o judeu, estabelecem-se uma conversa em sumeriano e em hebraico, em que foram tratadas as grandes questões que agitam a alma humana quando está em contradição com as leis, e as ações que deixam indignada a consciência.

Naquele instante, o escriba que assistia à entrevista anotou, na prancha de madeira, que os dois homens haviam atingido uma certa elevação espiritual.

Embalado pela erudição e pela personalidade do rapaz, o rei Assurbanipal lhe confiou, ali mesmo, um posto que muitos intelectuais do reino cobiçavam. Tratava-se de visitar todas as províncias do império em busca de textos raros. Dessa forma, sem que nem por um instante desconfiasse das verdadeiras intenções de Saul, o rei dos reis colocou à disposição dele carruagens e escolta. Não havia nenhum judeu entre os soldados e os oficiais que o acompanhavam, e por isso Saul precisou se munir da maior prudência quando chegou ao reino de Judá, onde o povo começava a lamentar a traição de seu rei.

O jovem encontrou-se secretamente com os chefes da oposição, a quem forneceu informações sobre a situação das forças assírias. Descreveu os combates entre a Babilônia e Nínive, elogiando a formidável eficácia dos exércitos de Assurbanipal, cujas legiões de "bravos" compunham-se de grupos de 10 e 50 homens sob o comando de um capitão que, por sua vez, estava diretamente sob as ordens do tartã ou do rei. Esses grupos de 10 ou 50 eram tão numerosos, tão hábeis na movimentação, quer em linha reta, quer em ângulo, que Assurbanipal podia alinhar 150 mil soldados de infantaria e ainda outros tantos arqueiros. A essa força se juntava a cavalaria ligeira, dotada de 5 mil carros, cada unidade montada por três homens equipados com lanças e porretes. Depois, vinham as máquinas de guerra: catapultas e bombardas, aríetes e outros engenhos de assalto.

Durante suas missões, Saul arrebatava os homens do reino de Judá, incitando-os à resistência interna. Naquele momento, mais valia a resistência do que a guerra. Era mais sensato solapar as forças de ocupação do que correr o risco de ver a repressão abater-se cegamente sobre reféns inocentes.

Na companhia dos seus, Saul comportava-se como um manassé. Entretanto, desconfiava dos príncipes e dos sacerdotes, a quem a situação atual não desagradava necessariamente, aproveitando-se da aliança com os assírios. Vender seu país ao inimigo seria desonroso. E por isso Saul desafiava a lei judaica e encorajava os patriotas a fazerem justiça pelas próprias mãos. A partir de então, começaram a acontecer atentados e assassinatos nas ruas de Jerusalém, onde a influência assíria mostrava-se tão presente, que cultos pagãos eram praticados até mesmo no interior do Templo. Alguns fanáticos veneravam ali a deusa Bal, emanação do deus Assur.

Se Saul tinha tanto interesse pela causa do povo de Judá, tampouco deixava de desempenhar seu papel como sábio e pesquisador de textos antigos.

Trouxe de Jerusalém e Samaria preciosos rolos e pergaminhos que narravam a morte de Moisés no monte Nebo e também a conquista de Canaã por Josué. Em pouco tempo, a biblioteca de Assurbanipal encheu-se de tabuletas e estelas, de esculturas e de baixos-relevos, sendo todas as coisas gravadas imediatamente traduzidas ou interpretadas por uma equipe de sábios. Podiam-se consultar ao bel-prazer tanto inscrições cuneiformes e hieroglíficas quanto escritos amoritas e do protocananeu, empregado na epopéia de Atrahasis, o herói mesopotâmico. Outras estelas, pesando várias toneladas, descreviam a lenda de Utanapishtim, célebre princesa de Uruk. Havia também tesouros salvos das areias e de cidades soterradas, como as estátuas e glípticos trazidos de Ur e de Lagash.

Também se empilhavam ali papiros provenientes de Elefantina e toda sorte de cartas marítimas fenícias com o selo do rei Salomão. O mais incrível de tudo talvez fosse um lote de manuscritos, em extraordinário estado de conservação, que Saul, após muitas buscas infrutíferas, acabara por desencavar em uma gruta, nas cercanias do mar Morto.

Assurbanipal não economizava elogios. Enaltecia seu protegido, mostrando-se surdo às advertências dos oficiais que acompanhavam o judeu em suas longas peregrinações.

✡

Samuel interrompeu-se. Com a garganta seca, bebeu um gole d'água, com um olhar interrogativo para o *hazan*.

Portando a *quipá* e o xale de orações, com o *tefilim* em torno dos braços, ele entoou o *Shemá Israel*.

A oração recitada por ele perturbou o silêncio. Agora todos a repetiam.

Também o Estrangeiro participou, por sua vez, balbuciando as fórmulas, sem prestar-lhes muita atenção. Na verdade, ele estava viajandoa por outros lugares. Galopava com Saul de Elefantina a Nínive, de Jerusalém à Babilônia, impaciente por saber como o jovem iria incendiar a biblioteca de Assurbanipal. Imaginava diversas soluções, incluindo, entre elas, o abandono do projeto.

Mas inquietava-se em vão: em poucos instantes seria informado de tudo.

Concluída a oração, Samuel esperou que todos se sentassem novamente. Quando cessou o barulho de cadeiras e bancos, ele retomou a narrativa...

✡

O livro de Samuel

Estávamos no ano 3110 do calendário judeu, que corresponde ao ano 650 antes da era cristã. Mais dias se passavam, mais tesouros se amontoavam e menos Saul se sentia capaz de aniquilar todo aquele acúmulo de memória e de conhecimento que Assurbanipal colecionava. Na verdade, o jovem consumia-se internamente, até sentir-se acabado, procurando, desesperado, um meio de conciliar seus compromissos com os Vingadores de Israel e a integridade moral que o proibia de cometer tamanha destruição.

Dividido entre o dever de fidelidade e a noção de sacrilégio, Saul era o mais infeliz de todos os homens.

Um dia, afinal, jorrou uma luz sobre seu cérebro mergulhado em sombras. Dali por diante, ele abandonou a idéia de incêndio. Começou a imaginar algo que fosse menos criminoso, porém muito mais pérfido, e que consistia em disseminar exemplares falsificados pela biblioteca do rei. Assim, mandou executar, por seus amigos de Judá e de Samaria, centenas e centenas de tabuletas e estelas. Todas elas proclamavam as glórias dos exércitos de Israel, as incomparáveis virtudes de seus soldados e também do povo eleito. Outros exemplares, pretensamente mais recentes, narravam as atrocidades de Salmanasar e de Sargão contra as populações do reino do Norte. E ainda havia antiqüíssimos hieróglifos, atribuídos aos escribas de Ramsés II, que revelavam o quanto aquele faraó admirava a vitalidade e a inteligência dos judeus, a quem, por outro lado, mantinha na escravidão.

Longe de suspeitar do subterfúgio imaginado por Saul, Assurbanipal aperfeiçoava o seu hebraico e o seu egípcio. Ao ler com os próprios olhos que o mais prestigiado de todos os faraós glorificava o povo judeu, cujas loas literalmente cantava, o rei da Assíria pôs-se a se questionar sobre os fundamentos da História.

Extremamente contrariado, encerrou-se por vários dias com sua incrível e preciosa reserva de textos épicos, bíblicos, de sapiência e medicina. A verdade deveria brotar daquele retiro de estudos, e Assurbanipal deu ordens para que ninguém o perturbasse, sob nenhum pretexto.

E os príncipes do reino, avisados por seus espiões de que Shamashumukin, o próprio irmão do rei, que reinava na Babilônia, conduzia tropas maciças sobre Nínive, não se atreveram a prevenir o imperador da Assíria.

Dessa forma, operava-se duplamente a vingança de Saul. Por um lado, ele reinventava a história em proveito dos judeus, a ponto de deixar o rei consideravelmente preocupado. Por outro, isolado daquela maneira, o rei não conseguia ver o perigo que ameaçava seu trono.

Logo iria se desencadear uma das guerras mais sangrentas entre assírios e babilônios que jamais se vira antes.

Por enquanto, não passava de um rumor. E Saul, a quem o rei havia aconselhado repouso por uns tempos, foi visitar uma jovem e bela princesa, de nome Aziza. Aquela ligação era vista com bons olhos pelo rei. Mas não era assim, entretanto, que pensavam os pais dela, que não desejavam um judeu como genro, mesmo sendo ele o mais sábio e erudito de todos.

Fascinada pela inteligência de Saul, que além de tudo era um belo rapaz, Aziza encontrava-se com ele em segredo, na casa de alguma serva ou amiga. Às vezes, acontecia de se verem às margens do rio, ou num caminho da montanha. Conversavam sobre a vida e o amor, experimentando deliciosas sensações.

Saul a desejava ardentemente, mas não tinha a intenção de desposá-la. Apenas aguardava que ela sucumbisse à tentação.

Daquela vez, a princesa o aguardava na casa de sua avó de 90 anos, que se declarava muito liberal para abrigar secretamente os seus amores. Exigiu apenas que a neta a deixasse a sós alguns minutos com o jovem judeu, cujas verdadeiras intenções ela facilmente haveria de trazer à luz.

Saul não conhecia nem a avó, nem seu palácio, e assim dirigiu-se para lá em carro aberto. Seus cavalos galopavam com impaciência semelhante à que o dominava.

Um escravo negro o aguardava diante das escadarias. Outro o guiou por um labirinto de escadas e jardins. Um terceiro o acompanhou até um terraço, de onde se descortinava a cidade.

Sentada sobre uma tapeçaria em tons de vermelho e dourado, a avó de Aziza o aguardava.

Pensando apenas no feliz desenlace que se seguiria à entrevista, Saul inclinou-se diante da senhora que, muito enrugada, piscou os olhos para arregalá-los em seguida. Via-se estupor em seu olhar, como se algum fantasma tivesse surgido bruscamente do passado e a aterrorizasse.

Diante dela, em carne e osso, estava Saul, o arquiteto do zigurate. Era como se o infame judeu tivesse ressuscitado, de repente, sem a menor ruga, sob a fisionomia daquele outro. Mas o que estaria fazendo aquela serpente em sua casa? Teria a intenção de atacar Nínive, como havia feito com Kalah?

E a velha senhora, que outra não era senão Amara, a filha do tartã, levantou-se de repente e arrancou a camisa do jovem.

Percebendo o ombro nu marcado com o sinal dos Manassés, ela lançou um grito de horror e alertou seus seguidores:

— Guardas! Socorro! Prendam-no!

Pelo espaço de um segundo, Saul, o terceiro da geração dos Manassés, permaneceu paralisado.

A velha gritou com mais intensidade:

— Prendam-no! É um criminoso, matou seus pais e mães! Seus cadáveres ainda estão debaixo do zigurate!

Saul compreendeu, então, que seria sempre confundido com o avô. E, pior, uma vez avisado daquele parentesco, o rei haveria de acusá-lo de distorcer a História em favor do povo hebreu.

Não lhe restava outra alternativa senão desaparecer o mais depressa possível e para o mais longe que pudesse. Saltou, então, como um gato, de terraços para jardins e de telhados para outros telhados. Burlou armadilhas e emboscadas. Conseguiu carroças e cavalos, barcos e jangadas. E foi assim, instintivamente, que seguiu aqueles mesmos passos de Esther e de Saul quando tiveram de fugir.

A batalha se encarniçava entre as tropas de Assurbanipal e as de seu irmão Shamashumukin, que havia se aliado aos medas e elamitas, e também aos cimerianos da Criméia e aos citas da Pérsia. Todos eram guerreiros ferozes, cuja barbárie não conhecia limites.

Das colinas do Leste, onde havia se refugiado, Saul observava seu mútuo extermínio. Cada morte, de um ou de outro campo, representava um inimigo a menos para Israel, cujo povo, felizmente, permanecia afastado dos combates.

Embora desse a máxima importância à sabedoria e à cultura do rei da Assíria, Saul desejava sua derrota.

Deus não via dessa maneira. Em direção a eles, e contra todos, o exército de Assurbanipal avançava e fazia recuar as tropas do irmão traidor. Logo, Shamashumukin precisou se retirar para a Babilônia e defender a cidade sitiada. Resistiu durante dois anos. Um tempo tão longo quanto o horror que viu os habitantes da cidade, tanto homens quanto mulheres, comerem os próprios filhos para sobreviver e continuar combatendo.

Devastada pelo fogo e pelo sangue, teatro das piores carnificinas, a Babilônia terminou por capitular.

Shamashumukin, refugiado em seu palácio, acompanhado de alguns príncipes medos, cujos braços não poderiam mais sustentar a pesada espada, incendiou-o e lançou-se sobre as chamas.

E assim se desfez em fumaça o sonho babilônico. Mas, naquelas regiões em que tantos reis se sucediam, em que tantas populações se contrapunham com ódio e violência, os acontecimentos encadeavam-se rapidamente. Assim, chegou ao término o reino absoluto de Assurbanipal, que preferia isolar-se com seus livros a se empenhar em eternas batalhas para se apoderar de um pedaço de terra ou de muralha.

A Babilônia, saqueada, porém sempre cobiçada, tornou-se o prêmio de uma luta sem perdão. E, tal como havia profetizado Jeremias, tinha chegado o dia esperado, que traria ainda maiores desgraças para o reino de Judá.

Primeiro, foi Nabopolassar, pai do funesto Nabucodonosor, que se precipitou do deserto para se apoderar da cidade, que ainda não havia conseguido se reerguer de suas ruínas e nem retirar todos os corpos de sob os escombros.

Depois da Babilônia, Assur foi tomada. Em seguida, precipitaram-se sobre Nínive, que, por sua vez, caiu.

Assim foram devastadas todas as cidades da Assíria. Nenhuma região desse imenso império, que por tanto tempo impôs sua hegemonia, foi poupada. A tristeza, a desolação...

Quando da morte do mais requintado dos eruditos — que se extinguiu pensando no jovem prodígio judeu, a quem, por sua vez, não havia cessado de questionar consigo mesmo —, seu filho, o príncipe Sinsharishkun, organizou a resistência. Algum tempo mais tarde, o príncipe pereceu no incêndio do palácio.

Foi então que, vendo arder em chamas a maior biblioteca do mundo, de onde escapavam monstruosas volutas de fumaça, um general assírio, cujo nome foi conservado pela História, arriscou a própria vida e salvou, no último instante, tabuletas e preciosos rolos de pergaminho. Devemos ao general Assurbalit a salvação e a preservação de alguns exemplares da cultura antiga, hoje patrimônio da Humanidade, que nosso ancestral Saul, o terceiro da geração dos Manassés, contribuiu enormemente para reunir.

✡

Quando Samuel terminou, o Estrangeiro se absteve de aplaudir. Estava de tal modo emocionado com as proezas descritas naquela longa narração que não mais se preocupava em separar o real da lenda. Esperava, apenas, que as próximas histórias tivessem o mesmo tom e o mesmo sabor.

Gostava da forma como aqueles judeus asiáticos resgatavam a lume a bravura dos Vingadores de Israel, que jamais, até então, havia sido glorificada.

Percorreria aquela saga os 28 séculos, servindo de fio condutor para o livro dos Manassés? Seria possível englobar, na mesma epopéia, Saul, o construtor do zigurate, e os seqüestradores de Adolf Eichmann? Ele nada sabia, na verdade.

O homem ao lado de Samuel levantou-se. Era de baixa estatura. Chamava-se Gedeão. Com a cabeça coberta por uma *quipá* roxa e com a gola da camisa bem aberta, exibia orgulhosamente o peito peludo. Aquela camada de pêlos encaracolados, que saía pelo colete remendado, seria talvez tudo que lhe restava dos tempos semíticos. E Gedeão mostrava seus pêlos como se fossem a quase miraculosa prova de sua longínqua ascendência.

Exceto por aquela particularidade, ele, como todos os demais ali, assemelhava-se, traço por traço, aos chineses do Império do Meio.

Após pigarrear algumas vezes, o que o ajudou a emitir a voz, Gedeão tomou a palavra:

CAPÍTULO 4

Em que se sabe que, passados muitos anos, Saul estabeleceu sua família na Babilônia libertada por Nabopolassar.

Muito mais tarde, quando se aproxima da morte, seu filho mais velho — o quarto Saul da geração dos Manassés — presta, por sua vez, o juramento. Jamais esquecerá quem é, nem de onde vem. Tanto fará, e tão bem, que, uma vez iniciado nos mistérios do céu, tornar-se-á um dos astrólogos preferidos de Nabucodonosor.

Infelizmente, apesar de todos os presságios que deveriam estimular o rei da Babilônia a munir-se de mais racionalidade, ele não os leva em consideração e invade Jerusalém.

O livro de Gedeão

Depois de ter enganado Assurbanipal e assistido não só à sua derrota, mas também à queda do império assírio, Saul, o letrado, instalou-se na Babilônia, onde se casou. Teve três filhos, o mais velho também Saul, como ele.

Como bom pai que era, Saul, o letrado, educou seus três filhos na religião e no amor pela terra perdida. E, assim como tantos outros pais no mundo inteiro, privilegiou o primogênito, a quem legou uma parte de seu imenso saber.

Quando compreendeu que era chegada a sua última hora, foi ver o filho mais velho e transmitiu-lhe os deveres que todo manassé deveria cumprir.

E o quarto Saul prometeu ao agonizante consagrar a vida ao renascimento de Israel.

Graças às relações habilmente travadas pelo clã, Saul, assim que completou 18 anos, foi introduzido na corte de Nabucodonosor, o rei de maior prestígio entre os caldeus.

Impressionado pelo olhar do jovem judeu e também por seu conhecimento sobre as coisas do céu e sua influência no comportamento humano, o rei dos reis simplesmente o conservou próximo a si. Já havia em seu palácio cerca de 20 astrólogos e mais outros tantos astrônomos. Todos consagravam o essencial de seu tempo a perquirir os mistérios da abóbada celeste. Era lá em cima, nas estrelas e nas constelações, entre os planetas e as nebulosas, que o destino do mundo podia ser lido. Todos os poderosos, reis de grande notoriedade ou não, grandes sacerdotes ou intrigantes, generais ou simples oficiais, charlatães, nobres ricos ou zelosos servidores, jamais decidiam algo de importância sem consultar os seus videntes. E na corte de Nabucodonosor, como também na do rei de Judá, havia três espécies de corporações especializadas na decifração dos signos celestes e no anúncio de presságios. Havia o adivinho, que exercia seu dom de clarividência pela forma das nuvens ou do fígado de carneiro, pelas nervuras de uma folha, pelo cálice de uma flor ou pelo excremento do lobo e do chacal, pelo olho do lince e do elefante.

Para esse adivinho, tudo era susceptível de interpretação, pois ele possuía o dom de ornamentar os augúrios com uma espécie de vaticínio metafísico, que freqüentemente era tão propício quanto desfavorável.

Mais científico, o astrônomo estudava o movimento dos astros e sua evolução. Partindo da posição dos corpos celestes e em função desta ou daquela hipótese, ele decidia ser ou não possível a provável aventura.

Na corte do mais notável dos reis caldeus, a reputação de Saul devia-se à sua arte divinatória e às suas interpretações inteiramente pessoais acerca dos fenômenos astrológicos. A seu senso de psicologia, ele adicionava um verdadeiro dom de visionário. Era capaz de pressentir as piores calamidades, como também os acontecimentos mais felizes, vendo-os realizar-se tanto para o melhor quanto para o pior. Era um excepcional iluminado, a quem Nabucodonosor concedia a atenção de seus dois ouvidos. Fato é que Saul observava os homens, tanto quanto os astros. Para certas pessoas, ele determinava a suposta influência dos astros sobre os acontecimentos terrestres e o destino humano. A respeito de outras, ele podia ver o que elas próprias ignoravam acerca de sua personalidade e seu caráter.

No ano 3150 do calendário judeu, que corresponde ao ano 605 antes da era cristã, Saul, sozinho contra a opinião dos demais, anunciou ao rei que ele triunfaria sobre os egípcios. A batalha de

Karkemish, que opôs cerca de 300 mil soldados em cada campo adversário, trouxe a Saul a consagração. Dali por diante, o rei dos reis passou a consultar o judeu por qualquer motivo. Os ciúmes eram graves, a maledicência e a calúnia não poderiam ser mais venenosas. Mas será que se poderia pensar apenas em calúnia quando, cegos pelo ódio, os enciumados acabavam vendo em Saul um inimigo?

Na realidade, Saul não se esquecia do juramento dos Manassés. Cedo ou tarde chegaria a ocasião de se valorizar ou de se fazer odiar. E essa ocasião se apresentou, um belo dia, quando Saul, do alto do Etemenanki — o mais gigantesco de todos os zigurates jamais construídos —, observava o sol se pôr sobre a cidade. A Torre de Babel se projetava, então, em direção ao céu, como uma montanha. Comparado a ela, o zigurate de Kalah não passava de mera protuberância erguida de qualquer maneira.

E, no alto daquela torre de 30 andares, habitada por milhares de pessoas ligadas de algum modo ao poder, erguia-se o mais famoso observatório astronômico conhecido.

Era naquele lugar, equipado com as mais recentes invenções que permitiam perscrutar a imensidão astral, que residiam e estudavam os grupos de videntes encarregados de tranqüilizar o rei, quando ele temia pelo sucesso de algum empreendimento.

Naquele dia, enquanto o judeu via as formidáveis muralhas da cidade inflamarem-se aos últimos raios do sol poente, uma visão terrível lhe apareceu. A suave luz alaranjada, refletindo-se sobre as bordas esmaltadas das portas monumentais, tornou-se, de súbito, sangrenta. Enquanto caía a noite e, das ruelas e dos jardins, subiam os murmúrios rotineiros da cidade, trazidos por um leve vento morno, Saul viu o templo de Salomão desmoronar com um estrondo apavorante.

A imagem era de tal forma realista que ele teve um sobressalto. Seu olhar arrastou-o, então, contra a sua vontade, em direção às colinas do Oeste. Sobrevoou imensas planícies pantanosas, outros desertos, outros prados, outras colinas. E se deteve, horrorizado, diante das muralhas de Jerusalém, invadidas por milhares de soldados das tropas extremamente exaltadas de Nabucodonosor.

Abalados, cada homem enfrentando 10 inimigos, os defensores de Jerusalém curvavam-se sob chuvas de flechas. Se relaxavam por um momento, eram imediatamente decapitados e emasculados.

Felizmente, os sobreviventes eram reanimados pelo grande Sar-Hassaba, o general-chefe, reunindo-se com a maior parte do exército judeu ao redor do templo que abrigava a Arca da Aliança. Ali, os hebreus resistiam heroicamente sob o ataque dos babilônios. Era a sobrevivência do reino que estava em jogo, o último bastião das tribos de Judá e de Benjamim, que outrora haviam vendido seus irmãos de Samaria ao assírio Salmanasar.

Os Manassés haviam-nos perdoado há muito tempo, pois eles eram os únicos judeus que permaneciam livres no mundo.

Por mais que esfregasse os olhos, Saul não conseguia afastar de si aquela terrível visão. Ainda estava sob o efeito do choque quando Nabucodonosor mandou chamá-lo.

Contrariamente ao que relata a História, o rei da Babilônia e da Assíria nada tinha de hercúleo. Era um homem de baixa estatura e fisionomia afável. Tinha a pele morena, quase negra, o cabelo, crespo, os lábios, grossos, e o olhar, agudo. Nabucodonosor disfarçava sua formidável ambição sob uma aparência extremamente banal. Sensível às essências raras, vivia com o corpo e as vestes encharcados, deixando atrás de si um rastro perfumado que logo impregnava tudo ao seu redor. Se estivesse sob vento favorável, em campo de batalha, seus adversários, alertados de sua presença pelo poderoso odor que emanava, preferiam a fuga a ter de enfrentá-lo.

Daquela vez, o rei da Babilônia ungira o corpo e os cabelos com óleo de amêndoas doces. Recebeu Saul numa sala de banhos, que já prefigurava os banhos turcos. Totalmente nu, deitado sobre uma bancada de mosaico azul e branco, ele perguntou:

— E, então, o que vai me dizer hoje, meu judeu preferido? Vê-me na derrota ou na vitória, na ação ou na expectativa?

Assim falando, sorriu com o que lhe restava de dentes, pois perdera muitos em memoráveis lutas.

Saul hesitou um momento: deveria ou não relatar-lhe sua visão? Finalmente, decidiu contar-lhe a verdade, porém transformando o apocalipse em uma séria advertência.

— Ó, grande rei, que Vossa Majestade repouseis em paz neste aposento, onde corpo e espírito são uma só coisa, pois, enquanto um é banhado com óleo, que o relaxa, o outro é banhado de luz, que o ilumina. E essa luz, ó meu rei, apareceu-me sob a forma de um pesadelo. Com efeito, vi vossos exércitos recuarem e se dispersarem diante das forças do reino de Judá, comandadas pelo próprio *Elohim*. E vossos soldados, ó, meu rei, morriam aos milhares, transpassados por flechas e lanças ou queimados com óleo de pedra que se lançava do alto das muralhas, ou, ainda, esmagados pelos carros...

Como o rei, incrédulo, franzisse o cenho, Saul prosseguiu no mesmo tom:

— Em meu pesadelo, vi Sar-Hassaba reunir todas as tropas de elite (os *shelishim*) e todos os heróis (os *guiborim*). E o general-chefe falar-lhes assim: "*Passarão por sobre os corpos de seus inimigos sem a menor piedade deles, pois não terão senão um único olhar, que estará fixado sobre a Babilônia; senão a mesma e única vontade: a de esmagar as legiões inimigas; senão um único e mesmo objetivo: o de apoderar-se de Nabucodonosor e trazê-lo vivo para nós.*"

Extremamente contrariado por aquelas predições, o rei dos reis levantou-se e questionou:

— Querem-me vivo, mas diga-me: o que pretendem fazer comigo?

Ao que Saul, o astrólogo, respondeu imediatamente:

— Querem-vos para concluir a paz!

Ao que o rei exclamou:

— Como concluir a paz com o vencido? Qual seria, então, o interesse do vencedor?

Com a mesma segurança, Saul replicou:

— A paz é uma história que não acaba nunca. Uma guerra vitoriosa incita sempre a desforra. E uma desforra, embora vantajosa, seria imediatamente seguida pela revolta. E assim sucessivamente...

Foi então que Nabucodonosor, nu e ostentando um olhar enfurecido, avançou em direção a Saul, invectivando:

— Veja lá, judeu: como pode imaginar que eu deixaria aos habitantes de Judá bastante sangue, ossos, músculos e cérebro, a ponto de levar a cabo uma guerra de revanche contra mim? Saiba de uma vez por todas: vou aniquilar para sempre o reino de Judá e esmagarei seu povo assim como esmago uma laranja e uma romã: apenas com a mão direita.

Saul arrependeu-se de suas palavras. Pensara que iria poupar o reino de Judá, mas só havia conseguido exacerbar ainda mais a cólera do rei da Babilônia. Ainda sob o efeito da revelação, ele se esforçou por manter o sangue frio:

— Ó, meu rei! Se bem compreendo, tendes então a intenção de invadir o reino de Jerusalém?

Os olhos do rei lançavam chispas ao responder-lhe:

— Tenho a intenção de invadir o mundo inteiro. Jerusalém será apenas a primeira etapa no caminho de meus exércitos.

Saul arriscou:

— Ó, grande rei! Sois meu mestre, não passo de um humilde intermediário, encarregado de vos informar sobre as coisas do céu e de sua influência sobre vosso destino. Como sabeis, o céu, esse infinito, presta-se a muitas leituras contraditórias. Não me quereríes inteirar das demais predições? O que pensam sobre esse caso os astrólogos, os astrônomos e os adivinhos da corte?

O rei vestiu a toga. Imediatamente ela se manchou com auréolas oleosas. E Saul não precisou escutar a resposta. Pelos desenhos que as manchas formavam sobre o tecido de linho, ele soube que Jerusalém iria cair e que uma grande desgraça não tardaria a abater-se sobre o povo hebreu...

Nos dias que se seguiram a essa entrevista, o rei dos reis manifestou grande desprezo por Saul. Acabara-se o estado de graça que o astrólogo havia desfrutado na corte. Dali em diante, via-se afastado das reuniões do colegiado, em que se determinava até mesmo a hora de deitar e de despertar de Nabucodonosor. Pior ainda: proibiu-se a Saul freqüentar o observatório. Impossibilitado de subir ao alto do Etemenanki, o judeu estudava os astros do terraço de sua casa. Era uma morada modesta, construída com tijolos ocos, que ele compartilhava com seus irmãos e irmãs. Durante todo o dia, ouviam-no invectivar contra si próprio. Pensara ter agido corretamente, ao supervalorizar voluntariamente as forças do reino de Judá. Mas, infelizmente, sua mentira, que apresentava o rei caldeu derrotado, incitara-o a preparativos ainda maiores.

Chegavam agora, de todo o reino, mercenários e também camponeses e trabalhadores, alistados à força.

Das oficinas, cuja produção havia triplicado, saíam centenas de carroças e de máquinas de assalto, escadas e aríetes, torres móveis e catapultas.

Mortificado, Saul procurava nas estrelas uma resposta para o seu erro. Até que, numa noite escura em que resplandecia a Via-láctea, ele leu nas miríades de estrelas que era preciso enviar com urgência mensageiros ao reino de Judá.

Assim, mandou imediatamente para lá seu irmão David e sua irmã Rebeca, com a missão de alertarem o rei e os generais sobre as intenções de Nabucodonosor.

Ambos partiram separadamente, por caminhos diversos, mas chegaram a Jerusalém ao mesmo tempo. E não foi fácil entrar na cidade, pois foram confundidos com babilônios. Com efeito, o hebraico que falavam já não era puro, o sotaque judaico não era perfeito, e as roupas, inteiramente impróprias. Por mais que declarassem sua fé em *Elohim* e declinassem sua linhagem e qualificações no reino da Babilônia, foram retidos por mais de um dia junto às muralhas. Rebeca foi a primeira a ser liberada.

E a irmã de Saul dirigiu-se logo ao palácio do rei Joiakim. Também ali teve de enfrentar a desconfiança e a zombaria. Com que direito e graças a que poder pretendia ela revelar supostos segredos ao rei?

Na verdade, as pessoas do palácio não acreditavam nem em Rebeca, nem na guerra. Eram, em sua maior parte, aproveitadores e egoístas que acumulavam riquezas pela exploração dos pobres. Em pouco menos de dois anos, tinham visto a destituição do rei Joachaz e a ascensão de Joiakim, seu sucessor ao poder. Em breve, um terceiro rei, Sedecias, seria chamado ao trono de Jerusalém.

E as pessoas do palácio eram capazes de vender até mesmo a pele dos reis. Ou, então, quando não as vendiam, bem, trocavam-nas por outras vantagens.

Até que um jovem funcionário, levando Rebeca a sério, introduziu-a finalmente nos aposentos reais. E ali, sem se preocupar com o protocolo e o ritual, ela anunciou o ataque iminente dos exércitos babilônios.

O rei judeu, suando abundantemente sob sua toga de brocado, perguntou:

— Você me parece sincera. Mas por que deveria eu crer em você?

E Rebeca, cuja beleza começava a perder o viço, na falta de alguém a quem amar, além de seu irmão, respondeu:

— Meu irmão, Saul, é um astrólogo renomado. Dispõe tanto da confiança do céu quanto da de Nabucodonosor. Ele me enviou a vós, ó grande rei, porque, se não reagirdes com a máxima presteza, o reino de Judá estará perdido em pouco tempo.

Ouviram-se risos, sorrisos zombeteiros. O rei fez calar-se a audiência e disse:

— Se não me traz outras notícias, quero agradecer-lhe por arriscar a vida vindo até mim. De qualquer forma, saiba, minha bela, que nada me disse que eu já não soubesse.

A surpresa estampou-se no rosto de Rebeca, mas logo ela se recompôs:

— Quero crer, ó grande rei, que vossos adivinhos e astrólogos tenham lido os mesmos presságios de meu irmão neste céu que nos banha com seus mistérios sem conta.

O rei cofiou a barba, examinando a jovem mulher com compaixão:

— Certamente, minha bela, meus adivinhos e astrólogos me informaram de suas visões e augúrios. Mas, ainda mais perspicazes e pertinentes do que adivinhos e astrólogos, são meus espiões. Eles me enviam, todos os dias, relatórios sobre a situação das forças inimigas e me dão a entender que nada temos a temer dos babilônios. Assim, peço-lhe, volte para seu irmão astrólogo e tranqüilize-o. Meu reino está em condições de resistir a 10 Nabucodonosor.

Rebeca exclamou, indignada:

— Ó, meu rei, eu não sabia que tínheis espiões na Babilônia, mas deixai-me dizer-vos: por alguns *shekels* a mais, eles vos traem!

O rei não pôde evitar um sobressalto. E Rebeca, pálida de fúria, acrescentou:

— Não podeis saber, ó grande rei, pois nós aprendemos a nos esconder e a nos defender dos outros, mas os únicos verdadeiros guardiães dos valores judaicos que governavam Samaria e que se perdem infelizmente em vosso reino são os Manassés. E eu faço parte deles.

E, como Joiakim manifestasse sua incredulidade, Rebeca desamarrou sua túnica com um gesto rápido e exibiu o ombro:

— Eis aqui nosso sinal, ó grande rei. E ele marca nosso coração tão profundamente quanto nossa carne. Sabei que os Manassés lutam há séculos em sua própria guerra contra os inimigos de Israel.

Diante do espanto do rei de Judá, Rebeca prosseguiu:

— Vou revelar-vos agora o que viu meu irmão Saul nos astros. E espero que vós o leveis em consideração sem me punir com a morte. Ó meu rei, ele vos viu acorrentado como um escravo, arrastado de deserto em deserto, em meio a uma longa fila de deportados. E não só derrotado, ó meu rei, mas açoitado, forçado a caminhar por entre os mortos e os feridos espalhados pelo caminho do êxodo...

Enquanto o rei de Judá ouvia o que Rebeca tinha a dizer, David, seu irmão mais jovem, caminhava pelas ruas de Jerusalém e prevenia o povo da iminência dos combates. Conclamava as pessoas a se organizarem e a resistirem. Convidava os generais a distribuírem armas aos escravos. Suplicava aos ricos que pagassem mercenários, formando legiões invencíveis.

Alguns o ouviam, outros nem se detinham. E havia quem o tomasse por um iluminado e ria de seus avisos.

E, iluminados, Jerusalém os tinha, e muito célebres. Eles também estavam percorrendo as ruas, proclamando suas funestas profecias.

Assim, David cruzou com Jeremias pelo caminho, retornando do palácio onde havia proferido violentos sermões diante dos membros da corte. Mas o discurso de Jeremias era diferente do seu. Ele anunciava desgraças para Israel, que em breve seria atingida por uma punição divina, vendo a noite estender seu tecido negro sobre o reino.

Responsabilizava os poderosos do mundo, e com isso referia-se ao rei e aos príncipes, aos patriarcas e aos sacerdotes, aos ricos e aos exploradores. Denunciava, ainda, a idolatria dos hebreus por Baal, o deus dos fenícios e dos cananeus, que alguns veneravam até mesmo junto às portas do Templo.

E Baal não era o único ídolo pagão. Adorava-se igualmente a deusa Astarte, dos amoritas, que louvava o amor livre, como também Moloch, o terrível deus que exigia dos fiéis o sacrifício de uma criança de sexo masculino.

E Jeremias acusava o rei Joiakim de fechar os olhos a essas práticas. Pior ainda: afirmava que o rei as favorecia e que freqüentava até locais de devassidão, consagrados à deusa Astarte, a falsa deusa, de seios fartos e nádegas a todos oferecidas.

Nesses locais de luxúria, moças cananéias misturavam-se a israelenses na celebração dos rituais, sob o pretexto da prostituição sagrada.

E, expondo-se ao perigo, Jeremias, o inspirado, profetizava a tomada de Jerusalém por Nabucodonosor. Mais ainda, anunciava a destruição do templo de Salomão pelo Flagelo de Deus, de quem imaginava os piores horrores. Era esse o preço a ser pago pelo crime cometido por Israel para com seu povo. Dali por diante, precisava-se submeter o destino do reino ao destino de Deus...

Assim falava Jeremias ao rei e ao povo. Previa a derrota dos exércitos judeus com incrível lucidez e preconizava a entrega de Jerusalém ao inimigo sem a menor resistência.

Pode-se compreender, assim, que os Manassés, os Vingadores de Israel, tenham permanecido surdos a esse tipo de apelo.

E enquanto David, o jovem irmão de Saul, esforçava-se por contradizer Jeremias, sua irmã Rebeca encontrava-se com Ezequiel.

Um velho homem que Saul, o letrado, havia conhecido no decurso de suas pesquisas arqueológicas, conduziu-o até Gehenna. Era ali, sob uma acácia retorcida pelo sol, que o profeta recebia as pessoas, quando não estava ocupado em pregar contra os poderosos que corrompiam o mundo por dinheiro ou ambições pessoais.

Ezequiel, assim como Jeremias, via nos crimes de Israel os motivos de sua previsível derrota.

Dilacerado internamente, ele não aceitava, entretanto, a capitulação exigida por Jeremias e recomendava a resistência. A idéia de que o Templo fosse destruído era-lhe insuportável. Diariamente ele o visitava, para exigir que os pontífices e os levitas defendessem o santuário dos santuários contra qualquer ataque, porque guardava o Tabernáculo, a manifestação concreta da presença de YHWH. Era a prova de que *Elohim* residia no meio de seu povo e dava um sentido à vida.

O Templo era, pois, para os hebreus, o centro do céu e da terra, a casa do Eterno, construída pelos homens para a glória e o esplendor de seu Deus único.

Abatido pela tristeza, Ezequiel deixava desesperada a irmã de Saul, o astrólogo. Certamente, ele defendia a resistência, porém sabia-a destinada ao fracasso.

Com desapontamento, Rebeca arriscou:

— Por que sacrificar milhares de homens, se a vitória não está na morte?

Ezequiel a surpreendeu:

— A derrota é o preço a ser pago. A honra é a nossa única moeda. E, assim, não há outra solução a não ser arruinarmos nossas vidas pela redenção de Israel.

Rebeca perguntou:

— Você, que lê nos olhos de Deus como meu irmão Saul lê nos olhos do céu, pensa sinceramente que nosso Deus abandonará seu povo?

Ezequiel sorriu.

— Aqueles que pensam — e eles formam uma legião — que a presença de *Elohim* no Templo é o bastante para impedir a carnificina são inconscientes, pois a carnificina virá, e por vontade de *Elohim*.

Em seguida, continuou:

— Seu irmão, Saul, tem razão. Ele viu a guerra diante de nossas portas, enquanto nossos mentirosos e aproveitadores ficam anunciando a paz e uma época de alegrias.

Ao dizer isso, Ezequiel deixou sua árvore e dirigiu-se para um promontório. Rebeca seguiu-o e, de lá, pôde descortinar o Templo, cuja silhueta monumental recortava-se no topo do monte Moriah.

E Ezequiel, o inspirado, murmurou:

— Olhe, não existe nem maior e nem mais belo em todo o mundo...

Rebeca não pôde se impedir de discordar:

— Não é verdade. A Torre de Babel é bem mais alta e imponente.

Ezequiel lançou-lhe um olhar consternado:

— Não blasfeme, Rebeca. Se na Babilônia constrói-se para os reis, aqui, em nossa terra, foi para Deus que Salomão ergueu o Templo. E Deus está ali, vive ali, Ele nos vigia, nos ama e nos condena a sofrer com Ele os pecados e os crimes que nos permitiu cometer. Veja, Rebeca, se Deus é único e indivisível, ele deixa que a multidão se encarregue de escolher seu próprio caminho. E cada homem, nesse mundo judeu, cada hebreu digno desse nome, é responsável por seus atos e compromissos.

Tomou Rebeca pelo braço e mostrou, ao longe, o Templo de *Elohim*:

— Para mim, aquele é o maior de todos, mas é também o mais cobiçado. O mundo inteiro o admira e o odeia. Dentro de pouco tempo, os bárbaros irão demolir o que, durante oito anos, 30 mil operários e 150 mil escravos edificaram. Não mais teremos o Templo, não mais teremos o reino, não mais o país, não mais o Tabernáculo, porém ninguém poderá roubar nosso Deus, porque Ele é inatingível. E Deus estará dentro de cada um de nós no caminho da deportação, como estará conosco nas mais remotas e inóspitas regiões. Ele será a nossa única luz e ofuscará nossas trevas nos piores dias de nossa desgraça.

Impressionada tanto com as palavras quanto com a magreza do asceta, Rebeca deixava transparecer sua tristeza.

Ezequiel reconfortou-a:

— Retome a coragem, minha filha, pois dia virá em que colheremos nossa salvação. Veja, às vezes fico com a impressão de que Deus habita em mim e dita minhas palavras. E, se Ele me alerta de nosso exílio, indica-me também que esse exílio terá fim e que veremos a reconstrução de Sion e do santuário, como também veremos o povo judeu renascer em toda a sua força.

Emocionada, Rebeca perguntou, em voz baixa:

— Não se sinta obrigado a responder, Ezequiel, mas... esse dia está próximo ou distante?

Após fitá-la por um longo tempo, Ezequiel repreendeu-a:

— Ora, vejamos, Rebeca. Ainda não fomos vencidos, acorrentados e nem deportados, e você quer que eu lhe declare a data de seu retorno a Jerusalém?

Apanhada em falta, Rebeca desculpou-se.

Ezequiel não permitiu que ela se humilhasse:

— O tempo não tem importância. Só conta aquele que se passa perto de Deus, pois só Ele calcula a soma de nossos pecados e de nossa redenção. Aprenda também, você que é um pouco babilônia, que os povos vizinhos de Israel serão impiedosamente castigados e seus chefes responderão por suas abominações. Imagine a punição infligida sobre a vaidade, quando eles virem nossos dois reinos ressuscitarem das cinzas e reduzirem os deles a nada.

✡

Gedeão respirou profundamente. Fazia cada vez mais calor na pequena sinagoga, onde se amontoavam os membros da comunidade dos Manassés.

Pareciam todos impacientes por conhecer a opinião do Estrangeiro, de quem muito esperavam. Sondavam todas as suas reações, que lhes pareciam positivas.

E não se enganavam. Tomado pela febre da narrativa, ele só queria que sua vigília se prolongasse.

A um sinal do rabino, Gedeão prosseguiu...

O livro de Gedeão

Por ter ousado enganar o rei da Babilônia, Saul, o astrólogo, viu-se forçado a ficar em sua residência. Caído em desgraça, ele não podia mais sair da cidade. Era acompanhado, ou seguido, até em seus passeios matinais. Tinha por hábito, então, ir a pé até a imponente torre, seguindo pela grande ponte sobre o Eufrates. A obra, recentemente terminada, era uma honra para os arquitetos judeo-babilônios. Repousava sobre oito pilares, cada qual com 21 metros de comprimento por nove de largura, encimados por uma plataforma feita com vigas entrecruzadas com tábuas de palmeira e de cedro. Naquela manhã, no auge da inquietude — pois havia visto nos astros a morte de seu jovem irmão David —, ele atravessava a cidade quase deserta. Além daqueles que o vigiavam e de alguns velhos inválidos, toda a população da Babilônia estava reunida do outro lado das muralhas, para nada perder do espetáculo.

Chegando à Via Processional, que normalmente conduzia os peregrinos da porta de Ninurta até o Templo de Marduk, Saul ouviu os clamores, uma mistura de aplauso, gritos de alegria e de insulto, aos quais se juntavam o ranger de eixos, o estalar de chicotes e o relinchar de cavalos. Apesar dos tambores e do tilintar dos címbalos que ressoavam em seus ouvidos, Saul também distinguia o lamento lancinante do tropel humano, alguma coisa como um zumbido ininterrupto que o vento parecia erguer, junto com a poeira.

E não pôde conter sua emoção. Sabia, agora, que Jerusalém havia caído, pois intermináveis fileiras de deportados judeus agitavam-se diante dos portões da cidade, esperando para entrar.

Meticuloso como era, Nabucodonosor organizava pessoalmente a entrada maciça dos hebreus na Babilônia, o que era uma forma de celebrar a vitória sobre o deus dos judeus, oferecendo a Marduk, o deus dos babilônios, a triste exibição dos vencidos.

À sua frente, sujos de suor e areia, vinham o rei Joiakim e sua corte. Avançavam, encurvados, pela mais vasta das 24 avenidas que a cidade da Babilônia possuía.

E, no final daquela avenida, erguia-se o Esagila, o imenso templo em que ficavam Marduk e sua consorte, Zarpanit.

As duas colossais imagens estavam vestidas suntuosamente para a ocasião.

Marduk, o terrível dragão com cabeça de serpente, ostentava uma tiara de ouro cravejada de lápis-lazúlis, protegido por cerca de 60 leões de juba dourada, feitos de argila envernizada.

Considerado um ser vivo, Marduk, assim como as demais divindades babilônicas, beneficiava-se de um inumerável séquito de servidores, de todas as profissões, sempre em torno do deus, prontos a servi-lo dia e noite.

Atrás do rei dos judeus e dos nobres, vinham os sacerdotes e os ricos mercadores, os arquitetos e os artistas, os intelectuais, os engenheiros. E, seguindo-se aos dignitários e notáveis, que presentemente eram forçados a se prosternar diante de Marduk, estavam os melhores operários do reino de Judá: serralheiros, ferreiros, curtidores de couro, alfaiates, marceneiros, calculadores, medidores, pedreiros, sapateiros.

Vinham depois os homens mais robustos, as mulheres mais belas, como também uma coorte de escravos.

Aqueles milhares de homens e mulheres transpunham a porta de Ninurta, caminhando interminavelmente pela mais prestigiosa artéria da Babilônia, transformada, naquele dia, em caminho de humilhação para o povo judeu.

Mortificado no mais fundo de si mesmo por aquela catástrofe que se abatia sobre seu povo, Saul, o visionário, procurava sua irmã Rebeca em meio à multidão dos deportados. Felizmente os astros mostraram-na viva para ele. E os astros não se enganavam.

Rebeca conhecia muito bem os subúrbios da Babilônia e, assim, conseguiu escapar à vigilância de seus guardas, arrastando consigo o profeta Ezequiel, por quem sentia verdadeiro fascínio. Até então, havia reservado seus sentimentos para seu irmão, Saul. Mas, dessa vez, esforçava-se inutilmente em ocultar sua perturbação. O profeta iluminado planava por esferas tão elevadas que os assuntos do amor não o atingiam.

Durante o longo e penoso percurso de Jerusalém à Babilônia, ao longo de montanhas, desertos e pântanos, Ezequiel não cessou de invectivar contra os nobres e os ricos, atormentando-os sem trégua, por meio de brilhantes parábolas que demonstravam sua responsabilidade na tenebrosa tragédia que atingia o reino de Judá.

De uma magreza assustadora, capaz de jejuar por meses inteiros, Ezequiel retirava sua força na fé em Deus.

Com gestos desordenados, caminhar vacilante, ele pronunciava verdades amargas contra os culpados, porém também oferecia palavras de esperança aos mais pessimistas.

O profeta, do qual não se conhecia nem esposa nem companheira, fazia-se, entretanto, acompanhar por uma menina, que pretendia ser sua filha.

Com 14 anos, de uma beleza resplandecente, Míriam parecia doce como o mel, embora também soubesse picar como as abelhas. E foi com dor que Saul tomou conhecimento disso.

Já tendo passado dos 40 anos, ele costumava dizer-se que já era tempo de arrumar esposa e criar muitos filhos. Israel, mais do que nunca, precisava de filhos corajosos e intrépidos como só os Manassés poderiam fornecer-lhe.

E, certa noite em que Míriam parecia sonhar na varanda daquela pequena casa que os abrigava, Saul declarou-lhe todo o seu ardor. E, ao estender a mão para acariciar sua longa cabeleira, viu-se rejeitado com brusquidão:

— Você me diz que sou jovem e bela, viva, graciosa como uma gazela. Você pensa que fala isso com voz suave e olhos aveludados, mas sua voz é rouca, e seu olhar, opaco.

Desarmado com o ataque inesperado, o astrólogo ficou sem saber como se comportar. Então, ela acrescentou:

— Por que a gazela iria se dar a um bode velho, quando tantos machos jovens, cheios de vitalidade e de desejo, ficam em torno dela cruzando os seus chifres?

Saul, que gostava muito de combater, percebeu o momento de defender-se:

— Minha gazelinha querida, deixe-me dizer-lhe que este bode velho saberá satisfazer seu ventre de seda muito melhor do que qualquer macho jovem sem experiência. E, olhando esses quadris e essas curvas, adivinhando o contorno dessas coxas e a suavidade do púbis, você me faz pensar que este bode velho, que lhe fala com voz rouca e que a despe com seu olhar opaco, é o homem apropriado para encher com ardor a deliciosa fenda rosa da gazela que há pouco se fez adulta.

E, como a menina permanecesse deitada, sem se mexer, Saul viu naquela atitude um sinal de aquiescência. Então, arriscou:

— Seja minha, e farei de você uma manassé.

Falsamente ingênua, ela perguntou:

— Os Manassés são mestres no prazer?

Saul curvou-se sobre ela, murmurando:

— Se for capaz de se abandonar a minhas carícias, faça isso e conhecerá a resposta.

E a jovem Míriam deixou-se contar estrelas, guiada por aquele bode velho e sábio que lhe ensinava os mistérios do céu, descrevendo, sobre seu corpo lânguido, o caminhar dos astros e sua intensidade própria. Assim, aflorou ele com a ponta dos dedos, subindo desde o delicado tornozelo até o pescoço gracioso, todos os pontos sensíveis, aos quais chamava de Procyon e Betelgeuse, Vega e Capella, Antares e Pollux, Rigel e Deneb. E a mão dele avançava com lentidão, imprimindo apenas o fluido necessário para conduzir Míriam o mais perto das constelações. Fê-la descobrir o Cruzeiro do Sul, a Lira, Órion, Eridan. E, quando a viu, por fim, imersa na Via-láctea, submetida a seu desejo, penetrou-a com doçura, imperceptivelmente, até desaparecer nela como um sol poente.

E, naquela noite, os dois amantes acariciaram tantas estrelas, que Míriam, a um tempo subjugada e magoada, confiou:

— Saul, você que é sábio e instruído em todas as coisas, diga-me se não é egoísmo se entregar ao prazer quando nossos irmãos e irmãs, mães e pais, choram seu país perdido e seu Templo devastado.

Saul acariciou a longa cabeleira em que se divertia dando nós, e respondeu:

— Ezequiel, seu pai, poderia explicar-lhe isso melhor do que eu. Veja, minha gazelinha: o sentido da vida é feito da infelicidade de uns e da felicidade de outros. E é preciso que você saiba que aqueles que hoje são infelizes talvez tenham sido felizes ontem, da mesma forma que os que hoje conhecem a felicidade possivelmente estarão, amanhã, na infelicidade. A vida é feita desse vaivém contínuo, que ora nos empurra para cima, ora nos abaixa, até nos arrastar na poeira.

E, como Míriam a ele se aconchegasse, acrescentou:

— Deus lhe deu um bode velho de presente. Assim, conserve-o, até o dia em que Ele o tomará de volta. Tire proveito dele, como ele tirará de você. Dê-lhe seu amor e filhos. Ele a compensará. Saiba, entretanto, que os filhos são ingratos. Oferecem muito menos em troca do que deles se espera. Quando for velha, eles a abandonarão, mas, por sua vez, darão aos filhos que tiverem toda a ternura que você lhes transmitiu. Digo-lhe, Míriam: assim é a vida, assim ela se escoa nesse grande rio tumultuoso que é a terra, quando se sucedem as guerras e a paz, os massacres e as devastações, os nascimentos e as mortes, do mesmo modo que se sucedem as luas no céu.

Então, Míriam deixou os braços de Saul, onde se havia refugiado. Observou-o com olhar grave, depois falou:

— Devo fazer-lhe uma confidência. Ezequiel não é meu pai.

Saul não se surpreendeu. Tomou a mão da menina e disse:

— Você me revela algo que eu já sabia. Li nos astros e em seu ventre, em seus olhos e nos olhos dele. Ezequiel, como todos que se consagram às grandes causas, é desprovido de coração ou de bondade para o indivíduo em particular. Só se preocupa com a humanidade em seu conjunto. Defende os pobres contra os ricos, mas não se preocupa com alguém especificamente. Com sua própria família, ainda menos. Só lhe interessa a sorte do povo hebreu. Quanto à minha irmã Rebeca, ela se ilude com ele. Tenho a impressão de que nem sempre ele a percebe e que jamais a verá de fato.

Rebeca chegou de madrugada. Não se sabia de onde estaria vindo, nem mesmo para onde havia ido Ezequiel. Ela revelou a Saul que ele precisava fugir imediatamente. De fato, Rebeca tinha como certo o boato que anunciava a prisão iminente do astrólogo e sua condenação à morte por alta traição.

Assim, Saul e Míriam escaparam durante a madrugada. Depois de muitas peripécias, conseguiram sair da cidade e partiram na direção de Jerusalém.

Um mês mais tarde, passando pelos piores tormentos e adversidades sem conta, chegaram, finalmente, às portas da cidade santa.

A cidade se reerguia de suas ruínas. Tinha um novo rei, Sedecias, designado por Nabucodonosor, a quem havia prometido aliar-se.

Se não fosse a influência que tinha sofrido dos Manassés, Sedecias teria, talvez, cumprido sua promessa. Mas, assim que chegaram a Jerusalém, Saul e Míriam dirigiram-se ao palácio, onde foram recebidos.

Durante dias o astrólogo ficou pressionando o rei, até persuadi-lo de que ele estava investido de um cargo divino e que deveria empreender a revolta contra o invasor babilônio. Na verdade, Saul, o astrólogo, assim como seu pai Saul, o letrado, aplicava inflexivelmente a palavra dada ao primeiro dos Manassés que havia caído em Samaria sob as flechas assírias.

De temperamento mais para indolente, Sedecias quase não havia exercido, ainda, as práticas do poder.

Cercado por uma corte que só queria saber de ócio e diversão, em detrimento à reflexão e ao espírito, o rei de Judá apegou-se logo à companhia de Saul. Além disso, a delicada Míriam, a gazela com sabor de mel, lembrava-lhe sua filha em muitos aspectos. Esta última havia sido raptada alguns anos antes, após uma sombria intriga palaciana.

Pai de oito filhos, dos quais o último ainda mamava no peito, Sedecias se havia consolado transferindo sua afeição para os outros.

Na verdade — e o rei jamais havia dado conta disso —, Míriam era a sua própria filha.

Abandonada pouco depois do rapto, foi recolhida pela mãe de Ezequiel. Com a morte desta, o profeta desejou livrar-se da criança, que, no entanto, colada a ele como o mel, e com a vivacidade das abelhas, seguiu-o por toda parte, sem jamais ousar aproximar-se muito. Alimentava-se de um nada, abrigava-se aqui e ali. Todos achavam que ela era filha do profeta, lamentavam sua sorte, consolavam-na.

O livro não revela se Míriam sabia ser filha de um rei. Entretanto, enfatiza que os dois, enquanto Saul tratava de convencer Sedecias, trocavam entre si olhares de muita curiosidade. E o rei, cujo país havia sido pilhado e esvaziado de seus tesouros e de suas personalidades mais importantes, pouco a pouco se deixava persuadir de que *Elohim* o havia colocado no trono para libertar Jerusalém do jugo babilônico.

Entretanto, o rei mostrava-se evasivo. Depois de cada entrevista, puxava Saul à parte e dizia:

— O céu o informa sobre a opinião do povo, que você crê favorável à insurreição. Mas também deveria mostrar-lhe o quanto estou hesitante.

Persuasivo, Saul invocava as estrelas. Afirmava que estavam na melhor casa astral e garantia ao rei não haver conjuntura mais favorável para surpreender o inimigo nas casernas.

Sem de nada desconfiar, as sentinelas da fortaleza deixavam-se seduzir por vulgares mulheres da vida. Quanto aos oficiais, distraíam-se com as *quedeshot*, sacerdotisas do sexo que celebravam rituais nos templos, oferecendo seus corpos aos peregrinos, segundo a vontade dos ídolos. À noite, os guardas iam procurá-las e as forçavam a satisfazerem os instintos dos oficiais babilônios.

Esses abusos e perversões revoltavam Saul; porém, ele estava disposto a apoiar a devassidão dos soldados, uma vez que isso os entorpecia. Ele entretinha o rei com essas oportunas diversões, pressionando-o a desencadear o ataque de surpresa.

Numa noite em que, mais eloqüente do que nunca, Saul teve a sensação de o haver convencido, o rei lhe disse:

— Vou orar até a madrugada e, pela manhã, de acordo com o que Deus me tiver aconselhado, então lhe darei a minha resposta.

Uma vez mais, Sedecias se protegia no Eterno. E Saul decidiu dar-lhe uma sacudida.

— Ora, vamos, ó grande rei de Judá, se Deus está em vós, por que precisaríeis orar? Confiai Nele e escutai Sua voz. Deus só dá ordens com discernimento. Ou bem Ele deseja a vitória — e a obtém —, ou bem acha que mereceis a derrota e vos fará perder-vos...

Veio então a manhã em que o rei de Judá, tendo orado durante toda a noite e enviado emissários aos quatro cantos da cidade para sondar o sentimento do povo, decidiu pela sublevação de Jerusalém, que Saul tão ardentemente desejava.

E, como faltavam comandantes de guerra e soldados especializados para levar o povo à vitória, ele enviou Saul além das muralhas de Jerusalém para recrutar os regimentos que os reis anteriores, Joachaz e Joiakim, haviam formado secretamente nas montanhas do mar Morto.

E, assim, Saul e Míriam levaram mensagens de revolta a cada posto militar, por toda a Judéia e o Neguev.

Uma após outra, todas as guarnições e fortalezas foram aderindo à causa que defendiam. E todas se preparavam para marchar sobre Jerusalém — incluída a mais importante, a de Massada — quando os babilônios, avisados por seus espiões da iminência do levante, precipitaram-se sobre a cidade.

Forçaram as muralhas, cercaram o palácio e prenderam o rei.

Foi o fim da revolta. Massacraram-se centenas de hebreus. Incendiaram-se as casas, e até mesmo as poucas paredes do Templo que ainda permaneciam de pé foram arrasadas. Restou apenas uma, poupada pela vontade do Eterno.

Quanto a Sedecias, teve de suportar, com os pés e as mãos amarrados, a terrível punição de ver degolarem seus oito filhos e filhas. E, como esse crime não fosse ainda suficiente para castigar o rei pela traição ao Flagelo de Deus, arrancaram dos corpos mutilados os corações e os fígados, e depois lançaram-nos como alimento a cães famintos.

Em seguida, perfuraram os olhos do rei com ferro em brasa, um suplício particularmente apreciado pelos babilônios.

Deportado para a Babilônia, Sedecias conservou até a morte, no fundo de suas órbitas abertas, a intolerável visão do suplício dos próprios filhos.

É assim a vida, gostava Saul de repetir. Ela vai e vem, tanto para o pior quanto para o melhor. E o pior e o melhor estão sempre à nossa espreita, a cada dia. De um minuto para outro, podemos cair de cabeça no nada ou, então, caminhar sobre as ondas. Deus faz girar a roda da vida segundo seu humor e nossos atos. Ele poupa alguns e condena outros, mas os agraciados de hoje poderão ser as vítimas de amanhã. Assim segue a vida. Ela é terrível e brutal, mas, ah!, como ela parece doce quando o inimigo é vencido, e a vingança, infligida olho por olho, dente por dente.

Dessa vez, enquanto fugia para o Egito, protegendo Míriam, Saul, o astrólogo, dizia para si mesmo ter sido traído pelas estrelas. Nelas tinha visto a ressurreição de Israel e o castigo supremo para os exércitos babilônios. E o contrário havia acontecido. Entretanto, mantinha a sua confiança. Um dia ou outro, uma chuva de estrelas haveria de cair sobre Jerusalém. E, no mesmo instante, abater-se-ia sobre a Babilônia um pedaço de céu, duro como pedra, que soterraria para sempre a cidade maldita.

Assim pensava Saul, viajando para Mênfis, a cidade para a qual inúmeros judeus, entre os quais o profeta Jeremias, haviam sido exilados alguns meses antes pelo governador da Babilônia.

E Saul, que em seu íntimo chorava a morte dos seus, ao mesmo tempo rejubilava-se com a felicidade que lhe ofertava a jovem esposa. Em breve, Míriam lhe daria um filho como presente. E esse filho, não o haviam concebido sob as estrelas que ele ia nomeando, uma a uma, deitado sobre o ventre da amada, à medida que iam surgindo?

A revolta de Jerusalém e a repressão sangrenta que dela resultou provocaram grande alarde no mundo oriental. Tanto na Babilônia quanto em Nínive, em Samaria quanto em Mênfis, a diáspora judaica sentiu em sua própria carne as feridas da cidade. Além disso, pela primeira vez ouvia-se falar nos Manassés, seita que se autoproclamava "Os Vingadores de Israel". Se, entre a multidão dos deportados, algumas pessoas viam esses Manassés com bons olhos, a maioria os condenava. Eram acusados de haver provocado a insurreição com objetivos pessoais. Alguns sobreviventes do massacre, empregados a serviço de Sedecias, denunciavam Saul e Míriam, chamando-os de irresponsáveis e vaidosos.

Gedeão dirigiu o olhar para o Estrangeiro e retomou seu lugar. Transpirava abundantemente. As grossas gotas escorriam por seu peito peludo.

O Estrangeiro, a quem eram narrados três mil anos de História, constatava, não sem certa repulsa, a extrema agressividade do ser humano para com seu semelhante. De fato, ativos ou passivos, vítimas ou carrascos, crentes ou pagãos, adoradores de ídolos ou servidores de um deus único, os homens jamais cessavam de massacrar ou de sofrer os piores martírios.

E, naquela fatia da História relativa à Antigüidade, os judeus tiveram sua parte de misérias e de ódio.

Quando não infligiam a si próprios ataques e represálias, entre o reino do Norte e o reino do Sul, entre reis de origem divina e impostores, entre patriarcas e mercadores do Templo, seus vizinhos se encarregavam disso, com cólera e crueldade ímpares. Tratava-se de saber quem conseguiria extirpar para sempre o povo hebreu da superfície da Terra. Decidiam, uns, exterminá-lo pelas armas; outros, deportá-lo para longe de sua terra, esperando que se perdesse. Outros ainda preconizavam a miscigenação e, com esse objetivo, instalavam nas terras de Israel as populações que haviam conquistado. Poucos homens recusavam esse deslocamento, fossem eles medas ou elamitas, assírios ou babilônios, caldeus ou cananeus, pois sentiam um fascínio abjeto pela mulher judia, na qual imaginavam tesouros de vício e de sensualidade.

Com imperceptível inclinação da cabeça, o *hazan* interrogou o Estrangeiro: estava ele pronto para ouvir a continuação do livro? Ou preferia que se fizesse uma pausa?

Por sua vez, o Estrangeiro respondeu com um sinal.

E, então, uma velha mulher levantou-se. Disse chamar-se Diná, porém não mencionou seu prenome indiano. Era pequena, e suas articulações tão frágeis, que pareciam prestes a se quebrar como vidro...

CAPÍTULO 5

Em que se sabe que todos os 10 filhos de Saul, o astrólogo, serviram à causa dos Manassés, junto aos grandes deste mundo. Alguns com Ciro, outros com Cambises, e outros ainda com a rainha Esther e o rei Assuero.

Houve também um Saul conselheiro de Dario III. Dizia-se que esse imperador persa era filho de Esther e de Assuero. Mas o capítulo precedente não deixava entender que Míriam poderia ser filha do profeta Ezequiel ou do rei Sedecias?

Em História tudo é verdade, mesmo aquilo que se inventa...

O livro de Diná

Serei breve, pois muitas folhas faltam em meu livro, e muitos Manassés em minha história. Como poderão ver, escoaram-se os anos e os séculos, o que força o narrador seguinte a começar pelo ano 332 antes da era cristã, data que corresponde ao ano 3448 de nosso calendário judaico.

Mas, se me permitirem, retrocederei um pouco.

Deixamos Saul e Míriam quando fugiam para o Egito pelo Neguev e pelo Sinai.

Em Jerusalém, onde se lamentam os milhares de mortos, sem se esquecer das torturas sofridas por Sedecias, um novo governador, Guedaliá, foi nomeado por Nabucodonosor. Embora este último ainda não desconfie, a morte já o espreita. O perfume com que gosta de se impregnar já não tem o poder de inebriar as tropas adversárias. Quando muito, apaga o odor do sangue que ele ainda espalha confusamente no final de seu reinado.

Na verdade, as predições de Saul, embora se referissem a um tempo anterior, provam ser justificadas.

Chegam-nos estranhas notícias vindas do Oriente. Elas cantam os louvores e os feitos guerreiros de um certo Ciro, rei dos persas e medos. E eis que Ciro, à frente de um exército incalculável, precipita-se sobre a Mesopotâmia e conquista a Babilônia.

Bastam alguns meses para que se acabe com Nabonid, o sucessor do Flagelo de Deus.

Enquanto esperam para ver com os próprios olhos o vencedor dos babilônios, os judeus da maior metrópole do mundo oriental vivem apavorados. Temem o povo medo, cujas pilhagens já conhecem, e desconfiam dos persas, de quem ignoram praticamente tudo. Então, já se espalham pela cidade, como que trazidos pelas asas do vento, rumores extraordinários que os deixam horrorizados. Fala-se em caça aos judeus e confisco de seus bens.

Felizmente, nada disso é correto. Pelo contrário, o vento traz a pacificação, pois Ciro da Pérsia, esse desconhecido das estepes, é amigo dos hebreus. Ele os convida a retornar à sua terra e lhes garante sua proteção. Melhor ainda: o persa aceita o conselho da comunidade judaica da Babilônia e nomeia um deles, Zorobabel, rei de Israel.

E Zorobabel, estimulado por Ciro, empreende a reconstrução do Templo. Vinte e dois anos mais tarde a obra estará terminada, mas os exilados do primeiro êxodo, como também os do segundo, não acorrem logo à Terra prometida. Um grande número deles, tendo prosperado na Babilônia, não se conforma em abandonar seu comércio.

A não ser pelas perseguições esporádicas, suportadas naqueles territórios ultimamente, a vida lá era muito mais tranqüila do que em Israel. O mesmo fenômeno produz-se no Egito, nas comunidades de Elefantina e de Mênfis, de onde apenas a metade dos exilados empreende o caminho da volta.

Saul, o astrólogo, e sua esposa, Míriam — a filha nunca reconhecida pelo infeliz Sedecias —, já não estão mais neste mundo. Tiveram 10 filhos, que por sua vez se ilustraram de modo brilhante. Uns — veremos adiante —, organizando a resistência, junto à rainha Esther e seu tio Mardoqueu, contra as pérfidas maquinações do vizir Hamã. Outros, acompanhando o profeta Esdras pelo mundo judaico, lendo e comentando a Bíblia em praça pública. Uns e outros lutando contra as injustiças e exigindo a reparação. Alguns, ainda, ingressaram como voluntários nos exércitos de Ciro, em suas campanhas militares. Com ele, conquistaram a Dranguiana* e a Bactriana. Transpuseram vitorio-

* Satrapia do império persa, hoje parte do Afeganistão. (N.T.)

samente o Oxo* e o Iaxarte**, e fizeram recuar as belicosas tribos nômades da Ásia Central. Alguns morreram como heróis, saldando, assim, a dívida que tinham com Ciro. Outros deram origem a linhagens em Susa, Elam, Ecbátana. Porém, logo tiveram de retomar o combate ao lado de Ciro, ameaçado pelos citas vindos do Leste, que preparavam secretamente a invasão da Mesopotâmia.

E Ciro, o Grande — Ciro, o amigo dos judeus, por quem tantos Manassés deram a vida —, encontra a morte durante uma terrível batalha.

A Ciro sucede seu filho, Dario I, conhecido como Cambises, que empreende uma grande expedição contra o Egito. Atravessa o Sinai e chega diante de Pelusa, onde o aguardam o faraó e seu exército de mercenários gregos.

Derrotados, os egípcios recuam para Mênfis e declaram os judeus responsáveis por seu fracasso. Ali também os Manassés organizam a resistência e salvam a comunidade judaica de um desastre previsível.

Mas *Elohim* vela pelos seus. Eis que Dario da Pérsia retorna e expulsa as tropas egípcias de Elefantina e de Mênfis.

Dario, assim como Ciro, seu pai, protege o povo hebreu no exílio. Lamenta as atrocidades cometidas pelos mercenários gregos a serviço dos egípcios. Autoriza os judeus a aumentarem seu Templo e conservarem as suas guarnições.

Estamos agora no ano 365 antes da era cristã, que corresponde no calendário judeu ao ano 3393, cujos acontecimentos se precipitam em incrível velocidade.

Dario deseja subitamente retornar à Pérsia, morrendo a caminho em circunstâncias estranhas. É então que Dario II, jovem chefe persa levado ao poder por uma conjuração de nobres, sucede-o.

E Dario II tem muito a fazer, pois seguidas sublevações irrompem em seu imenso império. Elam, Susa, Babilônia, todas se revoltam.

Por sua vez, a Média e a Armênia também se rebelam, provocando o ocupante persa.

---

* Antigo nome do rio Amu-Darya. (N. T.)

** Rio da Sogdiana, hoje o Sir-Darya. (N. T.)

Em menos de dois anos, o jovem Dario, com sua guarda pessoal, 20 mil imortais armados de lanças, deve empreender 19 batalhas em todos os territórios conquistados por Ciro e Cambises. Ele obtém muitas vitórias e sufoca as insurreições nas cidades.

Evidentemente, os Manassés não ficam inativos. Estão por toda parte, lá onde os judeus, vítimas deste ou daquele povo, são humilhados e perseguidos.

Encontram-se Manassés com Dario. Entre eles, oficiais, conselheiros, eruditos, astrônomos, adivinhos e também intendentes, engenheiros e coletores de impostos.

Dario reorganiza o reino persa em 20 satrapias — 20 províncias —, e nomeia um manassé como tesoureiro-geral, com a função insigne de contabilizar para o império as riquezas que chegam com a coleta dos impostos. Todos os anos, esse Saul, que conhecemos apenas por meio de relatos escritos, fazia entrar 17 mil talentos de prata nas caixas do Estado. Um talento equivalia a 30 quilos de prata. E, se acrescentarmos o ouro e as pedras preciosas recolhidos nas pilhagens, pode-se ter uma idéia da extrema opulência desse reino, que se estendia do Eufrates ao Indo, ou seja, da Mesopotâmia à Índia Ocidental.

As crônicas da época nos informam também sobre os méritos de outro manassé, que dirigiu um dos maiores canteiros de obras do mundo. Tratava-se, então, de construir a estrada entre Éfeso e Susa, com 2.683 quilômetros de comprimento. Dividida em 110 estações de descanso, as caravanas a percorriam em pouco menos de três meses.

A mesma crônica menciona que esse judeu era muito piedoso. Respeitava o *Shabbat*, como também as principais festas judaicas: *Pessach*, no primeiro mês de *Nissan*; *Shavuot*, no terceiro mês de *Sivan*; *Yom Hazikaron*, no sétimo mês de *Tichri*; *Yom Hakipurim*, como também *Sukot*, em lembrança da precariedade que seus antepassados conheceram durante a travessia do deserto.

Ao tempo em que reclama desses numerosos dias de festa — consagrados à oração e aos sacrifícios, ao silêncio e à meditação; enfim, ao repouso físico —, a crônica menciona que esse manassé, designado apenas por seu único prenome persa, matava-se de trabalhar nos demais dias. Ali, aparece debruçado sobre plantas baixas, em uma casa sobre rodas — uma espécie de carreta — cheia de instrumentos de medição próprios da geometria e da topografia.

Depois de ter criado o mais vasto império do mundo, Dario teve por missão conquistar a Europa. Saul, um manassé de sua comitiva, filho de Saul, o astrólogo, opôs-se vivamente àquela aventura. Aquele Saul não lia nos astros, mas sim nos olhos. E o olhar de Dario mostrava-lhe funestos presságios.

Dario o desprezou e mandou prendê-lo. Como todos os reis, ele ora agraciava, ora condenava. Justiças e injustiças tomavam colorido segundo seus humores. Repentinamente, retrocedeu, libertando Saul nas vésperas de sua partida em campanha.

À frente de um exército de 400 mil soldados e de uma armada de 600 navios, o rei da Pérsia singrava em direção à Grécia quando uma tempestade terrível levantou-se, açoitando a frota.

Mais de 300 barcos, carregados de ouro e de material, afundaram ao largo do monte Athos. Apesar de Saul tentar impedi-lo, Dario, com as forças bastante reduzidas, enfrentou a armada grega não longe de Maratona e perdeu a célebre batalha.

Humilhado, voltou-se para o judeu e perguntou:

— Diga-me, ave agourenta, o que vê no meu olhar agora?

Sem se desconcertar, Saul respondeu:

— Ó grande rei, posso ver em vosso olhar catástrofes ainda mais devastadoras do que esta. Peço-vos, não prossegais em vosso absurdo projeto de submeter a Europa!

Com muito mau humor, Dario novamente interrogou o judeu:

— E o que mais vê, meu corvo tristonho? O que me aconselha?

Ao que Saul retrucou:

— O corvo tristonho vos aconselha dar meia-volta e partir o mais rápido possível para o Egito, pois lá vossas satrapias estão se revoltando e se libertando, uma a uma, do domínio persa.

Dario seguiu os conselhos de Saul. Partiu para o Egito e combateu, pela última vez, ao pé das pirâmides. Ferido mortalmente, foi embalsamado à maneira egípcia por um especialista de Mênfis e fez sua derradeira viagem para a Pérsia escoltado por sua guarda pessoal. O trajeto foi tão longo e conturbado, com calamidades meteorológicas tão desastrosas, que o corpo do rei dos reis chegou bastante danificado a Persépolis, onde lhe fizeram grandiosos funerais. Conta-se que Saul estava entre os fiéis companheiros do rei que tiveram a grande honra de baixá-lo à sepultura.

A Dario sucedeu Assuero, seu filho mais velho. E Assuero, que herdava aquele imenso império de 127 províncias, reprimiu com sangue a revolta que incendiava o Egito.

Prudentes, pois a História a isso os convidava, os judeus de Mênfis e de Elefantina haviam elaborado um plano de fuga segundo o qual as famílias desapareceriam em poucas horas. Assim que fosse dado o alerta, elas se dirigiriam para abrigos subterrâneos especialmente concebidos para uma longa permanência clandestina.

Por pouco esses abrigos não serviram de túmulos para os judeus egípcios, como aconteceu com outros esconderijos, em outros lugares, pois logo todo o povo judeu do exílio foi ameaçado por uma tenebrosa calamidade. Mas escutemos o que o nosso livro secreto nos conta...

Reinava, então, sobre a Pérsia e o mundo, Assuero, o rei dos reis. Se, por um lado, tudo corria bem em sua boa cidade de Susa e também na maior parte das grandes metrópoles dominadas pela coroa, por outro eclodiu uma revolução palaciana em seu próprio gineceu.

Descontentes com sua sorte, os eunucos queixavam-se de que ficar apenas vigiando as jovens não era mais suficiente para eles. Reivindicavam o direito de usá-las, fosse como fosse.

Então seu chefe, um certo Ziraz, redigiu a carta dos eunucos, pela qual reclamava o direito ao amor para todos os homens castrados, pois nada pior para o corpo e o espírito do que experimentar desejo sem poder satisfazê-lo.

Ziraz argumentava que a emasculação não apagava nem a vontade, nem o ardor, mas que ela encorajava a racionalidade cerebral.

E fez transmitir a proclamação dos eunucos ao rei. Assuero, porém, rejeitou-a.

Furiosos, os 12 circassianos a serviço do harém do rei incitaram um motim contra ele e decidiram atentar contra a sua vida.

O caso chegou aos ouvidos de Saul, um jovem mercador manassé que comerciava com os uigures da Ásia Central.* Dessa rica região, ainda desconhecida, ele trazia tecidos de seda, tapetes preciosos e escrínios, perfumes inebriantes, mirra e incenso e toda espécie de futilidades que fazia chegar ao palácio, onde eram muito apreciadas pelas mulheres.

Saul, mal chegado aos 20 anos, tinha grande estima pelo rei. E, como não podia encontrá-lo pessoalmente, preveniu Mardoqueu, seu mestre em instrução bíblica. Mardoqueu, por um lado, dirigia a mais famosa *yeshivá* de Susa; por outro, ocupava um posto financeiro na corte do rei. Nada impedia esse homem tranqüilo de passar as noites estudando a *Torah* e empregar os dias fazendo frutificar o dinheiro do reino.

Apesar de seu trabalho se realizar num anexo do palácio, Mardoqueu jamais havia encontrado o soberano, que preservava ferozmente sua intimidade. Qualquer pessoa que tivesse a audácia de penetrar seus aposentos sem ter sido convidada era imediatamente punida com a morte.

Escandalizado com o que ouvia da boca de seu aluno, o professor Mardoqueu, um belo homem de longa barba frisada, advertiu o rei sobre o levante por meio de uma mensagem que ele próprio redigiu e confiou a seu mais fiel servidor.

O rei empenhou-se logo numa investigação que veio confirmar a conspiração e fez executar o grupo de 12 eunucos por Hamã, seu grão-vizir.

Habituado ao palácio, Hamã passava sempre por Mardoqueu e se queixava de que o judeu não se prosternava diante dele. O fato é que Mardoqueu considerava Hamã um ser sem moral nem religião. E Hamã, é claro, pensava o mesmo sobre Mardoqueu.

Sentindo-se muito feliz por haver escapado àquele atentado, e sem conhecer seu benfeitor, o rei decidiu celebrar o acontecimento com um banquete.

---

* Povo do interior da Ásia, de língua turca, cuja maior parte vive no oeste da China. (N. T.)

Chegou enfim o dia em que embaixadores e governadores de províncias, dignitários e oficiais superiores foram convidados com grande pompa e recebidos com impressionante fausto. Serviram-se iguarias raras e vinhos finos. Apresentaram-se os mais célebres músicos do reino, recitaram-se poemas e odes à glória do grande Assuero.

Mais para o final do banquete, o rei desejou apresentar àquela nobre assistência a rainha Vashti, sua esposa cuja beleza era lendária, porém só vista por seu marido até então.

Daquela vez, o rei abriu uma exceção. Enviou seu servidor aos aposentos da rainha, que, por sua vez, também festejava, na companhia das mulheres e filhas dos dignitários que o soberano recebia.

Capricho de mulher ou ato de rebelião, fato é que a rainha Vashti recusou-se a obedecer ao convite do todo-poderoso rei.

Extremamente constrangido, Assuero desculpou-se pelo incidente junto aos príncipes e senhores que o cercavam e pediu-lhes conselho:

— Que fariam vocês em meu lugar se sua esposa agisse dessa forma?

Todos declararam que a repudiariam imediatamente. Mais ainda: o vizir, que exercia grande influência sobre o rei, disse-lhe as seguintes palavras:

— Ó meu rei, enviai, pois, emissários aos quatro cantos de vosso reino, a fim de que procurem e tragam uma nova rainha, pois essa não é mais digna de vós. Ordenai-lhes que escolham as mais belas e virtuosas virgens de vosso império, que se estende desde a negra Abissínia até o luminoso vale do Indo.

Para a festa havia sido preparado o mais belo cenário que se poderia imaginar. Tudo era suntuoso e refinado. Os convivas ocupavam um salão com 300 colunas de mármore, em alas recobertas por tapeçarias verdes e azuis, presas umas às outras por grandes anéis de ouro. Os leitos, em madeira de lei, nos quais se degustavam os alimentos e se podiam fruir as delícias da sesta, pousavam num chão que alternava lajes de mármore, de nácar e de obsidiana.

O rei ouviu seu grão-vizir e permitiu que ele enviasse os emissários aos quatro cantos do império. Logo partiram de Susa os emissários do amor.

Ao mesmo tempo, afixaram-se avisos de busca nas cidades mais isoladas. Publicaram-se editos, decretos, informando a população sobre o destino da rainha Vashti.

E, enquanto os emissários do rei examinavam minuciosamente as jovens, buscando descobrir os mais ínfimos defeitos, Saul tentava convencer seu mestre de teologia a apresentar ao rei sua filha adotiva. De fato, Esther irradiava beleza e inteligência. Órfã, tinha sido adotada por seu tio, que nutria por aquela sobrinha sentimentos, no mínimo, confusos. Às vezes ele sentia uma certa vergonha por isso e pedia socorro a Deus.

O estudo da Bíblia, felizmente, apaziguava seus tormentos.

Como Mardoqueu não via por que deveria oferecer sua sobrinha ao rei, Saul lhe disse:

— Ora, mestre, se, por felicidade, Assuero caísse em êxtase diante desse diamante que, com tanto ciúme, escondem em sua casa, não poderia haver dias melhores para o nosso povo. Todos se rejubilariam, tanto em Jerusalém quanto em Mênfis, em Susa, na Babilônia, em Persépolis e até na longínqua Bactriana.

O tio Mardoqueu protegia-se por trás das convenções:

— Vejamos, Saul. Crê verdadeiramente que Assuero desposaria uma jovem judia? O povo persa, se é que ele existe em sua essência, não o aceitaria.

Ao insistir assim diante de Assuero, Saul dava provas de abnegação: ele era apaixonado por Esther desde sempre e contava pedir sua mão em breve. A cada retorno de suas viagens, e apesar da reprovação do tio, ele a cobria de presentes.

Falando contra si próprio, Saul acrescentou:

— O rei da Pérsia jamais o encontrou. Não o conhece, senão pelos dossiês financeiros que você lhe apresenta. Talvez suspeite de seu judaísmo, mas ignora tudo a respeito de sua vida privada. Desconhece sua sobrinha. Então, por que informá-lo sobre o nascimento de Esther?

Mardoqueu hesitou, acabando por confessar:

— Não é essa a questão. O que faria eu só, sem a minha sobrinha tão querida?

Foi então que Esther, que tudo ouvia por trás da porta, entrou. Olhou com ternura para Saul e disse, dirigindo-se ao tio:

— Saul fala palavras de ouro. Não haveria mais belo presente, para nossos irmãos e irmãs da diáspora, do que a ascensão de uma rainha judia em Susa.

Mardoqueu assumiu ar resignado e murmurou, olhando a sobrinha:

— Assim seja, se assim o deseja. Mas será você bela o suficiente para o rei?

Saul interveio secamente:

— Melhor seria perguntar se o rei é suficientemente belo para Esther!

Chegavam então a Susa as mais maravilhosas virgens, trazidas das cidades e aldeias, das montanhas e das estepes desse império que se estendia até muito além do infinito. E, como nenhuma parecia satisfatória aos olhos do monarca, Mardoqueu pediu a Saul que ele próprio acompanhasse sua sobrinha ao palácio, pois não devia se arriscar a ser visto com ela. Ele abraçou Esther longamente, recomendando-lhe que calasse a respeito de seu pertencimento à diáspora judaica, embora continuasse a orar ao Eterno em segredo.

Com o coração batendo forte, Saul acompanhou aquela a quem amava até o palácio, deixando-a diante do setor das mulheres.

E, assim, Esther foi recebida na Casa de Educação, morada vizinha à do rei. Ficou retida durante seis meses naquele lugar, onde lhe ensinaram os costumes da corte: boas maneiras, postura, elegância e também refinamento em tudo, até no mais insignificante pensamento.

Quando as mestras em educação julgaram-na suficientemente preparada, puseram-lhe as mais belas roupas e a ornaram de suntuosas jóias.

Em seguida, levaram-na aos aposentos do rei, por uma sucessão de galerias e jardins, onde a exuberância rivalizava com os frisos de ouro e lápis-lazúli.

Estava-se, então, no dia 15 do mês de *Tebeth*, no sétimo ano do reino de Assuero. E quando o rei viu entrar aquela beleza resplandecente de finura e espírito, amou-a e a estimou imediatamente, mais do que a qualquer outra. Fez-lhe um cumprimento e, para mostrar-lhe que, dali por diante, ela seria a rainha da Pérsia, colocou a coroa real sobre sua cabeça.

Morto de ciúmes daquele casamento, Hamã, o grão-vizir, que tinha visto o rei recusar todas as moças que lhe havia apresentado, não ousava criticar a rainha abertamente. Cheio de pensamentos ruins, ele procurava vingar-se daquela que considerava uma usurpadora.

Hamã ignorava os laços que uniam Esther a Mardoqueu. Todos os dias, entretanto, detestava um pouco mais aquele judeu, que se recusava a se prosternar diante dele. E queixou-se ao rei. O rei, então, enviou um servidor para interrogar Mardoqueu, que, embora fosse seu empregado, jamais vira pessoalmente.

O servidor lhe disse:

— O rei gostaria de saber por que você não se ajoelha à passagem do grão-vizir.

Mardoqueu respondeu:

— O dia em que Deus me permitir estar na presença de nosso soberano irei prosternar-me a seus pés e assim ficarei até que ele dê ordens para levantar-me.

O servidor continuou:

— Prosternar-se diante do rei é natural. Mas recusar-se a fazê-lo diante de Hamã é desobedecer ao rei.

— Lastimo muito — respondeu Mardoqueu —, mas nada posso fazer, pois alguma coisa me impede de honrar Hamã, curvando-me diante dele.

O servidor relatou ao rei a conversa com Mardoqueu. E o rei sentiu-se muito contrariado. Tinha Hamã em tão grande estima, que o havia alçado à classe mais elevada da hierarquia persa. Hamã dominava ministros e dignitários, compartilhando o poder com o líder supremo do exército.

✡

Um dia, o vizir, chamado pelo rei para tratar de uma questão interna, desviou-se do assunto e falou violentamente de Mardoqueu. Mais ainda: não contente em colocar o homem abaixo do chão, incriminou o povo judeu como um todo:

— Estou avisando, ó meu rei: há em vosso império um povo de bastardos que não respeita nem a vossa autoridade, nem as vossas instruções. Vede, essa gente está em todas as vossas províncias, reproduzindo-se tão depressa quanto os ratos. E, também como os ratos, vão roendo, pouco a pouco, todos os nobres princípios e virtudes que colocastes em nossas mentes, assim como roem também aquilo que vossa nação possui de melhor em suas bases e seus celeiros.

Assuero inquietou-se:

— Devo tomar ao pé da letra tudo que me diz? Que povo é esse?

— Ora, meu rei, o povo é aquele do qual saiu Mardoqueu. E esse povo é igual a ele: orgulhoso, arrogante, conspirador e insubordinado.

Assuero protestou:

— Você cai em contradição, Hamã. Pelo que sei, jamais se viu rato orgulhoso ou arrogante, conspirador e insubordinado. Pelo contrário, parece-me que o rato se agita no nível do chão, fugindo quando alguém bate palmas.

— Exatamente o que eu queria dizer, ó meu rei: esqueçamos esses termos, que não são adequados nem aos judeus nem aos ratos.

Hamã curvou-se diante de Assuero e acrescentou:

— Escutai este aviso, meu soberano, pois não é do vosso interesse permitir que os judeus, vindos de fora, destruam vosso império por dentro. Basta uma palavra e, a uma ordem vossa, encarrego-me de vos desembaraçar deles de uma vez por todas.

O rei perguntou:

— E de que forma vai fazê-lo?

O rosto do grão-vizir mostrou um feio esgar, e ele replicou:

— Da forma mais radical!

Quis o rei, então, saber quanto uma tal operação custaria ao império. E seu grão-vizir, imensamente rico por ganhos ilícitos, respondeu:

— Não só nada custará ao império, como ainda vou encher os cofres de vosso palácio com 10 mil talentos de prata.

Assuero, que sem dúvida não calculava as conseqüências de uma tal decisão, deu o seu consentimento.

Pouco depois, e sempre pressionado por Hamã, o rei assinou um decreto que ordenava aos governadores de suas 127 províncias o extermínio dos judeus por todos os meios de que dispunham — homens, mulheres, crianças e recém-nascidos — num único dia: o décimo quinto do décimo segundo mês de *Adar*.

Assuero recomendava, ainda, a pilhagem e a partilha dos bens judaicos entre oficiais e homens da tropa.

Na cidade de Susa, como também nas demais cidades do reino, só havia consternação e lamentações entre os judeus. Alguns pensaram em fugir, mas o império, que se estendia da Etiópia ao Egito e da Índia até as bordas do Mediterrâneo, era tão vasto, que qualquer fuga seria impossível. Outros choravam, oravam e jejuavam. Alguns, como Saul, o mercador, enviavam emissários, por sua vez, aos quatro cantos do império, a fim de incitar os judeus a se armarem e a resistirem. Ninguém deveria deixar-se assassinar sem devolver golpe por golpe.

E, sob a incitação dos Manassés, em Susa e na Babilônia, em Nínive e em Jerusalém, em Mênfis e em Elefantina, os judeus se organizaram à espera do massacre ordenado.

Faltavam apenas cerca de 10 dias, e nada, nem ninguém — exceto o próprio rei — seria capaz de dobrar a vontade do vizir e fazer caducar seu horrível plano.

Foi então que Saul, no intervalo entre duas missões, dirigiu-se até a casa de seu mestre Mardoqueu. Encontrou-o em extrema agitação, a cabeça coberta por um saco, sob o qual escondia sua angústia.

E Saul lhe disse:

— Devemos, agora, avisar a rainha Esther de tudo que está sendo tramado contra os judeus. Só ela ainda pode nos salvar, intervindo junto ao rei.

Mardoqueu concordou. Entretanto, desde a publicação do decreto, ele não se atrevia a ir ao palácio, com medo de ser executado pelo próprio Hamã. Retirou o saco que escondia sua fisionomia em prantos e disse:

— Para se prevenir a rainha não há mil e uma maneiras, mas uma só: vista-se com farrapos, apóie-se num bastão, como se não pudesse caminhar, e vá agachar-se diante da morada de Esther. Uma de suas servas, com toda certeza, terá piedade de você e virá colocar algumas moedas ou comida em sua mão.

Saul não gostava desse tipo de truque. Como um manassé, não se lembrava de algum membro da seita ter-se vestido como mendigo, alguma vez. Ele não se sentia bem naquele papel. Disse:

— Caro e respeitável mestre, parece-me que faria um mendigo tão bem quanto eu. Bem disfarçado, ninguém o irá reconhecer.

Mardoqueu cobriu novamente a cabeça com o saco e murmurou:

— Tente, primeiro. Se você fracassar, irei em seu lugar.

E Saul, que tinha rosto atraente e postura viril — como os Manassés da linhagem do arquiteto Saul —, metamorfoseou-se num miserável. Acomodou-se em frente à morada da rainha e esperou durante horas ali, sem que nada acontecesse.

Por fim, uma serva de Esther avistou-o e teve pena dele. Aproximou-se do desgraçado e depositou uma moeda de prata em sua cuia.

Como agradecimento, e com uma voz firme que contrastava com a sua aparência, Saul sussurrou:

— Vá dizer à rainha que, sob estas roupas de mendigo, está escondido Saul, o discípulo de seu tio. Avise-a que dentro de pouco tempo acontecerão coisas terríveis, que só ela poderá impedir. Peço-lhe, vá lá e volte depressa.

A serva, estupefata, transmitiu as palavras de Saul à rainha.

Travou-se, então, por intermédio daquela camareira, um diálogo de extrema importância entre Saul e a rainha.

Saul avisou-a de que Hamã havia prometido ao rei entregar-lhe um considerável tesouro em troca do decreto que autorizava o massacre dos judeus.

Como fosse difícil para Esther acreditar ser seu marido capaz de intenção tão cruel, Saul entregou à serva uma cópia do edito afixado sobre todos os muros de Susa.

Esther, então, caiu em pranto, lamentando-se, arrancando os cabelos, manchando o rosto com fuligem e sujando as roupas.

Saul insistia que ela fosse ver o rei.

Esther mandou, mais uma vez, a lamuriosa camareira levar sua mensagem ao mendigo:

— A rainha manda dizer-lhe que qualquer um, homem ou mulher, que entra na câmara do rei sem ser expressamente convocado é imediatamente morto, a não ser que o soberano, em sua grande bondade, o toque com seu cetro de ouro. E a rainha está terrivelmente infeliz, pois há 33 dias não é chamada pelo rei. Este é o dilema da rainha: ou bem ela não vai lá, e fica aguardando um sinal do rei, ou vai e é morta antes mesmo de poder falar-lhe e de o dissuadir.

Nos dias que se seguiram, Mardoqueu, ouvindo a voz do Eterno, veio substituir Saul diante do palácio da rainha. De qualquer forma que ele se disfarçasse, podia ser reconhecido por sua barba e corpulência.

De uma janela por onde espiava, apesar da proibição que lhe haviam feito de olhar para outro local, que não a sua própria casa, e para outra pessoa que não ela mesma, a rainha Esther, extremamente emocionada, percebeu a figura do tio.

Em seguida vestiu as roupas de sua criada, cobriu-se com um xale, tal como aquela, e conseguiu sair do palácio graças à cumplicidade de um eunuco.

Explicou então a seu tio Mardoqueu sua dor e seu dilema. Mardoqueu, porém, mostrou-se impiedoso:

— Não pense que irá escapar do massacre só porque habita a casa do rei. Se não decidir ir implorar a graça para nós, você, seu pai, todos iremos perecer. Eu lhe suplico, Esther, uma voz em meu íntimo me garante que o Eterno a fez rainha da Pérsia para que salve o povo judeu do desastre. Escute, por sua vez, essa voz e corra a implorar ao rei.

Desolada, Esther respondeu:

— Ó meu tio, olhe para mim: o sofrimento me corrói até o fundo dos olhos. Mas eu, eu escuto outra voz. E essa voz me diz que você e Saul precisam reunir imediatamente todos os judeus de Susa e conclamá-los à oração e ao jejum, e sua rainha fará o mesmo, durante três dias completos.

Mardoqueu elevou os olhos até a expressão abalada da rainha e murmurou:

— Está bem. Farei o que me pede, por amor à menina que eduquei e também pela paixão que sinto pela mulher em que ela se transformou.

Esther olhou de modo estranho para aquele tio, cujos sentimentos verdadeiros ela mal parecia adivinhar, e depois disse:

— Na noite do terceiro dia de jejum, irei até o rei, apesar da lei que me proíbe. E, se eu tiver de perecer, que seja, então. Tudo será feito conforme a vontade de *Elohim*.

E a rainha fugiu imediatamente por onde viera. Enquanto Mardoqueu deixava aquele lugar, passou por ele o grão-vizir que, espantado, se deteve e falou:

— Por mais que se disfarce de miserável e se faça passar por um persa indigente, saiba que já preparei a sua fogueira.

Mardoqueu lançou-lhe um olhar sombrio e foi levar a mensagem de Esther aos judeus de Susa.

Na noite do terceiro dia, Esther vestiu seus trajes reais e foi sozinha aos aposentos do rei. Os guardas hesitaram em deixá-la entrar, porém a rainha avançava com passo tão seguro, irradiando tamanha luz, que eles abriram a porta.

Quando o rei, que cochilava no trono, viu a rainha apresentar-se diante dele animada por tal fulgor, sentiu grande emoção, arrependendo-se de ter ficado tanto tempo longe dela.

A rainha ousara afrontar a proibição, porém a beleza e a gravidade que emanavam de sua pessoa encontraram graça aos olhos do rei. E ele se levantou e a tocou com seu cetro de ouro.

Assim acolhida, Esther nada disse, inclinando-se diante do soberano.

— O que vem me pedir, minha querida rainha? Mesmo que fosse a metade de meu reino, eu não lhe poderia recusar.

Ruborizada, porém com determinação, Esther respondeu:

— Não é digno de uma rainha pedir outra coisa ao esposo além de seu amor e sua amizade. E se existe amizade entre nós, algo de que não posso duvidar, gostaria muito de contar com a sua presença e a de Hamã no festim que estou preparando para ambos amanhã à noite.

Após essas palavras, a rainha se retirou.

O rei ficou encantado e espantado com a idéia do festim, e mandou informar o grão-vizir sobre o convite da rainha. Ao saber que iria jantar com o rei e a rainha da Pérsia, Hamã mal pôde conter sua alegria. Durante a noite inteira ele se pavoneou, imaginando os favores com que seria recompensado. Um desses — e ele teria de falar disso ao rei — seria uma autorização para que ele mesmo, em pessoa, pudesse queimar Mardoqueu em seu jardim, onde já havia mesmo juntado palha e madeira.

Evidentemente, o grão-vizir ignorava os laços de parentesco entre a rainha Esther e Mardoqueu. Até então não havia ocorrido a ninguém, principalmente aos judeus de Susa, procurar descobrir as origens de Esther.

Enquanto o grão-vizir, lisonjeado em sua vaidade, aguardava com impaciência o jantar da noite seguinte, o rei Assuero não conseguia dormir. Atormentava-o um fato que lhe havia escapado. Mandou buscar o livro dos Anais, onde se consignava tudo que havia acontecido em seu palácio durante o ano. E encontrou o que buscava: algo a propósito da conjuração dos eunucos. Estava ali claramente mencionado no livro. Ele não devia sua vida a Hamã, como este lhe havia dado a entender, mas sim a um certo judeu, de nome Mardoqueu, que trabalhava para a tesouraria geral.

Pela manhã, Assuero mandou chamar seu grão-vizir.

Quando Hamã se apresentou, o rei perguntou:

— Diga-me, Hamã, o que devo fazer para recompensar alguém que desejo honrar?

Hamã disse consigo: "A quem mais desejaria o rei honrar, se não a mim?", e respondeu:

— Para homenagear o homem a quem vos referis, ó grande rei, deveis vesti-lo com vossos hábitos reais, fazê-lo montar vosso cavalo e colocar vossa coroa sobre sua cabeça.

Então, o rei disse a Hamã:

— Suas palavras são sábias. E, como é você o mais fiel de todos os meus ministros, vou encarregá-lo de vestir assim um tal Mardoqueu e levá-lo a passear pela cidade, montando meu cavalo.

Hamã empalideceu, mas o olhar do rei era tão sombrio que ele foi executar a ordem sem negligenciar o menor detalhe. E, assim, o inimigo jurado dos judeus conduziu Mardoqueu a passear pelas ruas de Susa, cantando-lhe elogios, tal como lhe havia recomendado o soberano. Não havia melhor punição para Hamã, até então acusado apenas de uma simples mentira.

Chegou, enfim, a hora do jantar. O rei e Hamã chegaram à casa da rainha, onde foram servidos e degustados os melhores vinhos do reino.

Levando a taça aos lábios, Assuero perguntou à rainha:

— Eis-nos aqui em sua casa agora, ó minha amada esposa. Diga-me qual é seu desejo e ele lhe será concedido, mesmo que seja o meu reino inteiro.

A rainha Esther teve de conter sua emoção. Não era o momento de chorar nem de fraquejar. O destino do povo judeu dependia apenas de suas palavras. Então, ela tomou a mão do rei e disse:

— Meu pedido nada tem a ver com a minha modesta pessoa. Nada desejo em particular para mim mesma. Nem seu reino, nem seu cavalo... apenas a sua compreensão.

O rei a interrompeu:

— Minha compreensão você a tem. Estou escutando. Diga-me o que tanto a agita.

E a rainha respondeu:

— Um conselheiro de sua equipe, sabendo que lhe preocupa a sublevação de algumas províncias, aproveitou-se disso para fazê-lo assinar um horrível decreto que condena meu povo a desaparecer da superfície da Terra.

O rei mostrou verdadeira surpresa: de que povo falava, então, sua mulher? Rápido como um relâmpago, compreendeu que a rainha era judia. E, enquanto se refazia do choque, Esther prosseguiu:

— Eu lhe suplico, ó grande rei. Se encontrei misericórdia em seus olhos, ao revelar-lhe que pertenço ao povo eleito, conceda também essa misericórdia a todos de seu reino que compartilham minha crença. Salve-os da execução e do aniquilamento, marcado para o dia 15 do décimo segundo mês de *Adar*.

O rei parecia de nada se lembrar. Para si mesmo, fez um breve cálculo: estavam no dia 11 do décimo segundo mês de *Adar*. Restavam, então, apenas três dias para a data fatídica. Sinceramente perturbado, tomou, por sua vez, a mão da rainha e perguntou:

— Diga-me o nome daquele que me fez assinar um tal decreto.

Esther retirou sua mão e apontou com o dedo o grão-vizir:

— Eis o nosso inimigo. Ele o fez crer que éramos infames e que conspirávamos contra você. Disse que judeus e ratos são da mesına raça e que era preciso exterminá-los como se exterminam aqueles animais.

A essas palavras, Hamã foi tomado de pavor. Quis justificar-se com o rei, porém não foi capaz. E, então, o rei, num súbito acesso de cólera, exclamou:

— Disseram-me que você preparou um monte de lenha em seu jardim para queimar Mardoqueu. Muito bem, minha decisão é a seguinte: você perecerá nas chamas de sua própria fogueira.

Hamã prosternou-se diante do rei. Suplicou que o deixassem vivo, soluçando por sua triste sorte.

O soberano não se apiedou. Punindo o grão-vizir com a pena de morte, ele se condenava a uma pena de consciência. Mandou imediatamente procurar Mardoqueu, o tio de Esther, e colocou-lhe no dedo o anel que retirara de Hamã.

Assim foi a vitória do judeu Mardoqueu sobre o vizir Hamã, que terminou sua vida queimado em sua própria fogueira. Quanto ao rei, torturado de remorsos pelo decreto absurdo e cruel que ele próprio assinara, anulou-o imediatamente. E, como temia que nem todos os encarregados da carnificina, no dia 15 do décimo segundo mês de

Adar, fossem avisados a tempo, enviou emissários a todo o império, de um extremo a outro, para afixarem a nova instrução em todas as casas de governadores e em todas as fachadas de casas habitadas por judeus.

E, como também queria absolutamente redimir-se de sua culpa, vestiu Mardoqueu com os trajes em azul e branco da realeza, colocou-lhe uma coroa de ouro e lançou-lhe sobre os ombros uma estola de seda púrpura.

Ao ver Mardoqueu com os trajes do mais alto posto do reino, toda a cidade de Susa iluminou-se de alegria e felicidade. Susa e também as outras cidades do reino rejubilaram-se com as honras e homenagens prestadas à rainha e a seu tio.

E Mardoqueu, que apesar de tudo receava a eclosão de graves incidentes no dia marcado para o massacre, disse ao rei:

— Uma vez assinastes e aprovastes um decreto contra o povo judeu. Peço-vos, agora, que assinais e aprovais uma carta, de cunho confidencial, que vou ditar neste momento.

Sem perguntar qual seria o conteúdo da carta, Assuero se pôs à escrivaninha. E Mardoqueu ditou ao rei as seguintes palavras, sob o terno olhar da rainha Esther:

Eu, Assuero, rei da Pérsia, da Índia, da Mesopotâmia, da Abissínia, da Babilônia, da Assíria, de Israel e do Egito, autorizo qualquer judeu estabelecido em território do meu império, em qualquer cidade ou vila, a defender-se e a matar todos aqueles que ousarem atacá-lo em sua casa.

Nesse ponto do ditado, Esther pensou em Saul, pois sabia que ele estava em preparativos, ocupado com outros Manassés sedentos de justiça, para a formação de milícias.

Perturbada pelos sentimentos que lhe advinham apenas ao evocar o jovem, a rainha Esther só em parte prestava atenção ao que dizia seu tio.

Entretanto, com voz muito tranqüila, Mardoqueu prescrevia ao rei estas últimas palavras:

Se tais violências se produzirem contra os judeus, exorto estes últimos a que persigam seus agressores até suas casas, e autorizo-os a que passem ao fio da espada mulheres, velhos, crianças e recém-nascidos.

Essa carta do rei foi imediatamente afixada em todas as *yeshivás* e sinagogas do país. Foi lida em praça pública e vivamente comentada.

Na verdade, nem Mardoqueu acreditava no que dizia, nem o rei no que escrevia. Após despir os trajes de mendigo, Saul não havia cessado de preparar os judeus do reino para a resposta. Todos os homens disponíveis e também as mulheres e os adolescentes esperavam firmes por seus inimigos. Todas as casas tinham sido fortificadas. Todos estavam equipados com lanças e espadas, óleo de pedra e estopa. Todos estavam determinados, porém é fato que todos, definitivamente, teriam sido esmagados pelo maior número e exterminados.

Aconteceu então, na madrugada do dia 15 do décimo segundo mês de *Adar*, um fato inesperado para qualquer outro povo que não o da rainha Esther: produziu-se exatamente o oposto do que havia previsto Hamã. Naquela madrugada, que lhes deveria ser fatal, as vítimas tornaram-se carrascos.

Saíram subitamente pelas ruas, armadas pelos Manassés. Dirigiram-se a casas, assinaladas previamente, em que moravam seus detratores e os adversários mais irredutíveis.

Surpreendidos durante o sono, todos aqueles que desde muito buscavam o aniquilamento dos judeus foram massacrados.

Só na bela cidade de Susa, onde reinava Assuero, 500 notáveis e adeptos foram encontrados assassinados. Entre eles, os mais impiedosos companheiros do grão-vizir, de cujos nomes ainda escorre sangue: Poratha, Dalfon, Arizai, Aspatha, Aridatha, e seu chefe Parmaschatha.

E, assim, celebramos hoje o *Purim*,* até mesmo aqui entre nós, no leste da Índia, em memória daqueles dias que testemunharam a salvação dos judeus do império persa, graças à coragem da rainha Esther e de Mardoqueu. Um milagre do qual não podemos dissociar os Vingadores de Israel.

✡

* Festival judeu comemorativo da sobrevivência dos judeus a um decreto de morte, no século VI a.C., do governo persa. A história é narrada no Livro de Esther. (N. T.)

A lenda da rainha Esther é formulada, de modo diferente e de forma mais bela, na *meguil** redigida no ano 3406 de nossa era. Nosso livro não traz nada diverso do que lhes relatei. Entretanto, informa-nos que Dario III, que logo seria derrotado na batalha de Issos por Alexandre, o Grande, reivindicava uma origem divina. Pretendia descender da rainha Esther e do imperador Assuero.

Mas, esperando essa batalha, e enquanto Dario III mal chegava à adolescência, Assuero sonhava em ir à desforra contra os atenienses, que tinham derrotado seu pai em Maratona.

Com esse objetivo, montou uma gigantesca expedição à Grécia. Equipados com armas novas e maquinário espetacular, que incluíam pontes desmontáveis, compostas por barcos colocados em seqüência nos estreitos, inúmeros soldados conseguiram atravessar o mar.

Assim, Assuero venceu a batalha das Termópilas contra os espartanos de Leônidas.

Toda a Pérsia cantou aquela vitória, que, no entanto, se tornou seu canto do cisne.

Em pouco tempo, e apesar das façanhas bélicas de que se gabava Dario III, muito longe de nosso Oriente a Grécia se reerguia. E surgia na Macedônia uma dinastia de chefes incomparáveis, tanto em audácia quanto em estratégia.

Aconteceu, a princípio, a derrota dos exércitos persas diante do Grânico** na Frígia. Depois, a incrível oportunidade de Alexandre em Issos, onde por pouco ele não pereceu, quando suas tropas desnortearam as do presunçoso Dario que acabou cometendo o erro de atacar primeiro.

Nosso livro lamenta Dario, por ter ele nascido — é o que se pensa — de um pai cujo avô quase nos exterminou por imprudência. Isso é tanto mais lamentável quanto o fato de muitos Manassés, oficiais e

---

* *Megillá*. Pl. *megillot*. Rolos de pergaminho contendo os cinco livros chamados *ketuvim*: o Cântico dos Cânticos, o Livro de Ruth, as Lamentações de Jeremias, o Eclesiastes e o Livro de Esther (*megillá* Esther), que são lidos nas sinagogas em certos festivais. (N. T.)

** Rio da Ásia Menor. Batalha do Grânico: primeira etapa da guerra de Alexandre contra os persas, em 334 a.C. (N. T.)

intendentes, terem tombado com os soldados persas na batalha do Grânico e também em Issos. Mais tarde ainda, quando Alexandre invadia a Fenícia e o Baixo Egito, foi um Saul da décima terceira geração dos Manassés que negociou, por duas vezes, o imenso resgate pago por Dario em troca de sua mulher, que, entretanto, não lhe foi devolvida.

E esse mesmo Saul, originário das colinas do Oeste, parente muito distante de Saul, o cego, convenceu Dario a oferecer sua própria filha em casamento àquele mesmo que já a mantinha como prisioneira. Isso constituiu um fracasso para Saul. Alexandre recusou-se a desposar a filha do rei persa. Dizem que ele preferia o mais jovem de seus generais, o belo Hefestion.

Alexandre jamais aceitou do rei persa algo além de resgates. Ignorou mesmo a mão estendida, a aliança entre as duas nações, que Dario propunha em troca de sua família.

Talvez eu não tenha insistido sobre o papel desempenhado pelos Manassés no decorrer desses dois séculos e meio, mais exatamente, durante esses 253 anos que se sucederam do reinado de Nabucodonosor ao de Alexandre da Macedônia. Saibam, entretanto, que sempre, em seus últimos instantes, todos transmitiram a noção de justiça a seus filhos e filhas. Nenhum deles jamais se esqueceu de quem era, nem de onde provinha. Todos tiveram o ombro esquerdo — o do coração — marcado com o sinal secreto, o que, aliás, era vedado pela lei judaica, que proibia qualquer lesão, quer fossem incisões ou tatuagens, sobre o próprio corpo.

Todos os Manassés, até mesmo nos dias mais sombrios, nas épocas de maior perigo, afixaram a *mezuzá** do lado direito da porta: assim, era constantemente lembrada a palavra de Deus, cada vez que entrassem ou saíssem de casa.

---

* Pequeno pergaminho contendo versos das escrituras, para lembrar aos judeus suas obrigações para com Deus. Fica dentro de um estojo geralmente de metal, colocado na principal porta da casa, à direita de quem entra. (N. T.)

Todos respeitaram a promessa feita por Saul, o arquiteto, durante o sítio de Samaria.

Todos festejaram, uma vez por ano, às escondidas e com muita emoção, o desmoronamento do zigurate de Kalah e o aniquilamento dos principais dignitários assírios sob os escombros da torre.

Todos, enfim, fossem comerciantes, homens de letras, funcionários, soldados ou empregados, a serviço dos babilônios, medos, egípcios, persas, gregos ou fenícios, jamais cessaram de ir e vir entre sua segunda pátria, a do exílio, e Israel, a terra de Deus.

No momento em que encerro minha parte do livro, Jerusalém parecia finalmente desfrutar de relativa autonomia e cunhava sua própria moeda.

✡

Diná agradeceu ao Estrangeiro por tê-la escutado sem manifestar impaciência e voltou lentamente a seu lugar.

Levantou-se, então, outra mulher, maciça de corpo, vestida com um sari amarelo, à moda indiana. Enviou um sorriso tímido ao *hazan* e depois, com voz forte e bem empostada, declarou chamar-se Zilpá, como a mulher de Jacó.

CAPÍTULO 6

Em que se tem conhecimento, em pleno deserto do Sinai, da vitória de um famoso chefe macedônio sobre o persa Dario III.

Longe do campo de batalha, dois gêmeos, audaciosos e brincalhões, nascidos em Mênfis, no Egito, libertam Boaz, seu escravo preferido, e o dão em casamento à sua irmã.

Capturados por um oficial dos hetaroi, os três jovens são alistados no exército de Alexandre, o Grande. Logo, eles se vêem à frente de uma gloriosa cavalaria judaica, cujas façanhas correm boca a boca.*

Será que ela terminará por se voltar contra o senhor do mundo?...

---

* *Hetaroi* — corpo de cavalaria macedônia composto de guerreiros de famílias nobres. Ocupavam na batalha o lugar de honra, a ala da direita. Sua situação no exército macedônio era privilegiada. Suas armas eram a couraça, o capacete, o escudo, a lança e a espada. Também eram treinados para combates a pé. (N. T.)

O livro de Zilpá

Estamos agora no ano 333 antes da era cristã, que corresponde ao ano 3448 de nosso calendário judaico. A importância dessa data prende-se ao fato de que, dentro em breve, veremos os Manassés penetrarem pela primeira vez a Índia e se dispersarem pela Ásia Central. Mas vamos àqueles que nos interessam e que despertam nosso entusiasmo: os gêmeos Saul e David, naturais de Mênfis.

Com apenas 16 anos, pertenciam eles à décima quarta geração dos Manassés. Naqueles tempos de guerras e de epidemias, raros eram os homens que conseguiam chegar aos 40 anos.

Saul e David pareciam-se de modo incomum. Eram dois rapazes magníficos, de tipo semita muito pronunciado: pele morena, cabelos como azeviche, nariz aquilino, lábios cheios de avidez. Além disso, possuíam o mesmo olhar inflamado que caracterizava os Manassés ao longo das gerações. Poucas pessoas conseguiam sustentar aquele olhar sem se perturbar. Reis e príncipes, sátrapas, profetas e até mesmo bandidos de estrada evitavam a intensidade daqueles olhos, recuando diante de tamanho poder.

Inteligentes e trabalhadores, com habilidades tanto para os negócios quanto para as letras e as armas, Saul e David ajudavam muito o pai, Simão, a manter um florescente negócio de incensos, especiarias e pedras preciosas. Além disso, Simão detinha o monopólio do lápis-lazúli, o que permitia aos filhos fazerem numerosos contatos, tanto com gregos e persas quanto com tribos nômades. Assim, percorriam o Sinai e o delta do Nilo, aventurando-se às vezes até o distante Alto Egito, em Luxor e Abu-Simbel, onde se erguiam monumentais templos e estátuas, abandonados há milênios à sua triste sorte. Todos aqueles lugares sagrados, construídos antigamente por dinastias de faraós, eram alvo dos saqueadores, alguns dos quais faziam sacrifícios ao deus Aton, que ainda recentemente havia sido idolatrado pelo rei Amenófis IV e pela rainha Nefertite.

Percorrendo aquele vasto Egito, ora sós, ora escoltados, Saul e David pensavam sempre com emoção nos ilustres ancestrais José e Moisés. Este último lhes aparecia muitas vezes, quando, exaustos, sem água nem alimentos, eram tomados por alucinações.

E Moisés, vendo-os desamparados, encorajava-os e os guiava em meio às armadilhas e emboscadas do deserto.

Assim eram Saul e David: intrépidos, reverentes, apaixonados pela vida e por suas turbulências.

Certa vez, ao chegarem de uma longa expedição, com a caravana carregada de especiarias e cereais do Nilo, trazendo também blocos de lápis-lazúli bruto, de um azul de ultramar, eles encontraram um grupo de religiosos em grande excitação. Pelo que informaram, iam sem demora consultar um dos seus, meio eremita, meio adivinho, que vivia numa gruta do monte Sinai.

Fato é que a notícia era de suma importância, merecendo ser discutida e analisada em seus diferentes aspectos. Assim, por intermédio daquele grupo de fiéis que partia para a montanha sagrada, os gêmeos souberam das façanhas guerreiras de um jovem rei macedônio, cujo exército invencível havia esmagado o do rei persa Dario III, em Issos. Contava-se que Dario, em sua fuga, teria abandonado com Alexandre a esposa e os filhos.

O boato demonstrava a magnanimidade do vencedor, que tratara a família de Dario com todas as atenções devidas a seu sangue real.

E, mais ainda, além do imenso saque de que se havia apoderado, Alexandre mantinha como prisioneiros os embaixadores de Esparta, Atenas e Tebas, que teriam ido a Issos negociar favores com Dario.

O rabino que relatava essa história aos gêmeos tremia de tal maneira que Saul — conhecido como *o mais velho* — perguntou:

— Diga-me do que tem medo e lhe direi se está certo.

O rabino assumiu um ar contrito e respondeu:

— Sabe, filho, nada temo a respeito de minha pessoa, a não ser o julgamento de Deus. Só me preocupa a situação de nossa comunidade. Oh, é claro que o macedônio manobra seus exércitos a uma distância tão grande que não nos pode atingir de modo algum...

Saul o interrompeu:

— Lembre-se de que, para um ser desprovido de fé e moral, como ele, animado por ambições desmedidas, nenhuma distância é intransponível, pois à terra se junta o mar, e aos carros, as embarcações.

Sentencioso, o religioso replicou:

— Eu sei, por seu pai, Simão, da coragem e do mérito dos Manassés. Se não estivesse ocupado em levar essa rica caravana até seus armazéns, seria você quem deveria ir, em meu lugar, até o adivinho.

Como Saul demonstrasse surpresa, ele acrescentou:

— Evidentemente, no presente você prefere o comércio à leitura do destino que está por vir!

Saul trocou um olhar de cumplicidade com seu irmão e se deixou dominar por um ataque de riso. Passado o acesso, disse:

— Comerciar jamais me impediu de refletir. Pelo contrário, as viagens me abriram os olhos sobre o mundo. E eu sei que nossos inimigos estão por toda parte, até onde não há nenhum de nós. Até mesmo onde se passam por nossos amigos. Veja, quanto a mim, não preciso de um adivinho para me informar sobre o que acontecerá amanhã. Para nós, o amanhã será sempre sombrio. E o que sabe o adivinho mais do que você, que está mais próximo de Deus do que ele jamais poderia estar?

Por sua vez, o religioso teve um acesso de riso, do qual logo se desculpou:

— Ouça, Saul, eu me expressei por uma parábola. Na verdade, o adivinho em questão é apenas uma imagem. Não vive em local nenhum do monte Sinai. Os adivinhos estão todos na cidade, mimados e cevados pelos que nos governam. De uma forma mais natural, meus companheiros e eu ouvimos e seguimos a voz de Deus, que nos manda não só tomar o caminho de Moisés como seguir seus passos. A verdade sobre as intenções do macedônio nos há de vir, talvez, lá do alto.

Saul e David observaram os religiosos partirem, sem poder evitar algumas brincadeiras.

Amavam-se como se podem amar dois irmãos gêmeos. Velavam um pelo outro, vigiavam-se constantemente, pois um era o reflexo exato do outro. Eram inseparáveis. Quando Saul sofria, David sentia a mesma coisa. Quando David realizava algo, Saul inflava os pulmões de orgulho. Em compensação, quando um deles argumentava, nem sempre o outro era da mesma opinião.

Em comum, possuíam o gosto pelas artes e pelas mulheres bonitas. Juntos estudaram a *Torah* e as coisas essenciais da existência na melhor *yeshivá* de Mênfis. Habitavam a suntuosa mansão do pai, invejada por muita gente. Mas, bem no íntimo de si mesmos, pouco valor davam às coisas materiais. Em seu temperamento, como também sobre um dos ombros, eram marcados pelo mesmo destino que sacudia, em repetidos golpes, o povo judeu. Sabiam-se nascidos diferentes dos demais. Nascidos para sofrer. Nascidos para morrer, sem ter tido tempo de usufruir a vida.

E durante a viagem, levando a bom porto a caravana composta de 250 camelos, eles discutiam sobre isso.

David, o mais jovem, tomava como exemplo os cerca de 30 escravos que os acompanhavam, com a função de carregar e descarregar os animais, alimentá-los e dar-lhes de beber, consertar os arreios danificados e até mesmo ajudar na luta contra saqueadores, no caso de um ataque:

— Olhe só para eles: trabalham duro, têm apenas o suficiente para comer, mas, a não ser por alguma doença, deverão chegar a uma idade mais avançada do que nós, porque ninguém tem inveja ou ciúme deles.

Saul repreendeu o irmão:

— O que você diz é justo, mas me desagrada. E, no entanto, só posso concordar. No dia em que não estivermos mais neste mundo, eles mudarão de dono, mas não de situação. Pode ser que sejam mais bem tratados ou não, mais bem alimentados ou não, mas, não importa o que quer que lhes aconteça, serão escravos até o dia em que alguém os libertar. E, por mais que eu me esforce, jamais pude lembrar-me de nosso pai dando liberdade a um escravo.

David interveio:

— Não estou inteiramente de acordo. Nossos escravos têm direito ao repouso semanal, ao *Shabbat* e às festas.

Seu irmão o interrompeu:

— Teoricamente; e, segundo nossa lei, o escravo pode também desposar a filha de seu senhor e herdar seus bens. Quanto ao *Shabbat* e às festas, permita-me que dê umas boas risadas: já há 20 dias viajamos sem interrupção, sem respeitar nada, tal é a pressa de chegar, pois a travessia do deserto é mortalmente perigosa!

David bateu sobre o dorso de seu jumento e disse:

— Já que toda travessia é mortalmente perigosa e que precisamos sair o mais depressa possível do deserto, Deus há de nos perdoar, como também há de perdoar nossos escravos.

Subitamente, acrescentou:

— Diga-me, Saul, qual seria sua reação se um deles se casasse com uma de nossas irmãs?

Saul lançou um olhar malicioso ao irmão e retorquiu:

— Depende de qual delas.

Os dois puseram-se a rir. E David objetou:

— Eu penso de outra forma: na verdade, tudo vai depender de qual deles.

Sempre brincando, os dois procuraram, ao redor, entre os condutores de camelos e o pessoal da escolta, qual deles reuniria suficientes qualidades de refinamento para se casar com uma de suas três irmãs. Concordaram a respeito de um deles, chamado Boaz, que deveria ser liberto dentro de pouco tempo, de acordo com a lei judaica, que não permitia manter um escravo durante mais de seis anos, a menos que ele consentisse voluntariamente, muito embora essa lei, em vigor entre os hebreus antigos, não fosse mais respeitada desde muito tempo pelos judeus do exílio.

Esperaram o eleito, que vinha no final da caravana, e Saul o chamou:

— Diga-me, Boaz, que idade você tem exatamente?

Surpreso com a pergunta, Boaz pôs um dedo à boca e fez um breve cálculo.

Contente consigo mesmo, respondeu:

— Se meus dentes não me traem, tenho mais três anos do que vocês.

— Desde quando está a serviço de meu pai? — perguntou Saul.

— Desde sempre, bem sabem. Nasci em sua casa, pois meus pais já trabalhavam lá.

Saul prosseguiu:

— Conhece, então, minhas três irmãs. Qual delas você acha a mais bela?

Boaz, que conhecia os hábitos brincalhões dos gêmeos, ficou desconfiado:

— Suas três irmãs são igualmente belas.

— E o que pensa sobre seu caráter?

— Todas têm o melhor caráter do mundo!

David tomou o lugar do irmão:

— O que diria se lhe propuséssemos uma de nossas irmãs em casamento?

A pergunta era tão inesperada que Boaz quase caiu de seu cavalo.

David insistiu:

— Estamos falando a sério. Responda com honestidade.

E Boaz tomou coragem:

— Com toda a honestidade, jamais havia pensado nisso; e continuo ainda sem me atrever até mesmo a imaginar uma situação dessas.

Saul protestou:

— Nós lhe pedimos solenemente que a imagine.

Boaz desceu de seu cavalo.

Os gêmeos eram uma cabeça mais altos do que ele. Ele os examinou minuciosamente, até o branco dos olhos, e falou:

— Para desposar uma de suas irmãs, eu necessitaria de duas coisas que me parecem extremamente difíceis de conseguir: a primeira seria adquirir a liberdade; a segunda seria obter o consentimento de sua irmã...

David exclamou:

— Mas você tem nosso consentimento, e isso é o mais importante. Diga-nos, qual delas escolheria?

Boaz pensou que o sol poderia ter desarranjado a cabeça daqueles gêmeos. Ou, então, que as muitas privações lhes haviam enfraquecido a mente ou enlouquecido. Por outro lado, sabia que os dois eram imprevisíveis e generosos o suficiente para libertá-lo e arranjar-lhe um casamento.

Como ele hesitasse ainda em se pronunciar, sem saber se era alguma brincadeira, loucura ou apenas uma proposta razoável, Saul veio em seu socorro, escolhendo por ele:

— É pegar ou largar, mas, se quiser pegar, dou-lhe Raquel, a mais bela. E dispenso-o de lhe contar os dentes: ela tem a mesma idade que você.

David deu muitas demonstrações de sua aprovação. E Boaz, o escravo, percebeu que finalmente havia chegado o seu dia de sorte. Tinha visto nascerem os gêmeos e duas de suas irmãs. Ainda criança, havia sofrido com seus caprichos tempestuosos, até mesmo tendo de representar, sem reclamar, a cena da senhora e do escravo com Raquel, a mais velha dos cinco.

Vendo Boaz no auge da emoção, Saul aguardou que ele subisse novamente em sua sela, lançando:

— Mas, primeiro, farei de você um manassé...

Como prometido, Boaz casou-se com Raquel. Houve uma grande festa na casa do pai. A ela compareceram os parentes, os amigos e também os escravos, entre os quais um certo Dã, que mais tarde reencontraremos.

Lamentavelmente... toda festa tem seu dia seguinte, que nos desencanta. Durante o mês que se seguiu às núpcias, ouviu-se falar novamente a respeito do macedônio. Dessa vez, ele estava às portas do Egito, diante de Tiro e de Gaza, duas cidades fortificadas que ele sitiava com forças extraordinárias. Alternadamente, rumores trazidos por viajantes davam Alexandre, o Grande, ora como vencedor, ora como vencido.

Na verdade, havia meses que Tiro resistia aos assaltos das legiões macedônias.

Desesperançado de continuar atacando a fortaleza, de onde milhares de arqueiros não cessavam de crivar de flechas as suas tropas de elite, Alexandre construiu uma muralha digna dos trabalhos de Hércules. Mandou vir os mais elevados cedros do Líbano e os plantou no meio das ondas.

Para proteger os operários e engenheiros do gênio da Macedônia, perseguidos sem trégua pelos arqueiros de Tiro, que também atacavam de suas galeras, o macedônio fez construírem-se imensas torres de madeira, ligadas entre si por couros de boi costurados uns aos outros.

A muralha assim revestida deveria permitir o acesso ao forte. Entretanto, mal foi concluída, abateu-se ali uma tempestade terrível, e, em poucas horas, torres e plataformas foram arrastadas para longe.

Alexandre, a quem com muita razão cognominavam "o Grande", construiu outra muralha, maior ainda do que a precedente. Protegeu-a com paliçadas compostas por todos os materiais disponíveis: pedras, árvores, tábuas, peças de couro, velames, pedaços de cascos de navios, sacos de areia.

Tudo ia se armando e amontoando sob o fogo dos tirianos, cujas catapultas lançavam projéteis em chamas sobre os macedônios e seus escravos.

Quando algum soldado de Alexandre fugia, devorado pelas chamas, era logo capturado, emasculado e degolado. Em seguida era exposto, horrivelmente mutilado, sobre as muralhas da fortaleza.

Finalmente, a técnica e a estratégia venceram. Os engenheiros do gênio macedônio construíram possantes aríetes, acionados, ao mesmo tempo, pelos músculos dos soldados e pelas máquinas hidráulicas. Esses aríetes acabaram por vencer a resistência das muralhas da cidade.

Em algumas horas, foram decapitados e crucificados 15 mil defensores da fortaleza. Milhares de outros foram reduzidos à escravidão. Ou, ainda pior, foram usados como escudos humanos nos ataques efetuados posteriormente.

A esse número, devem-se acrescentar os feridos executados, os civis abatidos e as mulheres e crianças violentadas.

Nos exércitos de Alexandre também aconteciam os banhos de sangue: milhares de mortos e inválidos amontoavam-se sobre o dique e flutuavam, cadáveres inchados, no mar.

Depois da queda de Tiro, o macedônio reuniu suas forças e reorganizou o regimento de agrianos, especializado em missões excepcionais. O exército e a frota se dirigiram, então, para Gaza, atacada como que por tenazes, pelos navios e pela cavalaria pesada, os famosos *hetaroi*.

Gaza resistiu heroicamente; porém, exangue, teve de se render.

Com a queda de Tiro e de Gaza, abriam-se completamente as portas do Egito. E Alexandre por elas precipitou-se.

Saul e David, como todos os judeus de Mênfis e de Elefantina, perguntavam-se se Alexandre chegaria como libertador ou opressor. Em todas as famílias, em todas as sinagogas, ruelas, jardins, a mesma conversa, as mesmas interrogações passavam por todos os lábios.

Foi então que os religiosos do monte Sinai, os mesmos que haviam se encontrado com os gêmeos no meio do deserto, proclamaram que os judeus nada teriam a temer de Alexandre. Ele viria como amigo de Israel e também como amigo dos egípcios.

Percorrendo as ruas de Mênfis, os religiosos repetiam a quem os desejasse ouvir que Alexandre restabeleceria no Egito o culto a Amon, proibido pelos conquistadores persas, e que ele seria recebido como libertador de todos os povos da região.

Saul e David reconheciam a capacidade dos religiosos de se comunicarem com o Eterno. Entretanto, desconfiavam de suas predições.

Informados por um manassé que comerciava com os frígios, na época do episódio do nó górdio, os gêmeos não se cansavam de comentar o caso. A história se passara em Górdio, no templo de Zeus. Uma corda estava ali amarrada de tal forma que seria impossível, para qualquer pessoa, desfazer os múltiplos laços. O oráculo predizia, entretanto, que aquele que conseguisse a façanha tornar-se-ia senhor do mundo. Foi então que Alexandre puxou sua espada e dividiu o nó górdio em dois.

Uma ação daquelas, combinando, ao mesmo tempo, rapidez, inteligência e instinto, deixou vivamente impressionados os gêmeos, que costumavam divertir-se desafiando seus amigos mais espertos: deixavam-nos tentar desfazer um nó impossível, laçado em todos os sentidos. E quando, desanimados, eles abandonavam a tarefa, os gêmeos puxavam a espada e desmanchavam o nó com um único golpe.

Só Boaz, o antigo escravo, casado com Raquel, teve o mesmo reflexo de Alexandre. O gesto espantou de tal modo os gêmeos que eles decidiram trabalhar em equipe formada pelos três.

E, enquanto Alexandre se aproximava do delta do Nilo, por mar e por terra, arrebanhando, à sua passagem, tropas recém-formadas para preencher as perdas sofridas em Tiro e Gaza, os três manassés formaram uma nova caravana que se esgueirou por um labirinto de canais, com destino ao oásis do célebre Vale dos Reis, onde nativos nada respeitadores das antigas dinastias saqueavam e vendiam os tesouros dos túmulos.

As mais belas peças de Simão, o pai dos gêmeos, provinham dessas escavações ilegais.

Prudente, Simão afastava os filhos de Mênfis, de onde Alexandre se encontrava a apenas alguns dias de viagem.

Pouco antes de partirem, ele os chamou a seu luxuoso escritório, no qual tabuletas, papiros, a *Torah*, certos objetos funerários e exemplos de cultura tanto bárbara quanto sofisticada permaneciam lado a lado em total harmonia. Ali, em tom impregnado de solenidade, ele lhes falou na linguagem que usavam os Manassés quando de acontecimentos capazes de modificar o curso da História.

— Se os deixo partir hoje, meus filhos queridos, e você, Boaz, que os iguala em tudo, é porque temo aqui por todos nós. Suas irmãs, sua mãe e sua esposa irão, por seu turno, para a nossa residência em Elefantina, onde estarão seguras.

Saul o interrompeu:

— Devo compreender que vai ficar sozinho em Mênfis?

Simão soergueu a *quipá* que cobria sua calvície e disse:

— De todos nós, só eu não corro perigo nenhum. Sou velho demais para sustentar a lança ou a espada, e rico demais para que alguém me empobreça de uma só vez. Meus filhos, tenho dinheiro bastante para comprar minha tranqüilidade junto a qualquer autoridade, oficial superior ou governador. Infelizmente, não possuo o bastante para impedir que minhas filhas sigam os exércitos nas carroças em que se amontoam as prostitutas. Nem tampouco para evitar que meus filhos sejam recrutados contra a vontade, incorporados em regimentos de lanceiros ou de navios de combate. Mesmo que vocês fossem colocados à disposição pessoal de Alexandre, cujos costumes acredito serem abomináveis, desses que nossa religião condena pela dilapidação, eu morreria de tristeza e de vergonha.

Saul e David trocaram um olhar inquieto. Por sua vez, Boaz parecia intrigado; nem um, nem outro, porém, ousaram interrogar o pai sobre os males do homossexualismo.

Simão deixou que passasse a perturbação que havia lançado e continuou:

— Se lhes acontecer, apesar de tudo, de colocar suas qualidades e seu talento a serviço do inimigo, não sejam seu fiel servidor, mas ajam, dentro de vocês mesmos, contra os sentimentos muitas vezes contraditórios que nos habitam para conseguir a vontade de destruí-lo. Na aparência, serão dóceis e atenciosos, como se fossem um deles, mas dentro de vocês rugirá a revolta. Então, com a ajuda de *Elohim*, colocarão sua inteligência e suas qualidades a serviço de nossa justiça e de nossa vingança. É a glória de Israel que está em jogo...

✡

Zilpá interrompeu-se por alguns momentos e enxugou o rosto. Esboçou um sorriso de desculpa, mas o Estrangeiro convidou-a, com o olhar, a prosseguir.

Zilpá guardou o lenço numa dobra de seu sari e retomou sua narrativa com voz muito confiante.

✡

O livro de Zilpá

Simão de Mênfis não acreditava muito no que dizia. De fato, seu dinheiro lhe salvou a vida, porém um certo Átalos, que comandava um destacamento de agrianos, "aqueles que matam e esfolam", apropriou-se de sua coleção de pedras preciosas.

Como bom filósofo, Simão se consolava. Tinha o dom do comércio: mais dia, menos dia, haveria de refazer sua fortuna. E, nesse dia, veria de novo toda a sua família reunida, na casa de Mênfis.

Por superstição, não se atrevia a imaginar o reencontro com eles em Jerusalém ou Samaria.

Simão, porém, se enganava: não haveria reencontro, nem com seus filhos, nem com suas filhas. Mas será proibido ter esperanças quando as proibições são desesperadoras?

Mal as mulheres saíram de Mênfis, em direção a Elefantina, foram raptadas por uma brigada de cavalaria ligeira recém-desembarcada de uma pesada barcaça. Praxos, o oficial que comandava a patrulha de *sarissaforoi,** apoderou-se das duas filhas mais jovens de Simão. Abandonou à sua sorte Raquel, que estava à beira de dar à luz, junto com sua mãe, semidesfalecida, clamando pelo socorro do Eterno.

---

* Lanceiros que portavam a *sarissa*, longa lança da infantaria macedônia, com cerca de 6 metros de comprimento. Era consideravelmente pesada e de difícil manejo. A *sarissa* da cavalaria macedônia, um pouco mais curta, era a arma da cavalaria ligeira dos *sarissaforoi* (grego). Foi dada por Filipe aos soldados de sua falange. (N. T.)

Com bestialidade, Praxos arrastou Ruth e Lea, de 14 e 15 anos, para trás de uma escarpa e as violou de maneira selvagem, agredindo-as porque se debatiam. Aquele oficial fazia outra idéia a respeito das moças judias, cuja reputação havia chegado além das fronteiras da Macedônia.

Pensava que elas fossem fáceis, sensuais e complacentes para com qualquer homem. Decepcionado com aquelas virgens aterrorizadas, que não correspondiam ao que ele esperava, ele as açoitou até que sangrassem e depois as fez montarem na garupa de seus dois melhores cavaleiros, que partiram a todo galope para o quartel-general de Alexandre. Era ali, não distante do lugar onde se erguia a pomposa tenda do chefe macedônio, que se realizava a triagem dos prisioneiros e sua destinação para este ou aquele regimento.

Embora casado, por motivo de pactos de aliança, Alexandre quase não se interessava por mulheres. Cercava-se de uma corte de efebos, cada um mais belo do que o outro, e, além disso, tanto heróicos no combate quanto fogosos no amor.

Da carroça coberta onde haviam encontrado refúgio à espera de que as encaminhassem a seu acampamento, Ruth e Lea, apesar de terrivelmente chocadas por seu infortúnio, não podiam se impedir de admirar a imensidão e o luxo do palácio desmontável que precedia Alexandre em todas as suas campanhas.

A lona que formava o teto repousava sobre 60 pilares folheados a ouro e prata. Outras vigas, que sustentavam as tapeçarias da sala de jantar, com 80 leitos de ébano, nos quais as pessoas se acomodavam para beber, comer, fazer pândega e amor, também brilhavam com as incrustações de pedras preciosas, que as ornamentavam.

O carroção, exageradamente grande e fundo, no qual haviam jogado Ruth e Lea, enchia-se agora com outras mulheres, feridas em sua carne e dignidade. Era uma casa ambulante, puxada por bois ou cavalos, equipada com pequenos leitos separados por um simples pano que delimitava o espaço destinado aos casais. Até 20 casais podiam fazer amor ali. Do outro lado do acampamento, havia grandes tendas reservadas aos festins e às orgias, nas quais espaço era o que não faltava. Serviam-se bebidas, alimento, ungüentos, filtros de amor, tudo que fosse preciso, enfim, para o repouso do guerreiro.

E, enquanto Ruth e Lea se iniciavam com repulsa nas atividades sexuais com aquela soldadesca tão indisciplinada no repouso quanto rigorosa no combate, seus irmãos Saul e David evitavam, por muito pouco, reencontros deploráveis.

Desde que Alexandre se havia feito sagrar faraó em Mênfis pelos sacerdotes egípcios, satisfeitos por verem o culto a Amon restabelecido, os macedônios dominavam todo o Baixo Egito.

De suas bases fortificadas, montavam expedições punitivas contra os mercenários gregos que no passado haviam sido engajados pelos persas. Os que demoravam a se juntar às forças de Alexandre eram perseguidos sem trégua. A maior parte, refugiada no Alto Egito, vivia de rapinagem, atacando caravanas e negociantes.

Muitas vezes, o comboio dos gêmeos conseguiu evitar o pior, pois estava vazio, nada contendo que pudesse ser saqueado, senão os animais, as provisões e os objetos pessoais.

Esfarrapados, os três caravaneiros se faziam passar por escravos. Cada qual dissimulava sob as vestes alguns saquinhos com pó de ouro e diversas moedas — judaica, persa e grega — para serem usadas como troco. As tribos com as quais negociavam contentavam-se muitas vezes com a simples palavra dada, pois Simão, o judeu de Mênfis, beneficiava-se de prestígio há muito cultivado. Ninguém ainda, naquela região, nem mesmo seus filhos, sabia, agora, que ele nada mais possuía além de uma casa vazia.

E assim seguia a caravana dos três jovens, num deserto cheio de perigos, quando foi interceptada por cavaleiros macedônios, enviados em missão de reconhecimento pela parte principal dos *hetaroi*, oito esquadrões que se compunham, cada um, de 125 cavalos.

O oficial comandante da patrulha, um certo Baeton, reparou logo na postura altiva daqueles guardadores de camelos, pensando que os pobres farrapos com que se vestiam não ocultavam sua verdadeira origem.

Para Baeton, aquelas pessoas disfarçadas de escravos, armadas com sabres e lanças gregas, só poderiam ser mercenários em fuga. Estava tão certo disso que os interpelou em sua própria língua.

Saul e David falavam hebraico, mas também o egípcio do Nilo, o persa, o grego e muitas outras línguas e dialetos. Preferiram dar-se a conhecer como judeus de Mênfis a verem-se confundidos com mercenários que pouco tempo atrás tivessem feito uso das armas.

Baeton não hesitou: abandonou os camelos à sua sorte e prendeu os jovens. Qualquer resistência seria inútil, de modo que se deixaram despojar de sua fortuna, sendo amarrados como animais.

À tarde atingiram, enfim, o acampamento de Alexandre, chegado de Mênfis com o propósito de passar em revista o célebre regimento dos *hetaroi*.

Acompanhado pelo general Perdicas, seu amigo de infância, o grande Alexandre reparou naqueles jovens incomuns, que eram descarregados dos cavalos como se fossem mercadoria.

Esbelto, cabelos louros cacheados, o olhar agudo, Alexandre se impunha por sua altivez.

Aproximou-se dos gêmeos, rindo da situação embaraçosa deles, e lhes perguntou:

— Que sinal é esse que têm no ombro?

Ambos não tinham nenhum motivo para mentir. E Saul respondeu:

— São as iniciais das palavras "justiça" e "vingança".

Espantado, Alexandre exclamou:

— A justiça, meus belos jovens! Muito bem, é a minha vez, hoje, de fazer-lhes justiça.

Examinou-os com curiosidade, talvez com demasiada insistência sobre sua nudez, e acrescentou:

— Espero que meus homens não os tenham maltratado muito, pois, vendo-os nesses trajes de Adão, seu antepassado bíblico, parece-me que merecem melhor sorte.

Surpreso com a extrema polidez do grande Alexandre, Saul respondeu:

— Muito me orgulho de vosso elogio, mas saibeis que vossos homens nos trataram como se fôssemos cachorros. Dispersaram nossa caravana, roubaram o dinheiro de nosso pai, lançaram nossas roupas pelos quatro ventos e nos confiscaram as lanças e as espadas.

Alexandre voltou-se para Baeton e perguntou:

— Esses judeus estão falando a verdade? Se a resposta for sim, você se ajoelhará a seus pés e lhes pedirá perdão. Se não, condeno-os a chupar um a um seus artelhos, assim que você tirar as botas.

E o oficial Baeton, habituado às cruéis fantasias do imprevisível macedônio, nem se esforçou em responder: ainda estava de armadura e capacete, mas ajoelhou-se imediatamente diante dos três jovens.

Perdicas, um dos melhores generais de Alexandre, ajudou-o a se levantar, pois Baeton, por sua franqueza, merecia respeito.

Dirigindo-se a Boaz, ele perguntou:

— Qual dos gêmeos é o chefe do outro?

Boaz replicou:

— Não há chefe entre eles. Como vedes, são tão parecidos que, se um desse ordens ao outro, não poderíamos saber qual deles deveria obedecer.

E Perdicas perguntou:

— E você? É o irmão mais velho ou o criado? É amante dos dois ou fiel a um só?

Como Boaz parecesse não compreender, Saul respondeu em seu lugar:

— Sei que é um famoso general, porque muito já ouvi falar a respeito de suas façanhas. Entretanto, permita que lhe diga que acho essas reflexões completamente despropositadas. O amigo que insulta, achando que tem hábitos dissolutos, é apenas o marido de nossa irmã. E é também nosso irmão de leite e de religião.

Foi então que Alexandre, fingindo encolerizar-se, exclamou:

— Fala de coisas que não conhece. Rejeita a pederastia protegendo-se por trás de sua religião, mas saiba, ó meu belo jovem, que a natureza não criou aquilo que você preserva tão bem apenas para evacuar suas refeições, mas lhe deu muito mais nobreza do que você pode imaginar.

Ele apontou para o belo Hefestion, aquele duplo de si mesmo, que imediatamente se aproximou. Depois, com um gesto, mostrou os oficiais que se exercitavam. E acrescentou:

— Vou dizer-lhe ainda mais, e que seu irmão gêmeo me escute também: a elite de meus exércitos pratica, com toda a honra, a pederastia, considerada por nós uma arte maior na escala dos valores excepcionais. O amor entre homens não é uma invenção contra a natureza. Pelo contrário, a pederastia participa da grande aventura da criação, pois estimula os sentidos e provê os prazeres extremos sem os inconvenientes que encontramos entre homens e mulheres. Se o ventre do macho é estéril, nem por isso é menos precioso, pois não gera senão nossos desejos. Jamais ele infla, jamais se indispõe. Plano e musculoso, ávido de sensações fortes, ele nos convida a preenchê-lo. E nos lançamos a ele com ardor, como ao coração da batalha.

O macedônio tomou seu melhor general como testemunha e exclamou:

— Veja, meu jovem amigo, essa forma de virilidade que nos une uns aos outros é, sem dúvida alguma, nossa melhor arma, pois nos torna valentes e generosos. Valentes como o guerreiro e generosos como o artista...

E, como os gêmeos parecessem estar descobrindo um mundo novo, Alexandre puxou o belo Hefestion pela nuca, beijando-o longamente.

Com os lábios ainda úmidos, ele retomou:

— Quem não tem nem gosto pelas armas nem pelas letras, assim como quem não sente nenhuma emoção diante de si mesmo — e é o caso da maioria de nossas tropas —, prefere a relação com mulheres. Elas correspondem na sua medida. Então, como ele é primitivo, imbecil, acha que encontrou o prazer.

Um tanto desamparado, Saul retrucou:

— Sinto-me constrangido em decepcionar-vos, ó grande Faraó, mas, modéstia à parte, não sou imbecil ou primitivo, gosto de arte e filosofia e, até hoje, as mulheres me agradam e me satisfazem.

Alexandre deu de ombros e, com voz que não parecia ocultar a menor contrariedade, retorquiu:

— Fale, meu belo jovem, continue falando! Chegará lá, sem dúvida alguma, mas, enquanto espera, mostre-me o que sabe fazer com uma espada e um cavalo. Tenho muita consideração pelos hebreus que saíram do Egito para conquistar a terra de Canaã. Se, por acaso, você possuir alguma das qualidades deles, como a intrepidez, a coragem, a abnegação, muito bem; farei de você um oficial dos meus *hetaroi*.

Saul avançou alguns passos e fixou nos olhos de Alexandre. O macedônio piscou primeiro. Então, o mais velho dos gêmeos falou:

— Os hebreus não eram nem hábeis, nem intrépidos. Não faziam mais do que obedecer a Deus e respeitavam a aliança que haviam trocado com Ele. E esse pacto, firmado entre o povo, Deus e a terra, era o bastante para transfigurá-los.

O macedônio fingiu surpreender-se:

— Muito bem. Aprendo hoje, por sua boca, que o grande Alexandre foi feito à imagem dos hebreus. Imagine, ó belo jovem, que assinei um pacto igual com meu deus, minha terra e meu povo.

Esboçando um sorriso triunfante, acrescentou:

— Porém, não vou cometer o erro de me deixar devorar pelos outros. Prefiro eu devorar o mundo inteiro.

Constrangidos pela conversa e a personalidade do chefe macedônio, Boaz e os gêmeos temiam não poder dar o melhor de si mesmos. Além disso, os três amigos se faziam a mesma pergunta: deveriam mostrar-se habilidosos, com o risco de serem alistados na cavalaria macedônia? Ou o mais inteligente seria mostrarem-se desastrados, a fim de escapar ao recrutamento?

Perdicas, o grande *hegemon*,* adivinhou seus pensamentos:

— Inútil simular inexperiência e deselegância. De qualquer forma, se não forem para os *hetaroi* ou os *sarissaforoi*, a cavalaria pesada ou ligeira, serão bons para a infantaria.

A infantaria não atraía de todo os jovens judeus. Tratava-se de uma corporação do exército na qual nem mesmo as perdas se conta-

* Condutor, chefe. (N. T.)

vam, de tal forma eram expressivas. Essa infantaria macedônia compunha-se de arqueiros cretenses, armados de arcos feitos com dois chifres de cabras montanhesas, capazes de lançar flechas a mais de 200 metros de distância.

Mais prestigiosa do que a dos arqueiros, se bem que também contasse com numerosos deles em suas fileiras, vinha a célebre falange formada exclusivamente por robustos macedônios, divididos em 64 batalhões de 256 *hoplitas,** cada qual deles avançando em 16 fileiras de 16 homens.

A essa massa compacta, que evoluía a passo de ataque, juntavam-se pelos lados 32 batalhões mais móveis, os *pezetaroi,*** que deveriam atacar o inimigo pelos flancos.

O regimento dos agrianos, a elite famosa que provocava a admiração dos chefes macedônios, nada valia para Saul e seus irmãos. Seus cavaleiros não só se entregavam ao homossexualismo praticado como arte, conforme declaravam, como ainda viviam perseguindo constantemente o inimigo, precipitando-se sobre ele e desbaratando suas linhas.

Apesar do que declarava Alexandre, os agrianos eram tão primitivos e brutais em suas relações íntimas quanto ferozes e impiedosos no campo de batalha.

Se pudessem escolher, o que, de qualquer forma, parecia-lhes uma situação impossível, os gêmeos tinham leve preferência pelos *hetaroi.* Ao menos estariam protegidos por um capacete cônico e uma couraça que lhes cobria o peito e as costas.

Munidos de um escudo redondo, equipados com lança e gládio curto, os *hetaroi* montavam pequenos cavalos atarracados, de força a toda prova. Um simples tapete de lã ou cordas lhes servia de sela, da qual pendia a correia dos estribos.

---

* Soldados de infantaria gregos, pesadamente armados. (N. T.)

** Eram os *hetaroi* a pé. Nome dado aos soldados que constituíam a falange. Grande infantaria macedônia. São os *hoplitas* dos antigos exércitos gregos, mas se distinguem pelo equipamento e as armas. (N. T.)

Enquanto Alexandre, ladeado por Perdicas e pelo belo Hefestion, acomodava-se num leito de ébano armado do lado de fora da tenda, os escravos traziam bebidas e comida. Ouvia-se, ao longe, o clamor dos regimentos realizando manobras. Mais distante ainda do local em que os gêmeos se preparavam para mostrar suas aptidões, adivinhavam-se, pelo volume da poeira levantada, milhares de carroças em movimento. Transportavam mulheres da vida e soldados feridos, armas, munições, víveres para 60 dias e 70 mil homens. Lá também se misturavam, aos veículos de todos os tamanhos — alguns cobertos, outros com teto de lona —, carroças da intendência, centenas das quais carregadas até as bordas com peças de substituição, tendas, balistas e catapultas desmontáveis, e, além disso, uma heterogênea multidão de técnicos e de engenheiros, cartógrafos, botânicos, cirurgiões e também artesãos, tais como mecânicos, fabricantes de carroças, carpinteiros, entalhadores, medidores, ferreiros, cozinheiros, alfaiates, sapateiros. Enfim, todas as corporações imagináveis seguiam as tropas de Alexandre. E, em meio às mais inesperadas profissões, figuravam igualmente os agiotas, os especialistas em pilhagem, os ilusionistas, adivinhos, feiticeiros. Ali também se encontravam proxenetas e cafetinas que, a cada escala da viagem, recrutavam moças e rapazes, os quais logo eram treinados para o prazer de todos. Também viajavam comediantes, magos, atletas, correspondentes de paz e de guerra, que enviavam para a Macedônia, em cada parada, a lendária história de Alexandre, à medida que a escreviam. E, nas carroças em que se misturavam mercadorias, homens das artes, da plebe e das ciências, também viajavam ilustres filósofos, brilhantes astrônomos, naturalistas, intérpretes, pintores e escultores. Estes últimos, aliás, não hesitavam em transportar consigo enormes blocos de mármore e de alabastro, nos quais talhavam incessantemente variadas poses do herói.

No total, perto de 50 mil homens, mulheres e crianças marchavam atrás do exército, formando intermináveis caravanas de carroças, carruagens, carretas e reboques. E, no rastro de tudo que servia para transportar, aos sacolejos, aquela população, sob um tempo de cão, um calor insuportável e em todos os tipos de terreno, esgueiravam-se rebanhos de carneiros, cabras, bois, vacas leiteiras, jumentos e cavalos reprodutores. Havia, além disso, gaiolas gradeadas, onde cacarejavam gansas e gansos, pois, nas tropas de Alexandre, como também nas de Ciro e de Dario, não existiam melhores sentinelas do que essas aves belicosas. Quando se receava alguma emboscada, um ataque surpresa, elas davam o alerta ao menor ruído.

Toda aquela vida, todo aquele vaivém, num acampamento em que os soldados relaxavam, porém aonde chegavam, de todas as partes, batedores e mensageiros; todo aquele tumulto, aquela desordem de ferreiros nas bigornas, de carpinteiros e entalhadores com suas peças de madeira; toda aquela agitação transmitindo-se pelos alinhamentos de tendas e de barracas; toda aquela algazarra e aquela multidão trabalhando; aquele frenesi que tomava conta de todos; a agitação ao redor dos cavalos, a pressa dos criados e dos ordenanças junto a seus senhores; as queixas e murmúrios dos escravos e dos empregados nas cozinhas e nas latrinas; aquela miséria e aquele luxo, a ostentação e os desfiles; os cavaleiros e os carros que não cessavam de ir e vir; os estropiados, os aleijados, os mutilados cobertos de sangue e de ataduras; o descontentamento e a alegria; o tilintar das armas e o relinchar dos cavalos; toda aquela cidade ambulante, cujos homens e animais marchavam ao mesmo passo, uns desnorteados, outros com perfeição; as ordens que se espalhavam por todos os cantos; aquela balbúrdia imensa que se estendia por dezenas de quilômetros, tudo aquilo, toda aquela febre, aquela confusão, aquele engarrafamento de carroças e de máquinas sobre rodas, aquela multidão pululante de miseráveis e heróis, tudo aquilo, de uma ponta a outra do acampamento, parecia de propósito para que os gêmeos, ao se prepararem para o choque de armas diante do chefe macedônio, não pudessem encontrar suas irmãs ocupadas em satisfazer a soldadesca, fato que ignoravam completamente. Claro que as supunham em segurança, na residência de Elefantina, para onde Simão, seu pai, as havia enviado. Quanto a Boaz, o escravo liberto, ele já se imaginava pai de um menino e remoía sua tristeza por não poder assistir à cerimônia da circuncisão.

Enquanto acariciavam os cavalos que iriam montar, os filhos de Simão conversavam em hebraico. A Boaz, que pensava evadir-se o mais rápido possível, Saul aconselhava a moderação:

— Assim que der os primeiros passos, será alcançado e punido com toda severidade. Não tenha pressa, Boaz: o tempo não está atrás, mas sim diante de nós. Vamos ver se não será melhor servir a Alexandre do que fugir dele!

Por sua vez, David sussurrou:

— No final das contas, Alexandre não odeia os judeus mais do que os egípcios. Nosso avô, nosso pai e nós também nascemos naquele país. Alexandre é, assim, nosso Faraó, nosso protetor.

Saul não estava de acordo:

— Atenção ao que diz. A História nos tem provado que não se pode confiar nos faraós. Eles fizeram a nossa infelicidade.

Boaz achou que deveria intervir:

— Não é que eles tenham feito a nossa infelicidade: eles desfizeram a nossa felicidade.

Saul não pôde se impedir de rir. Olhou para Boaz com o canto do olho e falou:

— Veja como o hebraico se presta aos trocadilhos!

E Boaz respondeu:

— Aprendi com você.

Depois de se familiarizarem com suas montarias, os gêmeos examinaram os sabres e as lanças que deveriam manejar. De sua destreza dependia seu futuro imediato.

Tocado pelo Eterno, Saul teve uma súbita revelação, que o encheu de entusiasmo. Aproximou-se de seus irmãos, feliz, e contou-lhes:

— Aqui, não somos os únicos a crer em *Elohim*. Segundo o que vi e ouvi, só na distância que vai da tenda de Alexandre até a de Perdicas há três dos nossos. Então, calculem junto comigo: se multiplicarmos essa distância por 100, o que representa, aproximadamente, um décimo do acampamento, já teremos um total de 300. Se prosseguirmos no raciocínio e se a aritmética não nos enganar, podemos ter atualmente um total de 3 mil.

David espantou-se:

— Tem certeza?

— Não tenho certeza de nada. Mas nada não quer dizer necessariamente zero.

Boaz aprovou com um gesto de cabeça e perguntou:

— E o que vai fazer com todos esses hebreus que seus cálculos puseram no mundo?

Saul olhou de lado para o macedônio, que começava a dar mostras de impaciência, e sussurrou:

— Uma cavalaria de judeus!

Os outros dois repetiram em uníssono:

— Uma cavalaria de judeus?

— Sim, meus irmãos. Uma cavalaria de judeus a serviço do grande Alexandre. E para comandá-la, à frente e pelos flancos, três oficiais originários de Mênfis. O que acham disso?

Não foi preciso aprovarem de viva voz: suas fisionomias estampavam alegria. Nada mais tinham a fazer, convencer todos de sua habilidade e talento. Por isso, superaram-se com o arco, a lança, o bordão e o sabre degolador. Em poucos minutos, os bonecos de juta e crina, como também os monstros dotados de mecanismo que acionava espadas e lanças, capazes de devolver os golpes recebidos, foram completamente desmantelados e despedaçados.

Montando cavalos, realizaram maravilhas. É que desde a infância se haviam acostumado a montar em pêlo os melhores puros-sangues do pai, corcéis persas e quirguizes, cavalos de torneio tcherkesses, valentes jumentos vindos da Sogdiana e da Bactriana, fogosos garanhões tartânios e tártaros, e o que de mais belo houvesse nas cavalariças persas e afegãs, que os sucessivos conquistadores traziam de longínquas terras desconhecidas para o Egito.

Saul e seus irmãos executaram inúmeras acrobacias a todo galope. Passaram seguidas vezes por sob o ventre dos cavalos, uma das mãos agarrada à crina, a outra valendo-se do garrote para conseguir voltar à posição inicial. Tinham aprendido esse truque com um escravo circassiano surdo-mudo. O homem se comunicava com o cavalo pelas pontas dos dedos. E o animal respondia, executando aquilo que os dedos lhe pediam.

Saul ainda exibiu sua destreza realizando piruetas ao redor do pescoço do cavalo. Precipitando-se para baixo, girou tão rápido quanto uma roda e bruscamente imobilizou-se, a cabeça colada ao peito do animal, as pernas esticadas horizontalmente entre as patas do cavalo em plena corrida.

Diante do macedônio estupefato, os três jovens judeus realizaram, em seguida, diversas formas de ataque, com a sarissa apertada sob o antebraço. Com aquela lança, de quase seis metros de comprimento, eles travaram combates de um contra um, inicialmente, depois de um contra dois. O menor erro lhes seria fatal. Quase no instante de se encontrarem, deviam baixar a arma numa fração de segundo, sob pena de se atingirem mortalmente.

Depois da intrepidez e do risco calculado, os gêmeos passaram aos passos de domador. E a proeza era muito mais louvável, porquanto não estavam acostumados aos animais do acampamento. Entretanto, souberam passar da pateadura à pirueta, fazer os cavalos trotarem, sem avançar ou recuar, em gracioso passo, e em seguida levá-los a imitar o galope, girando em torno da anca.

Outras manobras exigiam mais habilidade ainda: a alternância compassada do galope, à esquerda e à direita, com o cavalo a toda velocidade. Ou, ainda, cavalgar em trote muito agitado, enquanto o cavaleiro imprimia o máximo de leveza e delicadeza aos movimentos, até o passo parecer natural. Depois, apresentaram-se diante de Alexandre e fizeram com que seus corcéis saudassem o senhor do mundo, erguendo as patas e depois curvando a cabeça em reverência, todos ao mesmo tempo.

Terminaram com uma cabriola, os cavalos empinados sobre as patas traseiras, as dianteiras no ar, e de súbito trocando de apoio e lançando soberbos coices.

Terminada a apresentação, os gêmeos foram convidados a compartilhar da refeição de Alexandre em sua tenda. Vimos há pouco o luxo e a opulência de que se cercava o chefe macedônio. Apesar de acostumados a um tipo de vida dos mais confortáveis, os filhos de Simão se sentiram menos à vontade ali, sob a tenda em que predominavam ouro, sedas e madeiras preciosas, do que sobre seus cavalos.

Alexandre ia consumindo, sem parar, uma após outra, taças e mais taças de vinho tinto, os crus de Samos e de Corinto ou, ainda, o de melhor paladar, originário das videiras do vale do Vardar. Não economizava elogios: ele próprio servia aos dois efebos judeus, sem esquecer de também cumprimentar Boaz.

Cercado por outros favoritos, todos oficiais generais — como Filotas, Parmênion, Leonatos, Menedemos, Karamos —, alguns bons, outros nem tanto, uns puros, outros corrompidos, Hefestion manifestava também seu aplauso. E em meio àqueles homens, sem contar Parmênion, cuja idade ia dos 19 aos 25 anos, estava Ptolomeu, um jovem ainda tímido, mas que em breve seria sagrado faraó, tornando-se o pior inimigo de Israel.

Ao entardecer, quando as iguarias prendiam grande parte dos convivas em seus bancos de ébano, Alexandre, em cujo ombro repousava a cabeça adormecida de Hefestion, ergueu um olhar vaporoso para Saul e lhe falou:

— Pelo que me mostrou há pouco, podem considerar-se tanto você quanto seus irmãos, a partir de hoje, oficiais dos *hetaroi*. Preciso de homens como você para levarmos a chama macedônia até os confins do mundo. Veja, meu belo e sedutor judeu, seu senhor foi feito só para as bebidas e a orgia. Correm em mim não só meu próprio sangue — rubro como esse vinho do Vardar que bebemos —, mas também o sangue de minhas vítimas, por toda a teia de artérias e veias que me atravessam a carne. E todo esse sangue, espalhado em mim como a semente de um ogro, me incita a novas conquistas. Amanhã, irei fundar Alexandria, perto de Mênfis, sua cidade natal. Mas, depois de amanhã, sairei do Egito e me precipitarei pelos desertos da Síria, para me apossar das terras que ainda pertencem a Dario. Para mim, compreenda, o mundo não tem limites. Então, por que deveria eu me limitar ao mundo? Procuro aquilo que está mais além, em outra parte. E, pelo uso da força, acabarei por encontrá-lo.

Alexandre passou a mão pelos cabelos de David, que em todos os detalhes se parecia com o irmão, e disse:

— O que pensam disso, meus belos jovens? Estão felizes por cavalgar à frente dos meus *hetaroi* e voar de vitória em vitória, bebendo o sangue de uns, vomitando o de outros...

Os dois irmãos trocaram um olhar cúmplice; em seguida, Saul, que aguardava aquele momento com impaciência, respondeu:

— Escutai-me por vossa vez, ó senhor do mundo. Apesar de ter bebido hoje muito mais do que costumo e até muito mais do que em toda a minha vida, o excelente vinho com que enchestes a minha taça não me deixou a cabeça tonta. Pelo contrário, ele me devolveu a lucidez que me estava fazendo falta desde que vosso Baeton nos seqüestrou do deserto. Não tenho a menor vontade de cavalgar à frente de vossos *hetaroi*. Tenho outras idéias e outras ambições. E, quando tomardes conhecimento de minhas intenções, não podereis deixar de concordar com elas.

— Muito bem, confesse então tudo que tem na cabeça!

Saul mal esperava aquilo:

— Pretendo criar para vós um regimento que não existe em lugar algum, mas que há muito tempo se distinguiu em numerosas batalhas travadas pelos hebreus.

Então, como as pessoas próximas de Alexandre zombassem daquele fanfarrão, ele as colocou em seu devido lugar e voltou-se, perguntando:

— A que regimento se refere, meu belo? A uma horda de barbados fanáticos? A um batalhão de Ben-Hur, montado em carros leves e rodas afiadas?

Saul permitiu-se interrompê-lo:

— Não se trata disso, meu senhor. O que nós queremos oferecer-vos — Boaz, meu irmão David e eu — é uma cavalaria judaica.

Demasiadamente ocupado em fazer valer sua idéia, Saul não percebeu o espanto de Alexandre, continuando com ímpeto:

— Uma cavalaria assim, meu senhor, composta por meus conterrâneos, significaria para vós, a um só tempo, a aliança de todo o meu povo, disperso pelo mundo, e uma grande reputação como aglutinador. Por esse fato e por essa força judaica que lhe pertenceria e que combateria por vossa glória, nem um só vizinho de Israel se arriscaria a invadir a terra de meus pais.

Efebos e generais, de repente, mostraram-se tão interessados quanto Alexandre:

— E onde recrutaria seus homens?

— Aqui mesmo, em seu acampamento.

Alexandre levou a mão à testa e fingiu procurar ao redor.

Hefestion troçou:

— Eis que meu amado está inquieto, pois ainda não bebeu sangue de judeu, que acha envenenado.

Alexandre o afastou de seu ombro e interrogou Saul:

— Para você, quantos judeus deve haver em meu exército?

Seguro de si, Saul respondeu:

— Em vosso exército não sei dizer, mas aqui no acampamento pude contar três de vossa tenda até a de Perdicas, seu grande chefe.

— E quem é o autor desse cálculo tão singular?

— Eu mesmo, para vos ser agradável.

Alexandre pegou uma garrafa de seu melhor vinho tinto e a esvaziou de um só trago; depois exclamou:

— Mas você me é muito agradável. Veja, meu belo jovem, gosto de suas formas e de seu pensamento, do contorno cavo de sua cintura e do cheio de suas nádegas, do desenho de seus lábios e do desejo que me anunciou há pouco. Vamos lá, então, com a cavalaria judaica. Mas por que você não a dotaria de uma particularidade que deixaria ainda mais apavorado o inimigo?

Saul replicou:

— Fora a audácia e a intrepidez, a leveza e a mobilidade, a qualidade dos cavalos e dos cavaleiros, não imagino nada de particular!

Bruscamente, Alexandre desembainhou seu *kopis*, um punhal de lâmina afiada, e saltou sobre Hefestion. Apertando-o contra o chão, fingiu atingi-lo na região do baixo ventre. Tomado por um acesso de riso, ele gritou:

— A particularidade da cavalaria judaica será a de que todos os prisioneiros feitos por ela serão circuncidados.

Saul não pôde impedir seu riso, respondendo:

— Vosso gesto brusco assustou Hefestion. Mas saibeis que a circuncisão não é uma punição, mas sim um sinal de boas-vindas a um mundo que tantos conquistadores cobiçam e do qual sereis senhor absoluto.

Nos dias que se seguiram àquele festim improvisado, Alexandre ordenou o censo de todos os judeus de seu exército e de seu acampamento. Os cálculos de Saul demonstraram-se falsos. Havia tido o coração maior do que os olhos. Contaram-se apenas 875 judeus, todos circuncidados e, no geral, muito bons cavaleiros. E como aquele número fosse insuficiente em relação aos efetivos previstos para esse futuro e glorioso regimento, Alexandre encarregou Boaz e quatro de seus chefes, entre os quais Baeton, de recrutar outro tanto nos lados de Mênfis e de Elefantina.

O destacamento conduzido por Boaz percorreu os campos, alistando, à sua passagem, numerosos jovens hebreus desocupados, seduzidos pela aventura. Não se dizia que Alexandre em breve partiria para distantes terras desconhecidas, onde riquezas inacreditáveis se acumulavam? Bastava abaixar-se para pegá-las ou ficar sobre a ponta dos pés para recolhê-las.

A aventura prometida e as eventuais riquezas não constituíam, contudo, a única motivação dos novos alistados. De cada dois recrutas, um se engajava tanto para servir a Israel, quanto para seguir Alexandre. Como a maior parte dos exilados, eles viam com bons olhos o encontro caloroso com Jerusalém. Simão, o Justo, que reinava sobre a cidade santa, recebeu o macedônio com grande pompa. Alexandre viu-se coberto de presentes, um espólio de paz de valor inestimável. O preço a ser pago por uma relativa tranqüilidade.

Por outro lado, impressionado com a fé do povo judeu, como também com as leis divinas que uniam os habitantes do reino às diásporas do exílio, Alexandre entregou a Simão, o Justo, uma *Torah* cujo tecido brocado era cravejado de esmeraldas e rubis. Havia sido tomada de Dario durante a batalha de Issos. Mais do que uma troca de boas ações, Simão, o Justo, viu ali um gesto altamente simbólico. Datada do ano 3398, aquela preciosa *Torah* havia sido oferecida ao grande rabino de Susa pela rainha Esther. Ela comemorava, dessa forma, a vitória de Mardoqueu sobre Hamã. A capa ainda especificava o nome do doador das pedras magníficas que a adornavam. Tratava-se de um mercador chamado Saul.

Ao avistar, no horizonte, as primeiras casas de Mênfis, cuja silhueta se recortava nas águas de cor azul-marinho do Delta, Boaz sentiu que se aceleravam as batidas de seu coração. Dali a pouco iria saber, por Simão, seu sogro, as boas novas a respeito de sua mulher e de Saul, seu recém-nascido. As cidades de Mênfis e Elefantina, por um lado muito afastadas uma da outra, eram, no entanto, interligadas por um vaivém de falucas* que perfaziam o percurso em pouco mais de uma semana.

Assim que chegou a Mênfis, Boaz se dirigiu à residência de seu sogro. Simão se encontrava lá, lamentando o desaparecimento de seus filhos. Ao saber pelo antigo escravo que eles seguiam o exército de Alexandre, foi tomado de terrível furor. Amaldiçoou até não mais poder o macedônio, que, não contente de lhe roubar duas de suas filhas, Ruth e Lea, ainda se cercava, agora, de seus dois gêmeos.

Boaz, com o coração disparado, teve de aguardar o apaziguamento da cólera de Simão para poder certificar-se da sorte de Raquel.

Ela estava com a mãe e o bebê na residência de Elefantina. A criança havia sido batizada no tempo certo. Estava bem de saúde e parecia-se com o pai tal como duas espadas do mesmo ferreiro. Por outro lado, a mãe e a filha não mais riam nem se alimentavam, de tanto que se haviam abalado com a triste sorte de Ruth e Lea. Não podiam esquecer a selvageria do oficial que as havia surrado e violentado. Seus gritos, seu terror ficariam gravados nelas para sempre. Pior, ainda, era tentar imaginar qual seria a situação atual delas.

Dividido entre a vontade de reunir-se o mais depressa possível aos gêmeos, para obter de Alexandre a graça para as duas irmãs, e a de se precipitar para Elefantina e encontrar a esposa e o filho, Boaz se debatia num dilema bem mais difícil de resolver do que o do nó górdio.

---

* Embarcações costeiras do norte da África. (N. T.)

Baeton, que o acompanhava, cortou a corda por ele: é claro que se compadecia de sua dor e compreendia sua angústia. Ponderou-lhe, entretanto, que não se devia, de forma alguma, transgredir ou adiar as ordens de Alexandre.

Como os recrutas afluíam de Mênfis e dos arredores, Baeton não via sentido em ir a Elefantina pelo rio.

Puseram-se então a caminho, com os 933 voluntários alistados da futura cavalaria judaica. A maior parte viajava a pé. Boaz sugeriu que adquirissem cavalos onde se encontravam e por onde passassem. Alguns dias depois, tendo-se apossado dos melhores jumentos e reprodutores que encontrou pelo caminho, a tropa reuniu-se ao exército de Alexandre, que agora se deslocava do Egito em direção à Síria. O grosso dos regimentos empenhava-se resolutamente pelo deserto, ao longo do qual Alexandre imaginava alcançar o Eufrates naquele mesmo mês. Em total segredo, ele havia dividido seu exército. Enquanto a parte mais volumosa abalava-se por um inferno de terras desertas, uma unidade da falange deixaria Alexandria por mar, com destino à Cilícia. Uma vez desembarcada em Issos, ela seria enviada a Mossul, onde estava previsto o encontro das duas forças.

Ignorando toda aquela estratégia do chefe macedônio, Boaz, acompanhado por Dã, um ex-escravo de 18 anos liberto pelos gêmeos da mesma forma temperamental com que o haviam libertado, precipitava-se como um justiceiro sobre o acampamento recém-armado. Pretendia avisar os gêmeos, imediatamente, sobre o destino de suas irmãs. Com paixão irrefletida, ele já imaginava os mais ousados planos, mas que infelizmente de nada mais valeriam, pois, enquanto ele ainda as imaginava com o grosso da tropa, na verdade elas já se encontravam nos navios que transportavam os falangistas.

Ocupados, desde a madrugada até o pôr-do-sol, com a formação de seu primeiro destacamento de cavaleiros, os gêmeos esperavam Boaz com impaciência. Aguardavam notícias do pai e das irmãs.

Vendo-o aproximar-se, acompanhado por Dã, com o rosto marcado pela dureza e a tristeza, eles sentiram que algo grave havia acontecido aos seus. Dispensaram imediatamente os homens e cercaram os recém-chegados. Boaz não esperou perguntas. Melhor seria dizer tudo de uma só vez do que ficar dando voltas em torno da verdade:

— Tenho péssimas notícias para vocês: suas duas irmãs foram levadas por uma patrulha de lanceiros. Mal deixaram Mênfis, em direção a Elefantina, foram atacadas e violentadas por Praxos, o oficial que comandava os soldados.

Saul e David sentiram a mesma sensação de vazio no peito. Depois, a raiva surgiu de repente como uma vaga e os dominou.

Com frieza, Saul perguntou:

— Tem certeza do que está dizendo? Trata-se mesmo de Ruth e Lea?

— Certeza absoluta. Raquel e sua mãe as acompanhavam. Elas foram poupadas, porém jamais poderão esquecer os gritos e o desespero de suas irmãs.

Saul sufocou seu ódio e inquiriu:

— Onde elas estão agora?

Como Boaz hesitasse em responder, ele o forçou bruscamente:

— Fale, pelo amor de Deus!

E Boaz, controlando-se, confessou:

— Elas estão aqui mesmo, no acampamento!

Estupefato, David repetiu:

— Aqui, no acampamento? Mas como? Fazendo o quê?

Febrilmente, ele insistia:

— Eu lhe imploro, fale o que sabe!

— Elas acompanham o exército nas carroças de prazeres...

Saul emitiu um longo lamento, exclamando:

— Esse Praxos, que se atreveu a seqüestrar minhas irmãs e transformá-las em prostitutas, pagará com a vida.

Um clarão perpassou-lhe o olhar:

— Qualquer que seja seu posto, eu o estrangularei hoje à noite.

Boaz tentou acalmá-lo. Dã antecipou-se:

— É melhor escutar-me. Não há necessidade de matá-lo imediatamente. Nada que se faz às pressas tem bom resultado. É melhor localizarmos suas irmãs e as retirarmos dessas malditas carroças.

E, à medida que os gêmeos se rendiam, pouco a pouco, à razão, Boaz afastou suavemente Dã com um gesto e disse-lhes:

— Achei que eu não tinha o direito de ir ver minha mulher e meu filho antes de avisá-los sobre o que havia acontecido com Ruth e Lea. Percorri toda a região de Mênfis com Baeton, que ficou grudado a mim o tempo todo como arreio de cavalo. Trouxemos 933 recrutas, o que faz de nós, agora, um efetivo de 1.800 cavaleiros. Eles marcharam e cavalgaram durante dias e dias. Perguntem a Dã, olhem-no bem. São todos como ele, estão com fome e sede. Estão apavorados com a fadiga e as privações. Mas, ao mesmo tempo, estão ávidos para vê-los e escutá-los. É por isso que devem encontrá-los sem demora, falar com eles, reconfortá-los, explicar-lhes o que esperam fazer da cavalaria judaica. Sabem que eles se alistaram tanto para servir a Israel quanto para seguir Alexandre.

David interveio:

— Acomode-os para a noite, faça com que lhes sirvam uma refeição. Quanto a reconfortá-los, não estou me sentindo capaz disso hoje.

Por sua vez, Saul acrescentou:

— Meu irmão falou com seu coração e sua razão. Afogado pela dor e o ódio, sinto-me completamente incapaz de entusiasmar quem quer que seja. O que sinto, mesmo, são instintos assassinos.

Voltou-se para Dã e lhe disse:

— Espero que me perdoe por acolhermos você com o ódio.

Unindo o gesto à palavra, ele puxou a espada e a brandiu no ar. A lâmina sibilou como um chicote. Então, ele exclamou:

— Sejam quem forem, irmãos de posição e de sangue, deixem-me encontrar minhas irmãs e conduzi-las, eu mesmo, a Mênfis, à casa de meu pai.

Boaz lhe disse:

— O que fizer ou decidir, faça com que Alexandre saiba, fale-lhe a respeito de seu tormento. Só ele pode ordenar que suas irmãs lhe sejam devolvidas. Não se esqueça de que, em qualquer lugar, ele é o senhor absoluto de todos os seres, de todas as coisas.

Saul lançou-lhe um olhar de indignação:

— Que seja! Irei ver Alexandre, eu e minhas duas irmãs. E direi a ele: "Olhai bem para elas: elas eram diamantes em vosso porta-jóias. Sua carne era de seda, seu espírito, de cristal. Eram puras como a inocência, palpitantes como uma pomba, abertas como uma rosa. Olhai bem tudo que fizestes: os diamantes não têm mais brilho, o porta-jóias está amassado. Sua carne foi mexida como o leite. Vossos soldados pilharam seu espírito. Saquearam sua inocência, quebraram as asas da pomba, esmagaram a rosa sob seus corpos imundos.

"Olhai bem para elas, são minhas irmãs. Só vós podeis salvá-las da desonra. Um gesto vosso bastaria para lhes devolver o fôlego e a alma." E se ele me perguntar: "Mas o que quer de mim?" Então responderei: "Reunais em vossa tenda vossos oficiais, vossos dignitários, vossos letrados e vossos sábios. E quando estiverem todos lá, pensando que os convidastes para um festim, vós exigireis silêncio. E quando o silêncio não for mais do que o ruído de nossa respiração, então vós vos aproximareis de minhas irmãs e vos prosternareis a seus pés. É isso, ó meu rei: minha cavalaria e meu perdão em troca de vosso gesto."

Boaz, que o escutara imóvel, disse:

— Você perdeu a cabeça. Ele o matará.

A resposta jorrou como uma punhalada:

— Não. Eu o matarei.

Esgotado pela longa excursão, Boaz retirou-se, levando Dã, cujo porte insignificante jamais lhe permitiria ser percebido por Alexandre. Estranhamente, essa falta de graça e de beleza iria contar a seu favor nos anos seguintes. Boaz gostava de Dã e o considerava seu irmão mais jovem. Mas amava os gêmeos mais do que a qualquer um. Dedicava-lhes reconhecimento e admiração. Daquela vez, sabia-os obstinados e orgulhosos o bastante para cometerem tamanha loucura. Receando pela vida deles, retornou e compreendeu que tinham ido explorar o acampamento.

Chamou-os e lhes disse:

— Não esqueçam jamais quem somos! Lembrem-se das palavras de seu pai, e que o juramento dos Manassés jamais abandone sua memória: "Na aparência, serão dóceis e obedientes, como se fossem um deles. Mas dentro de vocês rugirá a revolta. Então, com a ajuda de *Elohim*, colocarão sua inteligência e suas qualidades a serviço de nossa justiça e de nossa vingança. Trata-se da glória de Israel".

A resposta de Saul surpreendeu-o:

— E por que acha que estou formando essa cavalaria judaica? Certamente que não é pelos belos olhos de Alexandre. A qualquer momento, ela poderá voltar-se contra ele e atacá-lo pelos flancos.

Saul calou-se por um instante e prosseguiu, com voz suave que ninguém ainda lhe conhecia:

— Se me deixei levar pelo ódio e pela vaidade, perdoe-me. Suas palavras são de ouro, Boaz, e de agora em diante coloco-me ao lado de sua sabedoria. Sim, juro-lhe. Se não posso libertar imediatamente minhas irmãs, vou fingir ter o dorso macio dos gatos e deixarei que me acariciem os pêlos, até o dia em que esse gato se transforme em tigre. E você sabe que nesse dia nossa cavalaria estará pronta, pois terá sido bem curtida diante do inimigo e já batizada com sangue novo. Veja o que inventei durante a sua ausência.

Saul exibiu sua *sarissa* e acrescentou:

— Esta lança é superior à dos *hetaroi*. É mais comprida e, apesar disso, mais leve. Evidentemente, mais difícil de manejar, mas sua ponta é tão fina e tão sólida que ela pode transpassar um elefante desde a tromba até a cauda.

Enquanto Boaz a admirava, Saul prosseguiu:

— Amanhã vou mostrar-lhe o meu arco. Lança duas flechas com uma só corda. E cada flecha segue uma trajetória diferente. Uma se chama Alexandre, a outra, Saul.

Esforçou-se por sorrir e retomou:

— Mas amanhã será um dia negro. Aconteça o que acontecer, quer eu encontre ou não minhas irmãs, sentir-me-ei completamente perdido. E vou precisar muito de sua afeição, meus irmãos.

Boaz, esquecendo o cansaço, mandou Dã para a sua tenda e juntou-se aos gêmeos. Com a espada na mão, eles se dirigiram ao setor reservado mais próximo. O acampamento dispunha de uma dezena deles, abertos dia e noite. Ali podiam ser encontradas judias, gregas, persas e egípcias, etíopes e núbias, mulheres da Ásia Menor e mesmo da Ásia Central, circassianas e sogdianas.

Dispostas em círculo, as carroças de prostitutas ocupavam um espaço febricitante, um lugar chamado desejo, onde se jogavam todas as espécies de jogos e se faziam todas as apostas, à espera da vez. Como em toda parte, pagava-se adiantado pelos minutos de amor. Mas nada impedia que o preço inicial fosse duplicado ou triplicado.

Quando a bebedeira se juntava à embriaguez da carne, as prostitutas se desentendiam e os colchões de palha voavam; era quando, então, que intervinha uma milícia especializada, encarregada de restabelecer a ordem e de punir, de acordo com a gravidade dos estragos. Seguiam-se grandes anarquias e lutas violentas.

Boaz e os gêmeos, que perscrutavam qualquer movimentação, tiveram de enfrentar ambas. Iam de carroça em carroça, de setor em setor. Entravam à força, incomodavam os casais, neutralizavam os homens, descobriam e interrogavam as mulheres. Sua agressividade e desembaraço provocaram vários incidentes e confusão.

À sua passagem, iam descobrindo muitas abominações, como, por exemplo, as carroças cheias de meninas ou meninos, que se destinavam a ser enviados, sob encomenda, às tendas dos oficiais superiores. Repararam também, à margem do acampamento, um estranho reboque, com 16 rodas, sobre o qual se encontravam diversas barracas protegidas por um destacamento de agrianos.

Naquela prisão dourada, cercada por sua criadagem, vivia a família do rei persa.

Sentindo ódio por Alexandre, Saul prometeu-se libertá-la um dia e devolvê-la a Dario.

Por enquanto, isso não passava de um vago projeto. E os três Manassés continuaram suas buscas, cavalgando à noite por aquela cidade ambulante, onde tremulavam as chamas das tochas plantadas pelas alamedas.

Estavam já em sua sétima incursão por aqueles lugares, por onde os gemidos orgásticos dos guerreiros se misturavam às lágrimas e súplicas das reféns. E se encontravam a ponto de perder as esperanças, quando uma menina, momentaneamente afastada da multidão, pensou reconhecer Saul, a menos que fosse David. Poucos conseguiam distingui-los um do outro. Só mesmo os íntimos podiam reconhecê-los. Os outros sempre os confundiam. E eles não se aborreciam, muito pelo contrário, divertiam-se com sua semelhança e tiravam proveito dela sempre que precisavam se fazer passar um pelo outro.

Daquela vez, o acaso os conduziu até Tová, uma amiga de suas irmãs, levada pouco depois delas pelo mesmo oficial dos *sarissaforoi*. E Tová, que não podia dar crédito a seus olhos, ao ver se aproximarem os dois gêmeos de Mênfis com o uniforme couraçado dos soldados de Alexandre, hesitou por muito tempo antes de confiar neles. E foi preciso que eles se justificassem e manifestar sua dor e sua cólera. Quando ela compreendeu suas verdadeiras intenções, informou-lhes sobre a partida de Ruth e Lea por navio. Tinham sido embarcadas para a Cilícia com os falangistas, que deveriam marchar sobre Mossul e juntar-se ao grande exército.

Decepcionados, agitados pela cólera e pela compaixão, os gêmeos escutavam Tová, vendo nela a triste imagem de suas irmãs.

Com a cabeça descoberta, o ar selvagem, ela contava:

— Só de minha carroça, eles levaram seis. Escolhiam as mais acabadas.

— Como? As mais acabadas?

— Sim, as mais atingidas, as mais doentes, as que não serviam para nada!

— Mas quem as escolhia?

— Eram muitos. Homens civis, a senhora, e Praxos, o oficial. A senhora fez tudo para mostrar que suas irmãs estavam cheias de manchas azuladas pelo corpo, então ele começou a rir e gritou: "Não se preocupe com elas, a viagem por mar vai lhes devolver as forças."

Tová prosseguiu:

— Quando compreendi que iam nos separar, supliquei que me deixasse ir com elas. Praxos não quis. Arrastou-me pelo cabelo e me disse: "Você vai ficar aqui, só para mim. E ninguém, além de mim, irá tocá-la. Virei vê-la todos os dias, e até duas vezes por dia, e não uma. E cada dia, cada vez, vou fazer-me mais e mais doce, mais e mais carinhoso, até o momento em que a ouvir dizer: "Eu o amo, você é o meu deus!" Esse dia será o mais belo de toda a minha vida, pois finalmente terei conseguido satisfazer uma puta judia. E é dessa puta que irei fazer a minha mulher."

Com a garganta embargada, ela acrescentou:

— Irão me expulsar e acabar comigo, mas vi naquelas palavras uma melhora para a minha situação. Então, menti para ele e gritei: "Eu o amo, você é o meu deus!"

Tová baixou a cabeça e murmurou:

— Digam-me se tive razão em enganá-lo.

Boaz disse:

— Claro que sim.

Ele se voltou para David:

— Não havia outra coisa a fazer senão bajular o brutamontes, não é?

David aprovou:

— É claro, nós a compreendemos, nós a amamos tanto quanto amamos nossas irmãs.

Ele se virou para Saul, de quem esperava também novos encorajamentos.

Saul fez melhor ainda. Aproximou-se de Tová e disse:

— Eu a amo e quero-a como esposa. A ele, odeio e desejo a morte.

Um estremecimento percorreu a espinha de todos. David, subitamente, apoiou:

— Eu também a amo. Quero-a como minha cunhada. E a ele, quero-o morto.

Boaz, por sua vez, prestou juramento:

— Não posso tomá-la como esposa, pois sou casado e pai de um filho. Tomo-a, no entanto, como irmã, e para ele quero a morte.

Pela manhã, enquanto o acampamento despertava, Saul foi encontrar Alexandre e lhe disse:

— Um de vossos oficiais, chamado Praxos, merece a morte. E venho avisar-vos de que ele irá morrer pelas minhas mãos.

Alexandre, que bebia no gargalo seu vinho preferido, cuspiu vermelho e perguntou:

— E qual foi a vileza que Praxos cometeu, para que um tal castigo saia de sua boca?

Saul explicou:

— Praxos cometeu o pior crime de todos. Violentou minhas duas irmãs, para lançá-las depois em suas carroças de prazeres.

Ele olhou fixamente para o chefe macedônio e acrescentou:

— Não penseis que podeis ficar fora disso. Ao permitir que vossos homens raptem moças e rapazes, estuprando-os com violência até os fazerem vomitar, sois também responsável por esse crime.

Alexandre desviou o olhar de Saul e tomou sua corte por testemunha:

— Ó meus amigos, meus companheiros de sempre, vocês que estão tanto em mim quanto a meu redor, vocês que fazem meus dias e minhas noites, vocês que são meus sonhos e meus pesadelos, meus bebedores de vinho e de sangue, meus fiéis e meus traidores, vocês que estão em todos os meus combates e em todas as batidas de meu coração, já ouviram alguém me fazer um discurso desses tão cedo pela manhã?

Espalhados pelos quatro cantos da tenda, alguns ainda sonolentos, outros fazendo sua higiene ou vestindo-se, os membros da corte manifestaram sua reprovação.

Com voz que mal disfarçava sua irritação, Alexandre perguntou:

— Que idade tem esse homem que procura briga comigo?

— Não estou procurando briga com o rei da Grécia, nem com o faraó do Egito, nem mesmo com o futuro imperador da Pérsia e das Índias. Não, conto simplesmente um fato a um homem que não gostaria de ver suas irmãs violadas por militares que ele qualifica, ele mesmo, de rudes e grosseiros. Quanto à minha idade, que tanto poderá deter em seu curso quanto deixá-la desenvolver-se no tempo, saibeis que estou com 17 anos.

Alexandre sorriu. E a corte se sentiu aliviada. Todos desaprovavam a arrogância do jovem judeu. Entretanto, reconheciam-lhe a coragem e a nobreza.

O rei, que pouco antes havia festejado os 25 anos, aproximou-se e disse:

— Quanto a minhas responsabilidades, eu as assumo. Quanto a suas irmãs, você conhece meus hábitos, nada tenho a ver com isso. Jamais dei ordem a alguém para violar ou para saquear, nem para encher minhas carroças com carne jovem. Concordo, você me narrou um fato meu, mas os crimes de que me acusa não se originam de meus erros. Acontecem em todas as guerras. E qualquer guerra vitoriosa cobre de glória os soldados, que, por outro lado, se mostram infames quando atacam as populações. Quando eu combato um inimigo numa planície, onde nada mais se vê além dos exércitos que se defrontam, a isso chamamos uma batalha. Ali, a carnificina é clara e limpa, mesmo nos piores horrores. Em compensação, quando meus exércitos estão marchando para a planície, ainda antes do combate, ou quando a deixam após a vitória ou a derrota, nada mais é limpo. Acabam as leis e as regras. É tudo carnificina, é tudo sangue de civis e inocentes.

Alexandre interrompeu-se, levando aos lábios uma taça que Hefestion lhe estendia. Limpou a boca com as costas da mão e retomou:

— Estou lhe afirmando — e os membros de minha corte, que têm a impertinência de conversar enquanto seu senhor está com a palavra, podem confirmar — que Alexandre sonha com uma guerra composta apenas por batalhas. Uma guerra em que não haja nada senão desertos áridos, vazios de qualquer população, planícies desabitadas, montanhas lunares. Infelizmente, se existem povos sem terra, como é o caso do seu, não existem países sem povos, nem povos sem mulheres, nem mulheres sem filhos. E, você sabe, é lá, em meio à multidão, que os estupradores, como o diz tão bem, se divertem. Sim, meu belo jovem, meu orgulhoso jovem, é isso a guerra, e eu odeio a guerra.

Saul estava desconfiado. Alexandre havia discursado com excessiva sabedoria para que fosse sincero. Os tiranos sabem temperar com bons molhos os bons sentimentos. Uns assassinam e alardeiam, outros apenas sussurram, outros, ainda, protegem-se por trás de Deus e invocam alguma missão sagrada.

Ele disse:

— Entendi a vossa mensagem: vós odiais guerrear em presença da multidão. Depreendi que adorarais as batalhas a céu aberto. Muito bem, compartilho da vossa opinião sobre tudo isso. E nada peço, hoje, senão ter o campo livre e fazer como se não existisse nada entre Praxos e eu, a não ser desertos ou pântanos.

Saul esperou um sinal de assentimento. Parecia-lhe ler algum encorajamento nos olhos de Alexandre.

Arriscou:

— Já que odiais os crimes que a guerra comete contra qualquer povo, já que pensais que o inocente não deve pagar com seu próprio sangue, então deveis odiar também Praxos. E, se odiais Praxos, autorizai-me a matá-lo.

Um clarão atravessou o olhar de Alexandre. Decididamente, aquele rapaz era uma dádiva do céu. Disse:

— Faça de Praxos o que quiser, mas faça-o de forma correta.

Ele se preparava para sair de sua rica tenda, quando Saul o seguiu:

— Uma palavra vossa poderá ainda informar-me sobre o destino de minhas irmãs. Estão elas ainda neste mundo? E suas vidas merecem ainda ser vividas? Em caso afirmativo, concedei-lhes a vossa graça e devolvei-as à minha família.

Exasperado, Alexandre respondeu:

— Se eu tivesse de conceder dois favores por dia a todos os meus favoritos, não me chamariam rei dos reis, mas sim rei dos traseiros.

A essas palavras, Alexandre bateu palmas e interpelou os membros de sua corte:

— Vamos lá, meus bons e belos homens, está na hora de levantarmos acampamento. Façam tudo para que suas tropas já saiam com passo acelerado, dispostas a encontrar Dario e subjugá-lo.

E, enquanto se desmontava o acampamento, ordenanças e escravos carregando tendas e materiais, apagando fogueiras, civis se esgueirando em meio aos rebanhos, Saul abordava Praxos e apontava contra ele sua *sarissa*.

O outro afastou de si a lança e perguntou:

— Quem é você? O que quer comigo?

Saul respondeu:

— Para que saber, se sua memória não poderá guardar?

Zangado, Praxos desafiou-o:

— Por acaso está me tomando por algum pardal?

— Por um pardal, não, evidentemente. Por um abutre, sim, com certeza. Mas, ao desonrar minhas irmãs, oferecendo seu ventre à tropa, a ave de rapina comeu sua última refeição.

Praxos compreendeu ter chegado seu último momento. Ainda assim, perguntou:

— Não me deixe morrer ignorando minha falta. Quem são suas irmãs?

— Minhas irmãs são Ruth e Lea. E Tová é minha mulher.

Praxos teve um sobressalto. Se lhe dissessem, ali, que seria poupado, não teria se surpreendido tanto:

— Tová é sua mulher? Tová, aquela putinha? Ora, ora, quantas vezes eu a possuí!

Saul empalideceu e apontou a *sarissa* sobre o coração do grego, que disse, então, as palavras que precipitaram seu fim:

— Você é como todos esses menininhos que ficam girando em torno de Alexandre. Não sabe como é feita uma vagina, nem como se pega uma mulher, nem como ela se debate, nem como a forçamos, nem como nos aliviamos de repente dentro do ventre delas, inundando-as de esperma e de terror. Ah, meu assassino, possa você conhecer, algum dia, esse prazer brutal e delicioso dos vencedores!

Não pôde dizer mais nada. Saul transpassou-lhe o coração.

E assim morreu Praxos, pregado à sua carroça de prazeres.

✡

Zilpá saudou o Estrangeiro e fez menção de fechar o livro. Seria a vez de outra pessoa virar as páginas sobre o vento da História.

Desajeitada, ou emocionada, ela retornou a seu lugar, esbarrando no homem que se preparava para sucedê-la.

Ele se adiantou, como todos os outros, até o centro de um círculo imaginário, convidando o Estrangeiro a escutá-lo. Não se podiam distinguir muito bem seus traços.

Lá fora, a noite caía lentamente sobre o dia.

O *hazan* acendeu cinco velas e apagou duas. Vagos reflexos aliança do claro e do escuro, aureolaram o Estrangeiro com um contorno trêmulo.

O narrador, diante dele, disse chamar-se Ezra, tal como o profeta. Mantinha-se curvado, parecendo carregar sobre os ombros todas as dores dos séculos.

Entretanto, a voz de Ezra, clara e potente, correspondia tão pouco a seu aspecto, que levou o Estrangeiro a imaginá-lo possuído por Saul, cuja narrativa lendária ele prosseguiu.

CAPÍTULO 7

Em que se sabe que a unidade dos falangistas macedônios, desembarcados na Cilícia, caiu numa emboscada ao atravessar o Eufrates.

Ruth e Lea viajam, agora, nas carroças de Dario, para prazer dos soldados persas.

Mas o grande exército de Alexandre transpõe desertos e montanhas, perseguindo Dario sem trégua e logo forçando-o ao confronto.

Prepara-se a gigantesca batalha de Gaugamela, em que se irá destacar a gloriosa cavalaria judaica dos Manassés...

O livro de Ezra

Pouco depois do assassinato de Praxos, que foi condenado pela maior parte dos oficiais, a corte de Alexandre começou a desconfiar daqueles jovens judeus que a cada dia ganhavam mais e mais importância aos olhos do rei. Sua ascendência sobre Alexandre irritava os mais chegados, a quem o rei agora prestava pouca atenção, enviando-os de volta a seus ciúmes e elucubrações.

Dizer que Alexandre estava dominado por eles seria falso. Mais verdadeiro seria dizer que estava enfeitiçado. E totalmente verdadeiro seria dizer que ele preferia Saul a seu irmão David, e este a Boaz.

E enquanto a invencível tropa se deslocava pelos desertos da Síria sem encontrar resistência significativa, pois Dario concentrava seus exércitos muito além do Eufrates, a cavalaria judaica, com uma força de 1.800 homens, ia se exercitando com sucesso. Quase diariamente, cavalgando na dianteira, às vezes precedendo em um ou dois dias o grande exército, ela atacava e aniquilava bandos de saqueadores medos e elamitas. Também atacava os aliados de Dario, pequenos comandantes cujas tropas, compostas de algumas centenas de mercenários ou mesmo de milhares deles, aterrorizavam a região, obrigando as comunidades judaicas instaladas em seu território a pagar pesados impostos em troca de precária tranqüilidade.

Esses ataques de surpresa, efetuados pela cavalaria judaica, tinham um duplo objetivo. Por um lado, limpavam dos bandidos e dos intrusos a região que as inúmeras colunas da intendência percorriam à medida que as tropas seguiam. Por outro, tranqüilizavam as populações locais, prevenindo-as sobre as intenções de conquista do comandante macedônio.

Não havia sido por amor ou por amizade a Alexandre que Saul havia se lançado naquela aventura. Tinha recebido garantias sobre suas irmãs. Não só Alexandre exigiria sua devolução pelos falangistas assim que se realizasse a reunião com aquele regimento, como também havia prometido convidar Ruth e Lea a um banquete no qual, diante de toda a corte e de seus oficiais reunidos, pediria publicamente desculpas pelas abominações cometidas contra elas. Era menos do que havia exigido Saul, quando Boaz o informara sobre a desgraça das irmãs. Apesar de tudo, era mais do que poderia esperar. Mas aquela promessa feita por Alexandre a Saul contrariou de tal maneira Hefestion que o terrível amante fez uma cena de ciúmes inacreditável, quebrando e rasgando tudo que lhe caía nas mãos. Podia-se ouvir a briga a léguas de distância. Todo o acampamento parecia estar tremendo. Contaram que até as dunas desmoronaram. Camelos e cavalos, tomados de medo, fugiram.

Quando, finalmente, o silêncio retornou, Alexandre e Hefestion foram vistos saindo abraçados de seu palácio de pano, ambos sorridentes.

Naquela noite, vinho e doces foram distribuídos aos cavalariços e guardadores de camelos. Depois, os dois partiram para o deserto, chicoteando os cavalos por cima de alforjes cheios de aveia e cevada.

Sofrendo os ciúmes de Hefestion, porém merecendo o respeito de Filotas e de Parmênion, Saul teve mais um motivo de satisfação: obteve de Alexandre permissão para procurar Tová, a pequena judia de Mênfis, motivo da obsessão de Praxos. E, quando Alexandre tomou conhecimento, em detalhes, das sevícias sofridas pelas prostitutas, convocou as cafetinas, os proxenetas e os chefes dos setores ambulantes de prostituição.

Fez-lhes uma admoestação e ordenou-lhes uma nova linha de conduta. Editais foram afixados às tendas, carroças e acampamentos, instando os homens a uma melhor conduta moral, sob pena de castigos físicos.

Por sua vez, Saul manteve sua palavra. Quando a cavalaria acampou perto de Palmira, convocou um rabino, fez o pobre homem cavalgar durante dois dias até chegarem ambos ao acampamento da grande tropa.

Quando a tropa macedônia se encontrava inativa por motivos técnicos ou táticos, Tová e as demais servas, prostitutas judias seqüestradas junto com ela no setor de prostituição, ocupavam uma tenda de 80 metros quadrados. Tinham como vizinhas a mulher e a filha de Dario.

De manhã, quando a tropa se punha em movimento, seguida pelos víveres, as bagagens, os saques e toda a parafernália da intendência, Tová ocupava então uma carroça pessoal, que ela ajeitava com vistas a seu próximo casamento.

Saul só a via de tempos em tempos, ao regressar desta ou daquela operação de guerra. Até então, evitava tocá-la, apenas aflorando seu rosto com um furtivo beijo. Daquela vez, com a chegada do rabino, deveria cumprir o ritual das núpcias. A castidade a que se havia restringido, desde o primeiro encontro com Tová, tinha dado origem a comentários de que Alexandre havia conseguido convertê-lo à arte da pederastia. Ninguém poderia prová-lo, porque ninguém ainda o havia surpreendido em intimidade com qualquer outro homem que não fosse seu irmão ou Boaz. Na verdade, Saul estava esperando as feridas cicatrizarem. Com apenas 15 anos de idade, Tová precisava recuperar sua juventude e reencontrar, novamente, seus gestos infantis.

Para Saul, não existiria um amor duradouro, caso a mulher se queimasse nele de uma vez só, lançando-se a suas chamas. Ele era pelo pudor e pela temperança, e por isso, com toda a prudência, buscava amenizar sua ternura e seu calor, antes de poder atear fogo à paixão. Para começar, dava mais valor à inocência e à espontaneidade do que à ousadia e à lascívia. Entretanto, por dentro dele, a chama se incubava por sob as brasas.

Assim, no dia marcado, realizou-se a cerimônia do casamento na tenda de Tová, transformada, para a ocasião, em sinagoga campestre.

Nada faltava sobre o altar improvisado, sequer um único objeto. Para isso, havia sido a mais antiga *Torah* de Palmira, trazida envolta em seu manto estampado com as armas do rei Salomão. Bordadas com fios de prata, as letras e os códigos hebraicos inscreviam-se na cúpula do templo, emoldurada por dois leões de ouro.

Tampouco faltava algum convidado de importância. E todos se comprimiam uns contra os outros, enquanto, do lado de fora, enfileirados e perfilados, impecáveis em suas armaduras couraçadas, com a longa *sarissa* repousando sobre o ombro, os cavaleiros judeus repetiam os cânticos em coro.

O rabino jamais tinha visto algo semelhante em toda a sua vida, nem havia participado de celebração tão emocionante.

Uma escolta de carros leves reconduziu-o a Palmira onde, durante dias e dias, ele entoou loas a Alexandre.

O livro nada diz sobre os momentos que se seguiram ao casamento. Entretanto, podemos supor que, após uma tão longa castidade, Saul tenha pedido à noite para ser suave e luminosa, cheia como a lua, ardente como o sol, agitada como as ondas. Imaginamos que as ondas levaram consigo para sempre, até afogá-las, todas as recordações sobre as carroças da vergonha.

Infelizmente, não há amor feliz quando aqueles que nos cercam não compartilham da mesma festa. Então, como se fosse algo proposital, logo na manhã seguinte àquela noite, ao se anunciar uma gloriosa alvorada, um emissário esgotado, vindo de regiões longínquas, trouxe uma notícia terrível: a unidade dos falangistas, que atravessava o Eufrates e vinha encontrar-se com a grande tropa, trazendo consigo Ruth e Lea, havia caído numa emboscada. Havia sido dizimada pelos arqueiros de Dario, dissimulados por trás de uma cortina de árvores. Três mil homens mortos ou feridos, outros tantos postos em fuga.

O mensageiro, que também estava ferido, agonizante, revelou no último suspiro que os arqueiros haviam se apossado das mulheres e esperavam trocá-las pela família de Dario.

Ainda embriagado das libações da véspera, Alexandre indagou:

— Como Dario pode pretender trocar gente nobre de nascimento, como as minhas prisioneiras, por prostitutas?

Boaz, que assistia o pobre mensageiro em seus últimos momentos, ouviu aquelas palavras e replicou:

— As prostitutas de que você fala, minhas cunhadas, são de estirpe e de nascimento equivalentes aos delas. São as filhas do manassé Simão de Mênfis.

Perdicas, como grande general que era, tomou Boaz pelo braço e o afastou dali:

— Deixe-me dizer-lhe que, ao descobrir o tipo de pessoas que seus arqueiros trouxeram, Dario não ousará propor uma troca semelhante. Por enquanto, ele acha que tem em seu poder algumas parentas de Alexandre. Mas, quando as vir, de verdade, irá lançá-las como pasto a seus homens.

Boaz mostrou-se indignado, mas Perdicas o alertou:

— Você deveria ir acordar Saul, tirá-lo dos braços de sua mulher, preveni-lo do que está acontecendo a suas irmãs. Deve expor-lhe a situação tal como eu próprio lhe mostrei e insistir que não há troca possível nem qualquer outro compromisso. O futuro de suas irmãs será resolvido mais tarde, quando a grande tropa tiver transposto o Tigre, no vau de Cizre. Estão dizendo, na verdade, que Dario está nos esperando nos lados de Arbela ou de Gaugamela, com 300 mil homens enfurecidos.

Tendo persuadido Boaz, o general retornou para perto de Alexandre e aconselhou-o a ser prudente com Saul:

— Nós precisamos da cavalaria judaica, pois ela é exemplar e bem mais ágil do que a nossa. Não desconsidere isso. Não volte os hebreus contra nós. Mais tarde poderemos baixar-lhes a crista.

Enquanto Perdicas louvava a moderação para o fogoso rei dos reis, Boaz fazia outro tanto com Saul:

— O futuro de suas irmãs depende apenas de nossa vitória sobre os persas.

Apesar da noite que havia passado, Saul permanecia estranhamente lúcido. Disse:

— Veja como existe sempre um bem em todo mal, assim como existe sempre um mal em todo bem. Até aqui, eu procurava saber por que deveria fazer guerra aos persas. Agora já sei.

Satisfeito, Boaz resumiu seu pensamento:

— O resultado da batalha que se prepara entre persas e gregos irá decidir nosso destino. Pode ser que avancemos mais, com o vitorioso Alexandre, ou que o abandonemos para seguir Dario em sua fuga.

Imediatamente, Saul retorquiu:

— Se Alexandre derrotar Dario, prosseguirá em seu avanço e suas conquistas. Se Dario derrotar Alexandre, perseguirá o macedônio até a Grécia e invadirá o continente dos bárbaros que se estende por trás do Mediterrâneo: as Gálias e a Germânia, e ainda outras regiões do Norte, onde vivem os louros de olhos azuis. Para Dario, o desconhecido é o conhecido de Alexandre. Para Alexandre, o desconhecido é o conhecido de Dario. Um e outro têm sede de aventuras e fome de vitórias.

Saul percebeu que Boaz concordava com ele e prosseguiu em sua argumentação:

— Veja, meu irmão, é apenas a atração dos contrários que faz com que Dario e Alexandre façam guerra um ao outro. E este é um ponto essencial: com efeito, o que ganha o povo hebreu combatendo por este ou por aquele? Se quer minha opinião, muito pouca coisa, a não ser o fato de sermos esquecidos, durante algum tempo, por esses dois gigantes. Dario foi o senhor de um mundo cheio de maravilhas, que seus antecessores controlavam desde a cordilheira de Hindu Kush até o deserto da Arábia, da Sogdiana e da Bactriana até a Fenícia, do golfo Pérsico até o mar Cáspio, do golfo de Omã até o mar Vermelho. Se não contarmos as terras desconhecidas dos Xia, nos confins dos oceanos e dos Himalaias, nada mais lhe resta a conquistar a não ser esses países tão atrasados da Europa que enumerei há pouco.

Boaz interrompeu-o:

— Se compreendi bem, quer dizer-me que os bárbaros exercem um fascínio sobre os civilizadores?

— Eles os fascinam tanto mais quanto os civilizadores caem sempre sob os golpes dos bárbaros. Já se viu isso acontecer mais de mil vezes, e também os bárbaros se tornarem civilizados, por sua vez. É um ciclo universal, uma alternância que agrada a Deus.

Adotando tom confidencial, ele acrescentou:

— Vamos observar melhor Alexandre: ele é também do país dos bárbaros. Ou, melhor, examinemos seus soldados: são todos uns brutamontes, uns idiotas. Se não tivessem como comandantes estrategistas sem igual, não seriam nem capazes de amarrar convenientemente as botas. Ao vê-los executarem tão estupidamente as manobras, digo comigo mesmo que Alexandre talvez tenha razão, e que finura, inteligência, vivacidade e malícia são qualidades provenientes daquela prática contra a natureza...

Boaz manifestou seu desacordo:

— Está falando bobagens! Não é a pederastia que cerca de graças e qualidades aquele que a exerce. O fenômeno seria, isso sim, o contrário: quem a exerce já possui aquelas qualidades, e a exerce, então, como uma arte.

Saul sorriu, divertido:

— O que está esperando para experimentar?

— Quem lhe falou que ainda não experimentei?

— De verdade?

Boaz devolveu o sorriso:

— Experimentar não significa nada. Não tem a menor importância se lhe faz bem ou mal. A coisa é mais simples: se sente pelo homem a mesma atração que sente pela mulher, muito bem: você é um pederasta. É uma verdade contra a qual não se pode insurgir. O resto não passa de vício ou curiosidade. Um dia procura o homem, no dia seguinte volta para a mulher. Vai para onde seu coração bate mais veloz e mais forte. Para onde a emoção provoca seus sentidos. Para onde não é assaltado pelo desgosto logo depois do prazer.

A discussão foi interrompida pelo despertar de Tová. O primeiro gesto da jovem foi chamar Saul para perto de si. E Saul, que não desejava atormentá-la, ocultou-lhe a situação de suas irmãs.

Pouco mais tarde, Boaz, procurando David, encontrou-o exercitando-se. Dessa vez, fazia-se passar por Saul e comandava a tropa com a mesma autoridade do irmão. Dos cavaleiros, apenas os mais antigos, nativos de Mênfis, eram capazes de distingui-los.

Quando lhes convinha, os gêmeos vestiam armaduras e capacetes iguais, em todos os detalhes. Assim, podiam chegar e retirar-se alternadamente, combater nos postos avançados ou, então, marchar na retaguarda. Jamais se sabia qual dos dois estava à frente da tropa ou na parte de trás. Qual deles cavalgava à direita ou à esquerda. E, quando ainda se misturava a terra seca ou a lama, colando-se ao peito dos cavalos e aos uniformes, salpicando homens e animais com a poeira das estradas, ninguém mais seria capaz de perceber nada do outro, a não ser uma silhueta vaga e difusa ou, então, pesada e suja.

David observava seus cavaleiros se lançarem sobre engenhosos bonecos articulados, equipados com lanças persas e porretes giratórios. Ao menor erro, os bonecos devolviam golpe por golpe, e por isso era preciso atacá-los por um determinado ângulo e derrubá-los antes que pudessem atingi-los. Fora as escaramuças com algumas patrulhas inimigas, não havia melhor treinamento para a batalha que não tardaria a acontecer.

Com visível tristeza, David perguntou:

— O que você sabe a respeito de Dario? É homem honrado ou não? Será que ele também, como Alexandre, envia infelizes moças para os soldados? Será que ele pouparia nossas irmãs? Terão elas coragem de falar-lhe, de lhes dizer quem somos?

Boaz notou como David estava perturbado e disse:

— A dor faz com que você se desoriente. Suas irmãs nada sabem sobre nós. Acreditam que ainda estamos em Mênfis ou em algum deserto, trocando lápis-lazúli por espadas de Jerusalém.

E admoestou-o com suavidade:

— Vamos, irmãozinho, como poderiam Ruth e Lea imaginar-nos oficiais do grande Alexandre? Lembre-se do espanto de Tová quando nos descobriu.

David balançou a cabeça:

— Você fala com sabedoria e razão. Na verdade, estou esgotado.

Lançou um olhar sobre seus homens suados, cujos uniformes encharcados desprendiam fumaça, assim como as narinas dos cavalos, e retomou:

— Esgotado e ansioso. Alguma coisa me diz que jamais iremos rever nossa terra!

Boaz perguntou:

— Nossa terra de Mênfis ou o país de nossos antepassados?

— Temo não rever nem um nem outro, tão longe estamos deles. E essa marcha não é senão uma etapa do que me parece ser o infinito.

Boaz perguntou:

— E o que vê por trás do infinito?

— Por trás do infinito — e não zombe de mim! — o que vejo é o mundo dos elefantes!

— Um mundo só de elefantes?

— De modo algum. Vejo elefantes verdadeiros, enormes animais que tudo esmagam à sua passagem.

Boaz sentiu-se inquieto:

— Você se vê pisoteado por eles ou consegue escapar deles?

David fechou os olhos e concentrou-se em si mesmo. Depois disse:

— Por mais que pense e me procure além desse mundo, não consigo encontrar-me lá.

Boaz ocultou sua inquietação e disse com ar indiferente:

— Se é alguma premonição, ela o está advertindo sobre um perigo do qual você deve escapar, pois foi prevenido. Se é uma visão, é inteiramente plausível, já que a tropa de Dario, pelo que nos contam, avança por trás de uma muralha de paquidermes.

David fixou o olhar, curiosamente, sobre Boaz e falou:

— Você me informa de algo que eu ignorava. E, se a notícia se confirmar, ela atesta meu presságio.

Boaz tentou fazer graça:

— É isso, meu irmão. Nada mais lhe resta senão rezar a Deus.

— Deus nada pode por mim, pois eu não faço tudo por Ele. Então, diga-me: como é possível dirigir uma tropa como a nossa, seguindo à risca os mandamentos de *Elohim*?

Boaz arrependeu-se de sua brincadeira.

Pela segunda vez em menos de três meses, o grande exército de Alexandre — 75 mil soldados de infantaria, 12 mil cavaleiros couraçados e lanceiros, apoiados pela cavalaria judaica, composta por oito esquadrões, cada um com 223 cavalos — encontrava-se prestes a atravessar um rio.

Depois da travessia do Eufrates, no mês de julho, com a ajuda de amarras e pontes desmontáveis, o grande exército aventurava-se agora, numa clara noite de equinócio de outono, pelas águas do Tigre, na altura de Cizre.

De braços dados, formando quadrados ou triângulos compactos para melhor resistirem à correnteza, os homens a pé, dos quais poucos sabiam nadar, saíam com dificuldade da passagem mais rasa, que ninguém esperava estar na cheia. Ombro contra ombro, corpos submersos quase por inteiro, eles avançavam às cegas, tomados por um terror indizível. De tempos em tempos, um deles se desprendia e logo desaparecia, arrastado até se perder de vista.

Dessa maneira, Alexandre perdeu mais de 200 homens.

Em seguida vinha a cavalaria, a montante do rio, cercada por cavalos experientes e de índole tranqüila. Penetrou maciçamente o rio, deixando-se aos animais a tarefa de avaliar os riscos, em função de seu instinto de sobrevivência. A grandes patadas, nadando ou aos saltos, com a água à altura do peito, a cavalaria conseguiu passar com grande clamor. Ao relinchar das montarias mesclavam-se os gritos dos homens perdendo o equilíbrio, caindo pesadamente nas ondas. Uns 60 deles se perderam dessa forma, tragados para sempre. Outros ressurgiram do leito caprichoso, espalhando-se de uma margem à outra.

Depois da cavalaria avançavam, agora, amarradas de quatro em quatro, centenas e centenas de carros e de carroças, transportando víveres e bagagens, munições, peças de reposição, moradias e oficinas ambulantes. Umas eram puxadas por sólidos arreios e conseguiam atravessar sem incidentes ou grandes estragos. Outras iam cheias de civis, mulheres e crianças, artesãos, artistas, negociantes e aventureiros de todas as raças, e atravessavam o rio sobre jangadas sustentadas por cabos, manejados de uma margem à outra do rio.

E durante todo esse transbordamento fantasmagórico, todos, quer civis ou militares, oficiais ou homens da tropa, pareciam tomados pelo pavor. Fato é que os batedores do grande exército, sempre um ou dois dias na dianteira, voltavam com inquietantes rumores, que passavam de carroça em carroça, de um esquadrão a outro. Boca a boca, as palavras eram febricitantes, e os boatos inchavam como sapos-boi despertos de seu sono, que não param mais de coaxar. Dizia-se que Dario havia arrasado colinas inteiras para facilitar o percurso de seus carros de guerra, monstruosas máquinas munidas lateralmente de foices e lâminas afiadas. Dizia-se também que o rei dos persas esperava Alexandre na planície de Gaugamela com um exército de 800 mil soldados de infantaria e 2 mil cavaleiros. Eram apenas rumores; porém, pessoas importantes como Calístenes, Aristóbulos e Ptolomeu, que acompanhavam Alexandre desde a Macedônia, deixavam-se levar por eles, confundindo o real com o imaginário, o tangível com a fábula.

Dizia-se também — e isso estava longe de mitigar o pânico — que milhares de elefantes atacariam o grande exército, esmagando à sua passagem homens e materiais. Quanto à cavalaria, nada mais tinha a fazer senão resistir, pois os mastodontes, uma vez no ataque, eram mais velozes do que um cavalo a galope.

Os macedônios nunca tinham visto elefantes, mas os seus intérpretes persas e indianos não lhes poupavam descrições sobre os estragos terríveis que eles causariam a uma tropa que não tivesse a lhes opor senão catapultas, balistas e aríetes.

Como todos os demais comandantes de guerra, Boaz e os gêmeos sentiam forte apreensão. E Boaz podia perceber um presságio bem funesto naqueles rumores, ainda não confirmados, sobre elefantes mais ágeis e rápidos do que cavalos. Ele temia pela vida de David, mas também pela de Saul. Privado do irmão, Saul jamais voltaria a ser o mesmo. Perderia o gosto pela vida, desviaria para si próprio os piores golpes. Só um milagre poderia salvar Saul de uma catástrofe semelhante.

E Boaz, que acabara de sair da cloaca, onde patinhavam homens e animais, pôs-se a orar ao Eterno. Pedia graça para David, oferecendo a própria vida em troca da dele.

Boaz não era o único a invocar os deuses. Muitos outros soldados oravam também.

A expedição havia sido tão penosa, o medo havia estado sempre tão presente, que Alexandre se reuniu novamente com seus generais e conselheiros. Estavam lá aqueles que já conhecemos, como Perdicas e Parmênion, Crateros e Hefestion, e também Kleitos, o Negro, seu irmão de leite e de vinho, Caranos, Menedemos, Ptolomeu e ainda Calístenes, o mais próximo discípulo de Aristóteles — o velho mestre de filosofia do macedônio. Sob a tenda de campanha, de reduzidas dimensões, estavam os valentes amigos de sempre, os mais fiéis e os mais complacentes, todos — à exceção de Parmênion — com idades variando de 23 a 30 anos. E entre aqueles companheiros de fortuna e de infortúnio, muitos iriam perecer, mais dia menos dia, pela mão ou sob as ordens do comandante supremo.

Não se poderia falar, aqui, de uma vigília de armas, uma vez que a noite ia já muito avançada e que logo, ao leste, surgiria, pálida, a madrugada. Mas naquele local e naquele momento, naquele lodaçal e naquela incerteza, Alexandre mantinha todo o seu pessoal alerta, fazendo seus homens recitarem odes, promessas, exortando os sacerdotes, oferecendo sacrifícios a Zeus e a Atena, a deusa da vitória.

Assim como descartamos o termo vigília de armas, não se poderia também falar de recolhimento, de tal forma todos se agitavam, tanto sob a tenda quanto do lado de fora. Faziam-se as necessidades em qualquer lugar e diante de todos. Por mais que se queimassem perfumes e abanassem o rei e sua corte, o mau cheiro se espalhava pelos arredores e retornava, impondo-se com mais intensidade do que antes.

Alexandre acabou por adormecer, com um lenço de linho embebido em essência de jasmim colocado sobre o nariz.

A manhã chegou suavemente. Foi-se impondo sobre a noite e precipitou os acontecimentos.

Saul e Boaz, que haviam partido como batedores muito antes da aurora, voltavam agora a todo galope, freando abruptamente diante da tenda de Alexandre.

Acordando sobressaltado, o comandante pegou sua espada e deu um pulo. Vendo Saul, gritou:

— Com que direito o judeu lança sua cavalaria contra meu quartel-general?

Saul nem se preocupou em apear do cavalo, pois o momento dispensava quaisquer conveniências, e gritou:

— O judeu está cavalgando há três horas para avisar-vos do seguinte, antes que seja tarde demais: o inimigo está em formação e avança contra nós!

Tomado de surpresa, o macedônio exclamou:

— Quem lhe disse que eu ainda não sabia? Pergunte a Perdicas e a Parmênion; seus patrulheiros me avisaram disso muito antes de você!

Saul espantou-se:

— Não cruzei com ninguém no caminho. Mas, se isso é verdade, peço-vos que me perdoe.

Amarrando às pressas suas botas, Parmênion, o velho sábio, contrapôs-se ao comandante supremo:

— Saul informa-o de que o exército de Dario se lança a seu encontro e você reclama, em vez de o felicitar!

Mostrou a tropa, que apagava as fogueiras, preparando-se. Acrescentou:

— Seus homens já estão armados e só esperam suas ordens.

Surpreso, Alexandre percorreu o acampamento com um longo e profundo olhar. Viu os soldados dispostos em formação, agradeceu a Parmênion e deu ordens para a marcha.

Subitamente transfigurado, o comandante supremo agora ia de um a outro, gritando instruções e alertas, com voz de aço. A voz cortava como um sabre e elevava-se, potente, abafando os sons das trombetas e dos tambores.

Em breve, não ficaram naquele campo senão as carroças e o material pesado, o mobiliário e todo tipo de máquinas inúteis para o combate na planície.

Seguia os soldados apenas o indispensável, ou seja, mantimentos, munições, cirurgiões e padioleiros. Reuniram-se os artesãos e as prostitutas, os tesouros de guerra e tudo o mais que se possuía de precioso, no cume de uma vasta colina. Ali também havia sido instalada, nos abrigos mais próximos, a família de Dario. Ao conceder a seus prisioneiros o privilégio de assistirem ao desenrolar da batalha, Alexandre lhes prestava homenagem.

Do alto do promontório, viu-se a tropa percorrer alguns quilômetros no que parecia ser uma terra queimada, iluminada por um sol em chamas. Tudo ali parecia inquietante: a menor saliência no terreno, alguma depressão na vegetação rasteira, a sombra de uma árvore, e quaisquer ilusões de ótica que as alongasse ou deformasse.

Com a proximidade do perigo, os homens eram tomados por um tipo de agitação que não se poderia afirmar se traduzia medo ou excitação. Sem dúvida, era a soma de ambos.

Chegou, por fim, o momento em que os dois exércitos, o grande e o descomunal, puderam contemplar-se e avaliar-se mutuamente.

Do lado macedônio, contando-se os aliados, eram menos de 100 mil homens. Do lado persa, cinco vezes mais soldados de infantaria e 10 vezes mais cavaleiros.

Passaram-se horas em mútua contemplação angustiante, pisoteando-se o chão, num amplo desfiladeiro, que tanto permitia a perseguição quanto a fuga.

De uma posição a outra, podiam-se observar as manobras, verdadeiras ou falsas, do adversário. Entre os gregos, a linha de frente estendia-se ao longo de toda a planície, tomando a forma da metade de um funil. Postada num extremo, a falange ocupava o centro do dispositivo de ataque, apoiada pela infantaria e os arqueiros, agrupados em batalhões compactos. A cavalaria distribuía-se pelos flancos e os postos avançados.

Tanto à esquerda quanto à direita, em igual número, os *hetaroi* — os pesados — e os *sarissaforoi* — os ligeiros. Nas duas extremidades destes últimos colocava-se, pronta para atacar, a cavalaria judaica, dividida em quatro batalhões, cada um com 446 cavalos. Um batalhão à esquerda, em frente aos persas, comandado por David. O outro, ligeiramente afastado e ainda mais à esquerda, comandado por Boaz.

O mesmo arranjo se verificava à direita, na frente dos persas. E, mais à direita ainda, Saul e Dã dividiam o comando desses dois batalhões.

Na retaguarda, prontos para se lançarem ao ataque sangrento, vinham os agrianos, sólidos montanheses de ombros quadrados e temíveis punhos. Geralmente eram-lhes confiadas missões difíceis, tais como a escalada de rochas abruptas com a faca entre os dentes. Dessa vez, eles deveriam deter, em seu impulso, os pequenos cavalos citas e persas com um golpe de faca em plena garganta e eliminar, com a mesma eficiência, os que os cavalgavam.

Nos limites da planície, onde rufavam tambores de todos os lados, alinhavam-se carros de assalto eriçados de foices e lâminas.

Por trás dessas máquinas apavorantes, pateava a maior concentração de cavalaria jamais registrada na memória do homem: fileiras e fileiras de narinas frementes e fumegantes, ondas sucessivas de crinas, oceanos de pescoços, montanhas de couraças.

Havia ainda todo um mundo de arqueiros, de rostos selvagens, que se ofereciam de torso nu, provocando o inimigo com uma arrogância sem igual. Depois, vinha a massa inumerável dos homens a pé, drogados com ervas e álcool, prontos para morrer sem reclamar, porque tinham nascido para isso. Eram carne para lança e sabre, uma multidão reunida expressamente para permitir que os macedônios decapitassem gente com golpes de braço.

E em meio aos gregos, que já eram chamados helenos, desde os simples soldados até os generais, todos procuravam em vão os elefantes tão anunciados pelos boatos. Acabaram concluindo e se convencendo de que os elefantes não passavam de balela.

Mas estavam enganados: os elefantes se encontravam ocultos por trás de um imenso véu de seda, cor de poeira, estendido no desfiladeiro, que se pensava ser a bandeira dos persas.

De um campo a outro, apesar de tomados pelo medo, os homens arfavam de impaciência por se bater e saber, no final das contas, se estavam do lado da vida ou da morte. Terrível incerteza, que pressionava a tropa a querer acabar com tudo o mais depressa possível. Os homens só esperavam um sinal para se precipitar adiante.

Com mais calma, seguros de si mesmos, os comandantes cuidavam de seus trajes.

Dario e seus oficiais vestiam suas compridas capas azul-marinho e colocavam seus capacetes de penachos brancos; sobre o capacete do rei persa, quase uma cauda inteira de pavão.

Não muito longe do poderoso comandante, um regimento de tessalonicenses, que se havia aliado a ele tanto para o melhor quanto para o pior, preparava-se para combater os gregos do grande exército. Extremamente abalados e também para ganharem coragem, os mercenários insultavam os macedônios de Alexandre em sua própria língua natal.

E, do outro lado da planície — muito perto, e ao mesmo tempo muito longe —, surgia, com terrível determinação, o exército macedônio, impecavelmente alinhado em ordem de batalha.

Também impecável apresentava-se a guarda pessoal de Alexandre, vestida com amplos dólmãs vermelhos e dourados. À sua frente, colocava-se o futuro rei do mundo, reconhecível por seu tríplice ornamento de plumas e crina.

E, de repente, viu-se o esquadrão real avançar por uma colina de vegetação rasteira. Então, das fileiras macedônias, elevou-se o terrível clamor, o grito de guerra lançado e repetido em uníssono, a plenos pulmões, por todos os combatentes.

Acreditou-se, por fim, que havia começado a batalha, mas ninguém mexeu um só dedo. Os gregos esperaram que se elevasse, por sua vez, o grito de guerra dos persas, também aterrador. Sabiam que se faria ouvir, de um campo ao outro, uma sucessão de gritos, cada qual mais selvagem que o outro. Isso deixava aos homens alguns minutos a mais de vida, uma espécie de trégua, antes de enfrentarem o destino.

Apenas a cavalaria judaica permanecia silenciosa, duas regiões só perturbadas pelo extremo recolhimento. Rezava-se ali, pedia-se a vitória ao Eterno, mas eram também lembradas as palavras pronunciadas por Saul, que seus jovens comandantes haviam levado, horas antes, ao conhecimento dos voluntários: "Batam-se de homem a homem, mas sempre com discernimento. Não percam um só minuto no campo de batalha. Contornem-no o mais rápido possível, evitando sempre a confusão. Ataquem pelos flancos, afastem o perigo de sua *sarissa*. Permaneçam agrupados perto de nossos porta-bandeiras! Seus nomes são: Saul, David, Dã e Boaz. Se um deles cair, recolham sua bandeira e portem-na bem alto, pois ela surpreenderá o inimigo. Escutem-me, irmãos, e perdoem o sacrilégio, se acharem que se trata de um, mas a estrela-de-davi, que desfraldaremos na hora de atacar, deixará os persas pregados no chão, de surpresa. A estrela-de-davi é, hoje, a nossa arma mais eficaz. Ela há de provocar tantos estragos naquelas fileiras quanto seus elefantes nas nossas. E, com o estandarte desfraldado, teremos apenas um objetivo: ultrapassar e desbaratar as tropas persas e depois arrasar os seus acampamentos. Nesse momento, 200 de nós se destacarão do grosso da tropa, com a missão de raptar, protegendo-as com seus próprios corpos, todas as mulheres judias que se encontram presas nos carroções persas. E esses 200 heróis de nossa cavalaria, dos quais desconhecemos os nomes e o comportamento, que decorre mais do acaso do que de nossa vontade, chegarão até a colina onde deixamos nossos civis. Ali, darão abrigo às mulheres e às nossas irmãs. Irão cercá-las de cuidados e as tranqüilizarão sobre o resultado da batalha. E, assim, nossa invencível cavalaria, após esse ataque imprevisto, surgirá das linhas inimigas, atacando-as pela retaguarda e aliviando o exército de Alexandre de todo o peso que os persas o fizeram suportar."

E a batalha de Gaugamela aconteceu, efetivamente, tal como Saul havia previsto. No início houve uma terrível confusão, onde se estriparam gregos, persas, aliados e mercenários de longínquas satrapias. As flechas eram tão rápidas e abundantes que se entrechocavam, voando aos pedaços. Muitas outras, certamente, se enfiavam pelos ventres, costas, nucas, até que nem um membro, nem um pedaço de carne ou de couraça dos atacantes da primeira leva não ficasse eriçado de lâminas. Não havia parcela de pele que estivesse intacta, rosto que não tivesse sido retalhado e ensangüentado, nem uma polegada de terra que não estivesse coberta de orelhas, tripas, mãos, antebraços ou pernas decepadas e espalhadas por tudo.

Não sobreviveu um único persa ou grego dos que se enfrentaram naquele primeiro embate. Terminaram todos tão anônimos, na morte, como o haviam sido no nascimento. Por longo tempo falou-se da carnificina de Gaugamela, mas nem uma só palavra se disse sobre toda aquela carne humana, mutilada pelo simples prazer de seus comandantes.

Foi pior quando os *hetaroi* e os *sarissaforoi* se lançaram, com dardos e compridas lanças, cada qual enfrentando 20 adversários, contra os velozes cavaleiros de Dario, um bando superexaltado brandindo cimitarras e espadas de dois gumes. Pisoteavam-se pedaços de corpos que não se sabia se teriam pertencido a homens ou a cavalos. Mas muito pior ainda foi o ataque dos elefantes, que de repente surgiram por trás daquilo que os gregos acreditavam ser o maior estandarte jamais confeccionado em todo o mundo. Eram 500 animais, montados por cornaques* que se abrigavam das flechadas no interior de torrinhas, de onde atacavam o inimigo com suas balestras.

Os melhores cavaleiros conseguiram dar meia-volta e afastar-se da monstruosa multidão. Mas os outros, quantos cavalos empalados, quantos homens varados e espetados nas presas de marfim!

Ébrios de ódio, aguilhoados pelos cornaques, mas também pelas flechas gregas — que para eles não passavam de risíveis picadas de mosquitos — ou pelas sarissas que conseguiam, estas sim, produzir algum estrago no couro e nas trombas, os mastodontes se deslocavam como forças irresistíveis, derrubando e esmagando tudo à sua passagem.

Só o esgotamento e a falta de fôlego seriam capazes de detê-los.

Felizmente, não era o que se verificava com os *hetaroi* e os *sarissaforoi*, cujas montarias, habituadas a inacreditáveis corridas em quaisquer circunstâncias ou estações do ano, espalhavam-se a toda velocidade para logo retornar atacando os flancos persas. Se a maior parte da cavalaria escapou aos paquidermes que se precipitavam cegamente, destruindo e reduzindo a farrapos ou migalhas tudo contra o que se chocavam, os soldados de infantaria pereceram aos milhares, pois, em lugar de fugir para os rochedos e as colinas, ficavam petrificados e como que fascinados diante da iminência do próprio esmagamento.

---

* Encarregados de cuidar e conduzir um elefante. (N. T.)

E, de repente, o milagre aconteceu. A manada de monstros que semeava o pânico nas fileiras macedônias foi bruscamente detida em sua carreira por uma barreira de chamas, feita com óleo de pedra incendiado. Os agrianos, que a haviam acendido, agora alimentavam-na com tudo que pudesse queimar-se e produzir fumaça. Também lançaram ali cadáveres de homens e de cavalos, tanto gregos quanto persas, que assim partiam em combustão, e mesmo em convulsões, em sua última viagem, seus ossos se quebrando ou estalando.

Com as cabeças abaixadas, as trombas recolhidas, as orelhas enormes caindo sobre os pequenos olhos, os paquidermes, aterrorizados pelas chamas e as ardentes volutas de fumaça negra, deram imediatamente uma desordenada meia-volta, lançando estridentes e sinistros rugidos. Em pânico, os cornaques lançavam-se dos arreios, outros, em vão, tentavam dominar os animais.

Agora, não passava de uma manada de animais selvagens, lançando-se na direção contrária à anterior, esmagando 10 vezes mais persas e mercenários do que antes havia feito com os gregos.

Da elevação em que se encontrava, Alexandre percebeu que acabava de vencer a batalha de Gaugamela. Mais uma vez o regimento dos agrianos — os que caem em cima e arrasam — se distinguira de forma eficaz, embora imprevisível. O mesmo ele não poderia dizer da cavalaria judaica, cuja movimentação lhe parecia fugir à compreensão. Avançara em dois flancos, na formação em leque, para atacar a uma espantosa velocidade, além das linhas persas, que pareceu atravessar tão facilmente como um monte de gordura.

Depois disso, desapareceu do campo de batalha. E o comandante supremo, assim como também os generais de sua guarda, se perguntaram para onde teria ido e quais os motivos que a teriam levado àquela desobediência. Tinha de ter se precipitado o mais rápido possível sobre os flancos do inimigo, para atacar os soldados encouraçados e os lanceiros que, em número muito superior, feriam e retalhavam sem cessar.

Alexandre encolerizou-se contra Saul, sem compreender sua tática, nem suas intenções. Cercado por pessoas maledicentes e ciumentas, ele não se atrevia a pensar em traição. Assim, quando se dispunha a atacar Hefestion e Ptolomeu, viu regressar sua cavalaria judaica, com a estrela-de-davi flutuando, altiva, à frente de cada esquadrão. A cavalaria atacava pela retaguarda as linhas persas, às quais os paquidermes, agora sem ninguém a montá-los, arrasavam por sua vez.

Preso como que por tenazes, aterrorizado pelas manadas de elefantes em louca disparada que ninguém poderia deter, o exército persa batia desordenadamente em retirada, sendo dizimado à retaguarda pelos diabólicos cavaleiros hebreus.

Dario não conseguia dar crédito ao que via. Que horrores teria cometido contra o povo judeu, para que agora se lançasse contra ele uma legião daquelas? Que haveria Alexandre prometido aos judeus, para que se ligassem a ele e se incitassem a bater-se com tamanho ardor?

Dario e Alexandre ainda não haviam esgotado suas surpresas. Muito interessados na movimentação daquela cavalaria por motivos diversos, eles acompanhavam tanto sua evolução quanto o desenrolar da batalha que agora parecia pender para a vantagem dos gregos.

Na verdade, o resultado dependia sobretudo dos elefantes. Ou eles continuariam a atacar os persas, ou, então, por uma brusca reviravolta, reduziriam os gregos a pó. Mais provavelmente, esgotados por tantos ataques sucessivos, acabariam por relaxar e, mesmo, por desabar.

Por enquanto, continuavam a perseguir, com a mesma fúria, a multidão persa, esmigalhando e chifrando todos que encontravam à frente. A maior parte avançava em fileiras compactas, ventre com ventre, num espantoso rugido de terremoto. Outros, entretanto, iam aos pares, ou em grupos de três. Imprevisíveis, precipitavam-se às cegas, massacrando tudo, tanto à direita quanto à esquerda. Assim chegaram subitamente ao destacamento comandado por David, que rolava a todo galope com suas cativas, entre as quais Lea e Ruth. Elas nada compreendiam do que se passava, nem mesmo o que faziam seus irmãos com aqueles cavaleiros gregos.

E o Destacamento dos Duzentos, que o grosso do regimento havia acompanhado até o acampamento de Dario, chegava agora à colina onde deveria deixar as mulheres em segurança.

Evitar aqueles monstros, que tanto atacavam sozinhos como aos pares, quase não apresentava dificuldades para cavaleiros experientes.

Deveriam se esquecer dos cornaques, que, embora mais atônitos ainda, sempre faziam uso de suas compridas lanças e balestras. Assim chegaram eles até cerca de 20 cavalos do Destacamento dos Duzentos.

Ali pereceram, então, pisoteados da forma mais abominável, homens, animais e mulheres que estavam sendo conduzidas.

David, que havia colocado uma de suas irmãs na garupa, fazendo a parte mais difícil, via agora afastar-se o perigo. Mais algumas escapadelas e ele poderia sair daquela debandada de elefantes.

Quanto mais se aproximava da colina, mais se distanciava a funesta premonição. Durante toda a operação ela o acompanhara, contraindo-lhe a garganta.

Agora que estava a salvo, de repente sentiu medo pelo irmão. Não teria visto, naquele presságio, e por trás do infinito, o fim terrível de seu irmão gêmeo?

Freou o cavalo e o pôs a passo. De pé sobre os estribos, procurava ao longe o irmão, até que o percebeu, o estandarte aberto, atacando um grupo de mercenários vestidos de vermelho.

Os elefantes já haviam passado e continuavam na retaguarda de Dario.

Mais tranqüilo, David esporeou os flancos do seu *tcherkess* e partiu, a toda velocidade, para a colina de onde alguns civis observavam o campo de batalha. Os Duzentos, naquele momento, deveriam deixar lá as prostitutas e levar consigo as filhas de Dario, com a missão de devolvê-las ao rei da Pérsia. Havia sido uma idéia de Saul, um reconhecimento da cavalaria judaica para com o presumível descendente da rainha Esther, o qual, naquele momento, a cavalaria judaica submetia a rudes golpes, atacando pela retaguarda seus homens em pânico.

Se a primeira fase da operação havia sido bem-sucedida, malgrado o pouco entusiasmo dos interessados em atravessar o campo de batalha de um lado a outro, a segunda terminou em tragédia.

Com efeito, do promontório de onde acompanhava todas as manobras de suas unidades de elite, e de onde, a cada minuto, partiam mensageiros com novas instruções, Alexandre se deu conta do estratagema. Ficou de tal forma enfurecido que imediatamente, seguido de sua guarda e de Hefestion, precipitou-se diante dos seqüestradores.

Só Saul seria capaz de ousar desafiá-lo daquela maneira, trocando as próprias irmãs, com toda a pompa e honrarias, por suas prisioneiras.

Quando David percebeu que a guarda real partia em sua direção a todo galope, e que o próprio rei, em pessoa, com o capacete ornado de plumas brancas, vinha a seu encontro, deteve seus cavaleiros e avançou sozinho.

Desde as primeiras palavras de Alexandre, ele percebeu que o macedônio estava tomando-o por Saul:

— Eu tinha certeza de que você estava no meio do combate, lutando valentemente como seu irmão David, mas posso ver, agora, com tristeza e cólera, que prefere me trair a me servir.

E, como aquele a quem tomavam por Saul pedia a seus 200 cavaleiros que nada tentassem contra o rei, acontecesse o que acontecesse, Alexandre exclamou:

— Vejo que estamos em meio a um complô e que, com medo da punição, você pede a seus homens que me prestem fidelidade. Engana-se: nenhum deles será poupado, pois todos me desobedeceram, todos me traíram.

David olhou Alexandre bem nos olhos e respondeu com altivez:

— Meus homens nada fizeram senão me obedecer. Não traíram ninguém. Pelo contrário, agiram como heróis, contornaram e passaram pelas linhas persas até investir sobre o acampamento de Dario. Se chama a isso desobediência e traição, então eu mereço ser morto por vossas próprias mãos.

Alexandre voltou-se para Hefestion e perguntou:

— E você, meu belo amante, meu amor eterno, o que pensa disso? Trata-se de um simples incidente que devemos esquecer imediatamente, ou de uma conspiração imperdoável?

Hefestion tentou sustentar o olhar de David, acreditando ainda ser Saul. Não conseguindo, falou:

— Ó meu mestre, meu amado, irmão na carne e nos sentimentos, já faz muito tempo que o alerto contra esse Saul, a cuja influência e encantamento você foi subjugado. De tanto vê-lo sempre tão disposto a satisfazer seus mais simples desejos, meu espírito tem me atormentado a ponto de lhe recusar meu corpo. Lembre-se! Eis agora que chega o dia em que seus olhos se mostram sombrios. Agora você olha de outra forma aquele a quem autorizou assassinar Praxos pelo crime de ter abusado de uma puta. Veja, meu rei, neste dia e hora em que o persa, em fuga, o reconhece seu vencedor, esse gesto de lhe devolver seus familiares não é senão mais torpe e merece ser punido como alta traição.

Dirigindo-se àquele a quem continuava tomando por Saul, Alexandre perguntou:

— E o que pensa o judeu sobre o caso?

Ele jamais poderia imaginar o que pensava o judeu. Sentindo-se inundar de tanta felicidade, David agradecia ao Eterno por permitir-lhe sentir desprezo. Impossível melhor fim do que perecer em lugar de seu irmão gêmeo.

Alexandre repetiu:

— Vamos, o que pensa disso? Prefere morrer por minhas mãos ou pelas de Hefestion?

— Pouco importa por quais mãos e por qual espada. O importante, para mim, é que concedeis a graça a meus homens. Mais ainda, o importante é que poupeis David e Boaz, pois eles nada sabiam sobre meus planos. São inocentes; jamais vos fizeram a menor ofensa.

Designando a planície ensangüentada, que não era mais do que um gigantesco ossário por onde ainda se via em atividade a cavalaria judaica, os *hetaroi* e os *sarissaforoi*, ele disse:

— Olhe para eles: são bravos!

Depois, avançando seu cavalo até roçar o de Hefestion, exclamou:

— Vamos, gracinha, ande logo, o mundo dos elefantes me espera!

Com um sorriso cruel nos lábios, Hefestion ergueu sua adaga e golpeou.

Naquele mesmo momento, a léguas dali, Saul sentiu uma lâmina afundar-se em seu coração. A dor era tão viva que ele acreditou ter sido apunhalado. Levou a mão ao peito e depois a olhou: só estava manchada com sangue persa. Soube então que uma desgraça havia acontecido a seu irmão gêmeo. Procurou divisar ao longe o emblema do Destacamento dos Duzentos, a fim de correr para lá. Mas quanto mais examinava a colina, mais ela lhe parecia diáfana. Logo, tudo se embaciou, tudo pareceu vacilar. E, de repente, sentiu que partia.

Ao vê-lo cair do cavalo, seus homens fizeram imediatamente um círculo ao redor, acreditando que estivesse mortalmente ferido, atingido por uma flechada ou varado por uma lança.

Apressaram-se a livrá-lo da armadura, a despir o torso e o ventre. Não constataram nenhuma ferida de maior gravidade, a não ser, ali e acolá, nos braços e no rosto, alguns cortes e estocadas superficiais.

Tanto entre os gregos quanto entre os persas, nenhum soldado ainda de pé estava ileso. Os feridos somavam dezenas de milhares, e a metade deles não duraria até o dia seguinte. Quanto aos mortos, contavam-se aproximadamente 15 mil, da parte de Alexandre, e 60 mil, da parte de Dario. Na cavalaria judaica também havia acontecido o desastre: metade do efetivo estava fora de combate. Daqueles jovens de Mênfis restava apenas o suficiente para se formarem quatro batalhões, cada qual com 220 lanceiros. E ainda seria preciso conseguir o mesmo número de cavalos válidos, o que seria quase impossível, em vista do número de cadáveres por terra e de carcaças mutiladas que ainda se agitavam.

Em meio a todos aqueles cadáveres, corriam agora Parmênion e Kleitos, este em seus 26 anos, Parmênion com 70 anos dentro em breve. Tinham vindo buscar suas instruções junto a Alexandre e retornavam revoltados. Ao saberem, pela boca do rei, do covarde assassinato de Saul, enfureceram-se contra ele, com o risco de sofrer a mesma sorte. Já estava, aliás, tudo planejado, pois ambos, assim também como Filotas, o filho de Parmênion, em breve pagariam com a vida imaginárias insurreições e complôs.

Esses generais haviam dito tudo que pensavam ao comandante supremo, em termos nada comuns, na corte. Finalmente, pretendendo apenas festejar a vitória sobre o inimigo, organizando de improviso um grande festim com orgíacas bebedeiras diante dos despojos dos oficiais mortos em combate, Alexandre livrou-se de seus dois melhores generais, mandando-os perseguir Dario.

Ao perceber que os deuses da guerra não lhe estavam sendo favoráveis, o rei persa não esperou o resultado do combate para fugir.

Sem a menor pressa de alcançá-lo, ainda tomado de indignação pela morte de Saul — o judeu diferente dos demais —, Parmênion pretendia avisar pessoalmente David e Boaz do assassinato de seu irmão. Por isso, acompanhado por Kleitos, o Negro, cavalgava em direção à cavalaria judaica, que havia cessado os combates e se dispunha em várias fileiras para proteger seu comandante, mortalmente atingido.

Temendo tratar-se do gêmeo de Saul, Parmênion afastou com autoridade os homens que tentavam barrar-lhe o caminho. Ao ver, na verdade, David por terra, ele lançou um lamento, seguido de uma terrível maldição. O velho general, que todos acreditavam imune aos piores horrores e injustiças, não pôde se impedir de lançar sua cólera contra Zeus e Atena. Mais ainda, amaldiçoou Alexandre, que se dizia filho de Zeus e renegava a filiação que o unia a Felipe da Macedônia.

Parmênion, acompanhado por Kleitos, o gigante negro, tentava, agora, reanimar o jovem judeu. Convencidos de que se tratava de David, descreveram, então, aos mais próximos, o sacrifício de Saul, apunhalado por Hefestion por ordens de Alexandre.

Boaz deixou-se levar pela confusão, sem poder reprimir as lágrimas. Mas Parmênion não lhe deu tempo para se lamentar. Disse-lhe que guardasse sua tristeza para depois, aconselhando a cavalaria a deixar o mais depressa possível o exército de Alexandre.

E Kleitos, ao ver Parmênion partir em perseguição a Dario, propôs a Boaz ser seu mediador. Dessa forma, negociou uma trégua entre o comandante supremo e os oficiais judeus. Conseguiu obter carroças e víveres para um mês, a libertação de todas as prostitutas, entre as quais Ruth e Lea. Quanto a Tová, a única a não ser molestada, gemia tão sinceramente sobre o cadáver de David que, para todos os presentes, naquele campo grego, ela estava chorando por Saul, seu marido.

Durante toda a noite, enquanto uns se entregavam à bebida e outros se recolhiam, Kleitos não cessava de consultar as duas partes. As propostas eram logo seguidas de contrapropostas, e o irmão de leite de Alexandre passou todo o tempo em idas e vindas entre o quartel-general do comandante supremo, montado ao pé da colina, e o da cavalaria judaica, instalado bem no centro do campo de batalha.

Era ali que repousava Saul, mergulhado em estado de semicoma. A seu lado, o corpo de David, solenemente trazido por Kleitos. Ao vê-los estendidos lado a lado, aureolados pela mesma cabeleira, marcados com a mesma palidez, não se poderia dizer qual dos dois ainda estava neste mundo. Apenas os mais próximos eram capazes de não confundi-los.

Em torno do acampamento, desolação apenas. Ouviam-se os gritos dos feridos cujo transporte era impossível, aos quais as brigadas encarregadas dos despojos davam o golpe de misericórdia, pela lança ou pelo sabre. Por outro lado, outros, poupados graças à sua posição ou popularidade, suplicavam-lhes que os ajudassem a passar da agonia à morte.

Acompanhados de portadores de tochas, cirurgiões e enfermeiros percorriam o campo, dando pontos, amputando, aplicando pensos, salvando, afinal, apenas um número ínfimo de infelizes, a maior parte afogando-se no próprio sangue.

Por toda a noite, incomodados pelo calor úmido e o cheiro repugnante, judeus e macedônios recolheram seus mortos. Em conjunto, silenciosos, cavaram fossas comuns e túmulos individuais.

Entre os judeus, rezava-se e limpavam-se os rostos. Entre os macedônios, empregavam-se prisioneiros para esquartejar aqueles que não seriam enterrados, preparando dessa forma, à maneira dos persas, a refeição dos abutres: logo de madrugada, eles chegariam em círculos, atraídos, em primeiro lugar, pelas vísceras.

E, na aurora, o céu tornou-se o antro das aves de rapina. Quanto ao campo de batalha, parecia uma grande trincheira, onde os corpos, empilhados até a altura de muretas, não esperavam senão ser jogados ao fundo dos buracos e recobertos de terra.

Outros corpos, semelhantes a sentinelas exaustas, colocavam-se, costas contra costas, em numerosas fileiras. Não se sabia exatamente o que defendiam, tampouco o que deveriam vigiar.

Se essa parte da planície, quase vazia, parecia tão lúgubre, em outros lugares patinhava-se sobre pedaços de carne e de tripas.

Mais impressionantes do que aqueles restos humanos eram as carcaças de cavalos, que se tentava reunir para incendiá-las em fogueiras. Eram centenas de cavalos abatidos na corrida, alguns relinchando ou ainda agonizando em seus últimos estertores.

Mais surpreendentes também, porque enormes e flácidos, eram os paquidermes moribundos que se espalhavam pelo chão. Deitados de lado ou com as patas para o alto, pensando reconhecer seus cornaques, eles rugiam lamentosamente tão logo algum ser vivo se aproximava. Para acabar com eles, eram necessários dois ou três homens que enfiassem a lança com toda força entre seus dois olhos.

Cadáveres havia em abundância, caídos longe do campo de batalha, sobre a vertente das colinas ou na cavidade dos vales. Os gregos, que perseguiam os fugitivos, haviam feito uma verdadeira colheita de cabeças. Umas cortadas bem na altura do pescoço; outras, ainda presas por alguns farrapos de carne aos ombros.

Quando finalmente o sol se ergueu, sinistro, e veio iluminar aquela devastação, Boaz teve a impressão de que a terra inteira parecia o pesadelo de um carrasco. Todo aquele despedaçamento, aquela aniquilação, todas aquelas vidas roubadas apenas para satisfazer a ambição pessoal de dois chefes rivais. Não se sabia, aliás, onde se havia metido Dario, nem mesmo se havia conseguido reunir os destroços de seu exército para enfrentar as tropas de Parmênion.

Acima de tudo e de todos, planando num universo em que o horror não mais o atingia, Alexandre festejou durante a noite inteira. Como grande senhor, ele homenageou os filhos de Dario, desculpando-se por haver vencido, atribuindo esse sucesso mais à interferência de Zeus e Atena do que, propriamente, a seu gênio militar.

Quando o sol começou a perfurar o céu plúmbeo, Alexandre saiu da tenda e se encaminhou, completamente nu, para o cume da colina. Foi seguido por Hefestion, também despido, e os fiéis de sua guarda, o célebre esquadrão de agemas,* adeptos da pederastia, que não haviam julgado necessário vestir seus calções. Conformavam-se aos gostos e decisões do mestre. Vinham também os escudeiros do rei, pajens de boa família, delicados hipaspistas** a quem se proibiam toda atitude e maneiras viris.

---

* Tropa de infantaria que fazia parte da guarda de Alexandre. Corpo de elite do exército macedônio. (N. T.)

** Corpo especial do exército macedônio. Constituía a infantaria ligeira. Portavam escudo, espada e uma *sarissa* menos comprida do que a dos falangistas. (N. T.)

E todos, ainda sujos de poeira, manchados de vinho tinto e de esperma, contemplavam agora o avesso da vitória: um cenário esmagador que eles próprios haviam pintado, em parte, com suas lanças e seu sangue.

Depois da batalha, divertiram-se a noite toda, fizeram amor repetidamente à maneira grega e também à maneira persa. E, para o repouso do guerreiro, como também para o dos rapazes afeminados, que prodigalizavam carícias e proporcionavam prazer, haviam posto um bufê de pratos frios e colocado sobre cavaletes barricas de vinho tinto espesso. Era costume comer até vomitar e beber até morrer.

Jamais houve um banquete desse tipo em que não entregassem a alma dois ou três íntimos de Alexandre. Ele próprio, ao mesmo tempo ogro e ogra em assuntos de amor, ora passivo, ora ativo, violentando seus pajens ou oferecendo-se a seus brutamontes, sabia também aplacar sua sede. Em festas assim, ele era capaz de beber 12 ou 13 litros de vinho do vale do Vardar.

Pouco depois de Gaugamela, os macedônios saquearam a Babilônia e Susa, abandonadas pelos persas. Mais tarde, incendiaram Persépolis e devastaram Ecbátana. Mais distante ainda, em direção ao Leste, destruíram Bucara e Samarcanda. Cada uma dessas vitórias era festejada com vinho e droga, como um desafio lançado à morte por seu próprio organismo.

Em Susa, já bastante embriagado, Alexandre organizou um concurso de bebedores. O vencedor teria o rei como prêmio. E, como todos sabiam ser o rei fogoso e intrépido, criativo e refinado, alguns beberam até o próprio limite de si mesmos, porém nenhum fez melhor do que Promacos, que ingeriu sem parar 14 litros de vinho puro. O rei fez de tudo para se remexer, mostrar as coxas e as nádegas: o vencedor não foi nem mesmo capaz de ficar de pé e ter uma ereção. Dois dias mais tarde, ele morreu. Ao mesmo tempo, a despeito de todos os cuidados, 42 outros concorrentes, apaixonados por Alexandre, também morreram.

Muito pior, ou melhor ainda, no ano 324 antes da era cristã — ou seja, sete anos, mês a mês, após a batalha de Gaugamela, de funesta memória para Saul e os seus —, Hefestion, retornando do Penjab, fazia novamente o cerco diante de Ecbátana.

Da vitória ao fracasso, o amigo terrível passara por todos os graus da hierarquia macedônia e acumulara os mais honrosos títulos. Era general de infantaria da Cavalaria dos Companheiros, chefe dos Mil da corte persa e grão-vizir com amplos poderes, em todo o império.

E, naqueles dias da tomada de Ecbátana, abatera com as próprias mãos tantos persas, loristas, medos, elamitas e citas, que se esqueceu da derrota indiana do grande exército. Talvez tivesse sido ele o vitorioso, mas a que preço!

Hefestion, acreditando reconciliar-se com o sucesso, contra os conselhos de Alexandre, lançou-se então num festim báquico que durou sete dias, ao término dos quais pretendeu esvaziar, de uma só vez, sem respirar, o *hanap** mítico de Héracles: três litros de vinho puro.

Na última gota, caiu fulminado.

Ébrio de álcool e de amor, o rei imediatamente lançou-se sobre o amante, que parecia mais belo e atraente do que nunca. Cobriu-o com seu corpo e suas lágrimas. Até seu médico pessoal não pôde salvar aquele amigo de sempre, motivo pelo qual o rei fê-lo ser torturado e crucificado. Três outros médicos que acompanhavam o grande exército desde o início, julgados incompetentes, acabaram da mesma forma.

Quando compreendeu que Hefestion não retornaria mais à vida, Alexandre tentou matar-se. Tiveram de desarmá-lo e imobilizá-lo. Permaneceu prostrado durante dias, deixando seus homens abandonados à própria sorte.

Com o descanso forçado, o grande exército, que só contava com 20 mil macedônios, esperava, assim como seu comandante, uma decisão do oráculo de Amon. Mensageiros enviados ao Egito para interrogá-lo trouxeram a resposta ao fim de uma viagem fatigante. Devia-se satisfazer imediatamente o oráculo e sacrificar para Hefestion, tal como se sacrificava aos deuses, sem conta nem piedade. Então, Alexandre ordenou que se matassem pela espada mil habitantes de Ecbátana.

* Grande taça de metal para bebida, munida de uma tampa. (N. T.)

Embalsamado às pressas para o transporte, o belo Hefestion chegou à Babilônia em total estado de decomposição. Foi incinerado sobre um monumento de 58 metros de altura erguido à sua glória. E o império inteiro guardou o luto pelo chefe dos Mil da corte persa.

A História nada diz sobre isso, pois sempre deixa de lado certos detalhes, retendo apenas o essencial: cinzela diretamente os acontecimentos, como aquele escultor que entalha o bloco de mármore. Os estilhaços, os restos, para ele não têm a mínima importância. No entanto, sabemos que, tão logo saído do estado de coma, Saul jurou, sobre a *Torah* vingar seu irmão. E, naquele dia de novembro do ano 324 antes da era cristã, Dã, o amigo de infância, aquele Dã que havia sucedido a David no comando de suas tropas, o mesmo Dã em quem Alexandre, o Grande, jamais havia reparado por não ser suficientemente belo ou gracioso, ou viril, foi a eclosão que provocou a queda de Hefestion.

Vestido como lacaio, acompanhando por algum tempo o exército grego, ele se empregou na cozinha do rei, onde lhe confiavam, entre outras tarefas, a de despejar o vinho nas garrafas e de prová-lo diante dos senhores, antes de servir-lhes.

Daquela vez, ele havia conseguido colocar a dose de veneno dentro da taça, enquanto todos olhavam Hefestion destroçar em grandes dentadas uma coxa de javali.

Três meses mais tarde, Alexandre desabava, por sua vez, ao esvaziar de um gole, tal como seu amante, o *hanap* de Héracles.

Não se pode afirmar que ele tenha sido assassinado por Dã. Tampouco se poderia negá-lo. Os historiadores preferem a tese do desespero à do envenenamento.

Precisamos agora retornar ao campo de batalha de Gaugamela, que os raios de um sol pálido como a morte iluminavam de uma maneira bem lúgubre.

A guarda, a corte, todos nus e embriagados, mantinham-se às costas do rei e respiravam a plenos pulmões o odor de sangue e de carne queimada.

Só Kleitos estava ainda vestido. Tinha vindo implorar mais um favor aos judeus:

— Permitiria o rei ao irmão de Saul ficar com os cavalos e os carros abandonados por Dario?

Alexandre, que não contava mais do que com alguns cavalos, de tanto que havia se deslocado, mostrou-se magnânimo e perguntou:

— Responda-me com franqueza: Como estão os judeus? Os Manassés prometeram vingança? Juraram assassinar Hefestion?

Nada sabendo sobre o que pensavam os judeus, Kleitos tentou explicar-se melhor:

— Eles estão abatidos. A morte de Saul deixou-os sem voz. Não falam nem pensam. Recolhem-se e se preparam para nos deixar.

Alexandre agarrou Kleitos pelo pescoço e murmurou:

— Diga-me ainda, meu irmão: Você teria matado, teria perdoado? Ou teria apenas chicoteado e violentado? O que você teria feito em meu lugar?

Com diplomacia, Kleitos respondeu:

— Jamais eu poderia estar em seu lugar. Mas, em meu lugar, eu teria agido como você. Ainda ontem, eles eram invencíveis e se tomavam por deuses. Hoje, estão aniquilados, sentindo-se abandonados por Deus.

Com o rosto marmóreo, de traços delicadamente cinzelados, o nariz reto, os lábios finos, o olhar frio, o cabelo louro cacheado, Alexandre, naquela manhã, parecia de fato uma estátua. Apresentava a todos uma silhueta de atleta, os músculos peitorais desenvolvidos, as formas do corpo salientes e também, em toda a liberdade, um órgão sexual longo e fino, repousando sobre a parte interna da coxa esquerda.

Os que o rodeavam, tal como Kleitos, admiravam sua elegância, o perfil de comandante, o porte real, a postura marcial. Mas, sob o mármore da escultura, toda uma rede de artérias e veias corria, transportando confusamente o instinto da vida e o da morte, a inteligência e a crueldade, sentimentos extremos e às vezes incontroláveis.

Alexandre olhou para Kleitos com uma ponta de desprezo e exclamou em voz alta, para que todos o ouvissem:

— Vou dizer-lhe uma coisa, meu irmão: concordei com seus desejos e os de Parmênion, mas não deveria tê-lo feito. Algo me diz que os judeus irão nos amaldiçoar e nos trazer a desgraça. Até agora, não conhecemos senão vitórias, porque não poupamos ninguém que nos pudesse prejudicar.

Kleitos teve um gesto de desdém e atreveu-se a interromper o rei:

— Vamos, o que podem contra nós algumas centenas de judeus? Eles são menos nocivos do que os mosquitos que dizimam suas tropas.

Alexandre replicou:

— Sem dúvida, não posso fazer nada contra os mosquitos, senão esmagar o maior número deles, pois é impossível acabar com milhares de insetos que se reproduzem de um dia para o outro.

Com ironia, prosseguiu:

— Você não tem a impressão de que os judeus se reproduzem tão rápido quanto os insetos? Desde os tempos em que começaram a ser dizimados, não deveria ter sobrado nenhum!

Kleitos respondeu:

— Essa comparação não tem nada de inteligente. Não existe povo mais reduzido do que o judeu, nem mais disperso e nem mais oprimido.

Alexandre exclamou:

— E como me explica o fato de que seja visto por toda parte?

— Você só vê o que quer ver. Só ouve o que quer ouvir. Só escuta a si mesmo!

— São os privilégios do comandante...

Contrariado com as críticas de Kleitos, Alexandre retomou:

— Diga-me ainda outra coisa: De onde tiram eles sua força, essa força que os une, que os agrega?

— Você me pergunta o que já sabe. E, ao me fazer essas perguntas, espera lançar-me no campo deles! Ou, ainda pior, fazer-me passar por traidor.

Com um sorriso, Alexandre respondeu:

— É verdade. Gostaria que me tivesse dito: "A força deles é seu deus único e indivisível!"

Kleitos retorquiu:

— Muito bem, digo e afirmo: Nós, gregos, nos dispersamos em meio a nossas divindades. Eles, os judeus, se agrupam e só escutam uma única voz.

Cada vez mais irritado, Alexandre respondeu:

— Ao defender os judeus, você critica os gregos. É um erro que não posso perdoar. E digo-lhe com toda a franqueza: lamento ter dado minha palavra sobre sua partida.

E, encarando Kleitos com olhos de maldade, concluiu:

— Tranqüilize-se, não faltarei com ela.

Hefestion achou bom intervir:

— E por que você não faltaria com ela? Quem, a não ser Kleitos ou Parmênion, poderia reprová-lo? O que você teme? Você não é o rei do mundo?

Soberbo em sua nudez, mas sentindo-se subitamente frágil, Alexandre confessou:

— Na verdade, não estou tão afastado de Kleitos como pode parecer, pois temo o deus dos judeus. Lembra-se das pragas do Egito e do que aconteceu com os exércitos do faraó?

Hefestion exclamou:

— Mas você mesmo é deus!

Dando-lhe uma palmadinha nas nádegas, Alexandre disse:

— Sua pele é mais suave do que a seda, e seus elogios, tão deliciosos quanto o mel... Mas já viu, por acaso, algum de nossos deuses se arrepender de uma decisão e conceder o perdão a quem quer que seja? É melhor prestar atenção ao que se seguirá, e então terá a prova de que ainda não é chegada a hora de me idolatrar.

O rei dos reis designou ao longe o local ainda ocupado pelos judeus, onde homens e cavalos, carroças cheias de feridos, mulheres e crianças preparavam-se para levantar acampamento.

Olhou para Hefestion diretamente nos olhos e disse:

— Se um homem mata outro, dizemos que é um assassino. Se o mesmo homem mata muitos outros, dizemos que é um herói. E se esse mesmo homem mata todos os outros homens, então dizemos que ele é um deus...

Hefestion pareceu refletir por alguns momentos, depois lançou:

— Muito bem, o que está esperando?

✡

Tendo a escura noite caído sobre a cidade, o *hazan* substituiu as velas do candelabro de sete ramificações e as acendeu.

Aqueles gestos bastaram para distrair a atenção da assistência. Ouviram-se ruídos de bancos arrastados, um ligeiro tumulto e algumas conversas.

Percebendo que quase não mais o ouviam, Ezra se interrompeu e fez menção de fechar novamente o livro, como se de fato ele existisse.

As pessoas se aproveitaram daquela interrupção para esticar as pernas e aliviar-se. O prazer com que o fizeram foi tão grande quanto se estivessem se contendo há quatro séculos.

As mulheres aguardaram a volta dos homens e também elas saíram.

Quando todos retornaram a seus lugares, Ezra dirigiu um sorriso ao Estrangeiro e retomou sua narrativa

✡

O livro de Ezra

Quando Saul voltou a si, todos tiveram a impressão de que ele havia se afastado de si mesmo. Fraco, magro, julgaram-no presa de todo tipo de divagações.

Como todos se inquietassem, ele reuniu seus parentes e lhes dirigiu o seguinte discurso:

— Dizem-me que fiquei muito longe de vocês, inerte e pesado, durante um tempo que me pareceu considerável: desde a lua crescente até a lua minguante. Quererá isso dizer que a lua lançou-me finalmente de volta para vocês, a fim de que eu os conduza, ó meus caros companheiros, para aquele mundo de elefantes, do qual estou de regresso? Sinceramente, penso isso. Eu estava junto de meu doce irmão. E nós dois sobrevoamos os desertos do Kavir e do Lut, sobre dunas e pantanais, rios em cheia, uádis secos. Sobrevoamos também, com os braços abertos, a Carmânia e a Gedrósia, a Aracósia e a Dranguiana, onde muitos povos vivem no terror de Alexandre, organizando-se para deter sua marcha enlouquecida.

"Das nuvens em que eu evoluía, enquanto meu pobre corpo era sacudido nesta carroça, eu aplaudia Boaz e Dã por ultrapassarem a tropa de Parmênion, tomando um caminho paralelo ao dele. Em alguns dias, deveremos chegar ao esconderijo de Dario antes que Parmênion, que se lançou em sua perseguição, o alcance. E, de acordo com a sua atitude e suas respostas, decidiremos apoiá-lo ou abandoná-lo."

Fez um gesto para demonstrar que nada daquilo tinha importância e prosseguiu:

— Mas deixem-me vagar ainda, arrastado por meu irmão gêmeo pelo universo dos céus, onde transpusemos sem a menor dificuldade imensas cadeias de montanhas. Aspirados pelas correntezas, derivamos um pouco para Oeste, descobrindo a Bactriana, a Hircânia, os desertos de Kara-Kum e de Kizil-Kum, e também a Sogdiana, todo um mundo terrestre de desolação, onde pareciam cintilar como estrelas as cidades de Bucara e de Samarcanda. Mais longe ainda, pudemos perceber tribos cujos membros usam chapéus compridos, vimos também homens fumando ervas alucinógenas em longos cachimbos. Sobrevoamos imensos rios, o Amu e o Syr. E, adiante, em direção ao Leste, passamos perto da cordilheira Hindu Kush, incríveis montanhas eriçadas de picos agudos, como as nossas *sarissas*. Pareciam intransponíveis, pois raros são os desfiladeiros e as gargantas que permitem a passagem. Naqueles lugares, o mundo não era mais humano, apenas mineral, com barreiras de gelo, vales naufragados e platôs destruídos. Ninguém teria a idéia de se aventurar neles, porque, irremediavelmente, caminharia em direção à morte. E, no entanto, meus irmãos, tive a intuição de que o exército de Alexandre ali se introduziria. Mais forte do que o pressentimento foi a minha visão, pois o grande exército apareceu-me com nitidez. Ele penetrava e massacrava todas aquelas vastidões que mencionei e que percorri em espírito, enquanto meu corpo aqui permanecia, recebendo os cuidados de Tová, minha esposa.

Saul adivinhou os pensamentos de Boaz e quis tranqüilizar suas irmãs. Olhou para os que o cercavam e acrescentou:

— Peço-lhes, não me tomem por um iluminado. Não sou nem profeta de bazar, nem adivinho da corte. Relato apenas o que vi, e vi o que lhes relato. Certamente, entre o Saul de antes de Gaugamela e o Saul de depois da batalha nasceu outro Saul, a quem faltará sempre um muro contra o qual se apoiar; faltará sempre um espelho no qual se olhar, sempre um irmão a tomar como modelo. Deus, quando chamou David para junto de si, amputou metade de mim. Hoje, não me restam senão um só braço, uma só perna, um só olho. Mas, tranqüilizem-se: o olho ainda está bom. E o que ele percebeu do outro lado da cordilheira Hindu Kush deveria espantá-los e talvez até levá-los a refletir sobre a premonição de meu irmão.

Todos o escutavam com tanta atenção que ele moderou seu tom. Depois de uma curta pausa, prosseguiu:

— Imaginem uma planície verdejante, cinco vezes mais vasta do que os reinos de Judá e de Samaria juntos, estendendo-se — é apenas um exemplo — entre o Tigre e o Eufrates, em sua parte mais larga. Imaginem, ainda, o deserto de Thar, indo do mar Morto até Mênfis. Pensem num rio da importância do Nilo, e dois outros da importância do Jordão, banhando imensas florestas virgens e culturas luxuriantes, cujas árvores eu não saberia dizer os nomes, nem os das plantas, pois nada semelhante existe em nossas regiões.

Saul interrompeu-se bruscamente para avaliar a surpresa que havia provocado.

Um pouco decepcionado, prosseguiu:

— Vejo que isso tudo lhes sugere apenas imagens imprecisas e nenhuma emoção. E mesmo que eu lhes dissesse que esse país não é outro senão o reino de Paurava, vocês não teriam reação diversa, pois se David não me tivesse conduzido pela mão, pelas portas do céu, eu haveria de pensar como vocês, dizendo a mim mesmo: "Esse aí está louco! O que está nos contando? E o que temos a ver com isso?"

Esgotado, Saul teve de se interromper novamente. Dessa vez, não estava procurando avaliar o efeito produzido: não era possível passar 28 dias desacordado, viajando pelos mundos celestiais, sem ficar com alguma fraqueza. Retomando o fôlego, ele prosseguiu:

— Agora talvez vocês tremam de emoção, pois chegou o momento de lhes declarar que o reino de Paurava é aquele mesmo reino dos elefantes.

Como se espantassem, ele exclamou:

— Eles existem aos milhares, selvagens, pelas florestas. Milhares de outros, domesticados, participam das grandes obras do país e compõem a ponta de lança do exército real: uma muralha de carne e de proteção, contra a qual virão chocar-se as tropas de Alexandre.

Como continuassem olhando incrédulos para ele, Saul tornou-se mais persuasivo:

— É verdade! O macedônio é louco o bastante para transpor a cordilheira Hindu Kush. Intrépido o suficiente para atacar o rei Paurava. Vil o bastante para se lançar sobre suas riquezas. E muito bom estrategista para atacar além do Indus, rio que irá atravessar sobre jangadas. Entretanto, não é suficientemente informado, pois logo se verá contido por um segundo rio, o Jhelum, com um quilômetro de largura.

Como Boaz e Dã desejassem pressioná-lo com perguntas, ele lhes pediu paciência, afirmando irremediavelmente:

— Nós vamos nos adiantar ao grande exército e fazer aliança com o rei Paurava!

Imediatamente Boaz se sobressaltou:

— Mas é inacreditável, irmãozinho! Você volta de repente e, sem ao menos nos consultar e nos avaliar, já nos engaja numa batalha extraordinária!

Saul protestou:

— Por enquanto, comunico-lhes meus projetos. Mais tarde, discutiremos sobre isso. Mas, agora, digam-me: quantos cavaleiros nos restam?

— Não somos mais do que 684.

Saul, que não esperava semelhante tragédia, repetiu para si mesmo:

— Seiscentos e oitenta e quatro...

— Sim, meu irmão. Em Gaugamela, morreram 900 em conseqüência dos ferimentos; 316 pereceram de moléstias e de fadiga. E, dos 684 que ainda estão em pé, quase a metade não está em condições de combater.

Saul refletiu por um curto instante e exclamou:

— Nós nos reconstituiremos no país de Dario. Alistaremos persas, compraremos cavalos!

Boaz insistiu:

— Repito que nossa cavalaria não passa, agora, da sombra do que foi. Nossos cavalos estão mancando, nossos lanceiros estão esgotados. Só temos mantimentos para alguns dias.

Saul ouvia apenas a voz de Deus. E Deus, naquele dia, acompanhava-o em cada um de seus gestos, em cada uma de suas palavras. Disse:

— Pouco me importam suas queixas e suas contas! Se nossa cavalaria agora só existe na lembrança de Alexandre, pois muito bem: organizaremos uma tropa para perseguir a dele e derrotá-la.

Boaz enfrentou com altivez o olhar de Saul e replicou:

— Veja bem, você retorna do país das utopias, e o mundo dos elefantes sai diretamente de seu sonho. Vamos, irmãozinho! Com que dinheiro você pensa organizar a sua tropa? Como irá equipá-la? Onde conseguirá pontes e jangadas, carroças e armas de assalto?

Saul escutou primeiramente a voz de Deus, transmitindo depois, calmamente, as palavras do Eterno:

— Primeiro, conseguiremos gente e materiais na terra de Dario. Depois, quando estiver reforçado e recomposto, nosso regimento se esconderá nas colinas de Ecbátana. Deixaremos passar a tropa de Parmênion, mas, assim que a maior parte dela tiver desaparecido, atacaremos as colunas da retaguarda e as saquearemos.

— Os despojos de Parmênion?

— Sim, os despojos de Parmênion e também os de Kleitos.

Contrariado, Boaz exclamou:

— Por que atacar Parmênion e Kleitos? Eles nos ajudaram a enterrar nossos mortos, eles negociaram a nossa partida. Se é preciso se apoderar de despojos de guerra, roube pelo menos os de Alexandre!

— Alexandre? Ora, ora, você está brincando. Pode ser que eu venha do país das utopias como você diz; porém, daquele pesadelo, eu pude perceber outro. Sim, meu irmão, eu vi a Babilônia devastada, Nínive arrasada. E, em breve, o mesmo acontecerá com Susa. Por onde

Alexandre passa, tudo perece. Dizem que ele se toma por Amon e que pode matar a própria morte. Ele proíbe o luto, a manifestação da dor.

E como Dã se mostrasse perplexo, Saul acrescentou:

— Vejam, meus irmãos, se fôssemos comparar os quilômetros que nos separam hoje de Alexandre com os que nos separam do rei Paurava, eu diria que há três vezes mais caminho a percorrer até chegarmos ao reino dos elefantes, mas que muito mais vale caminhar para a frente do que para trás!

Boaz olhou para Dã. Procurava um apoio e o obteve. Ambos estavam ligados por uma amizade sem limites, ainda mais reforçada por sua condição de escravos libertos. Desde a morte de David e o coma de Saul, haviam dividido o comando da cavalaria e tiveram de resolver muitas situações delicadas e safar-se de outras tantas provações perigosas.

Assim, pretendiam ir até Dario mais por instinto do que pela razão ou por obrigação. Esperavam muito desse encontro com o rei da Pérsia, cujas linhas haviam transposto em Gaugamela.

Do encontro dependia o futuro da cavalaria. Se Dario aceitasse a aliança, o regimento tomaria novo impulso. Caso contrário, ele não teria mais razão para existir, e os homens retornariam ao país de Mênfis.

Então, Boaz adotou um ar de seriedade e alertou Saul:

— Você nos fala a respeito de expedições num mundo em que nenhum judeu ou grego nem mesmo algum bárbaro da Europa jamais pôs os pés. Não pretendemos contrariá-lo, muito menos atrapalhar seus projetos, mas queríamos apenas fazê-lo perceber que, a cada dia que passa, nós nos afastamos um pouco mais de Israel e, de ações em ações, cada vez mais da missão dos Manassés.

Saul sobressaltou-se ao ouvir aquelas palavras:

— Quanto mais eu me afastar de Israel, mais Israel estará dentro de mim. Quanto mais macedônios eu matar, menos temerei por Israel!

Boaz aprovou com um gesto de cabeça, porém continuou no mesmo tom:

— Não fique zangado. Sabe que lhe sou devotado de corpo e alma e que daria minha vida por você. Entretanto, uma questão me queima os lábios e embaralha a minha razão: De onde você tirou tudo que há pouco nos contou? Onde aprendeu todas aquelas coisas sobre os mundos? Viajou de fato sobre as nuvens, planou como uma águia acima das montanhas e dos rios, na companhia de seu irmão David? Ensine-nos o segredo, pois, tanto para mim como para todos nós, você jamais deixou esta carroça onde cada um de nós o velava em turnos, molhando seus lábios com a mais pura água.

Tocado pela sinceridade de seu antigo escravo, Saul explicou-se:

— Molharam meus lábios com a mais pura água, e eu lhes agradeço. Velaram-me, mas quem lhes garante que não adormeceram? E o que importa isso? A verdade não está aí! Não voei senão em sonhos. Viajei pelo pensamento durante todo um ciclo lunar. Talvez tenha captado alguns sinais nas estrelas... Talvez tenha encontrado bons gênios em meu delírio que me iluminaram com seu saber... Não nego os efeitos sobrenaturais que a dor moral pode engendrar sobre a alma, e que, então, provocou em mim percepções sobrenaturais que me expõem a imprevisíveis transfigurações. No meu caso, ninguém mais do que a alma de meu irmão me guiou. É claro, sou incapaz de lhes dizer de que maneira ela me levou, nem sobre que barca ou sobre qual nuvem fui transportado. Tudo que sei é que ela me indicava o caminho, designando o espaço que descobríamos pelos nomes correspondentes. E, durante 28 dias e 28 noites, enquanto íamos juntos, a alma de meu irmão, por montes e vales, de vertigem em vertigem, não cessou de me fazer cruzar com a de Alexandre. Dizer-lhe que ela é negra é banal. Dizer-lhe que é uma grande alma seria falso. Dizer-lhe que é uma alma penada seria mentir. E, no entanto, eu a segui e encontrei-me sob a tenda de Alexandre. O bruto dormia como um anjo. Aproveitei para vestir seu dólmã vermelho e colocar seu capacete de plumas brancas.

"Talvez tenha me introduzido em seu corpo. De qualquer modo, penetrei sua medula e envolvi seu cérebro. Passei por dentro de seus projetos e compreendi suas intenções. Atravessei todo um período lunar, sim, desde quando o astro estava vazio até ficar pleno, preparando a invasão do país dos elefantes. Elemento por elemento, metro por metro, montanha após montanha, rio após rio, tudo foi previsto por mim. E, sobre o Indus, cheguei até Parmênion. O pobre homem espumava no encalço da cavalaria judaica, que o despojou de sua fortuna. Mais enfurecido do que Parmênion estava Ptolomeu. Seus despojos valiam quatro vezes mais do que os de meu velho e pesado general. Os judeus mataram dois coelhos com uma só cajadada. Apenas Kleitos ria, porque Kleitos nada mais tinha senão sua liberdade de falar. E o riso de Kleitos me despertou. Abri meus olhos e os vi, debruçados sobre mim, à espera, com o coração cheio de alegria só por me verem mover as pálpebras. Eu, então, compreendi que estava desembarcando de um universo governado pelos sonhos..."

E assim se cumpriu o sonho de Saul. Primeiro, foram ao encontro de Dario, mas, infelizmente, chegaram tarde demais: o governador a quem ele havia pedido refúgio achou mais lucrativo assassiná-lo do que abrigá-lo.

O rei jazia sobre uma poça de sangue. Jamais saberemos se era, de fato, neto da rainha Esther e de Assuero. Saul, que jamais deixava de usar seu manto bordado com as armas de Israel, retirou-o e com ele cobriu o corpo de Dario.

Foi chorado por sua guarda, dizimada em parte e que lhe permanecera fiel. Os restos mortais do rei persa foram escoltados até Susa, onde Alexandre, agora senhor da capital, preparou-lhe funerais grandiosos, prova de que chefes da mesma posição podem lutar até a morte e, ao mesmo tempo, estimar-se por toda a vida. Só a tropa atira contra o inimigo sem experimentar nenhum estado de alma. A alma, a honra, o respeito mútuo são privilégios daqueles que conduzem o jogo da guerra e empurram os homens como se fossem peões de xadrez.

Cerca de 300 soldados persas e outros tantos hircanianos e khorezmianos, poupados pelos mercenários do sátrapa Beso, o assassino de Dario, de quem se dizia que sua fuga não teria mais fim, alistaram-se na cavalaria judaica. Ela era agora composta por uma tropa heterogênea, de minoria hebréia. E os comandantes mal tiveram tempo para se pronunciar diante dos novos recrutas, a maioria composta de terríveis assassinos, e já se anunciava, pelos mensageiros, a chegada dos regimentos de Parmênion, lançados em perseguição a Beso. O traidor não havia se contentado apenas em assassinar, mas também havia roubado todo o tesouro real, incontáveis reservas de ouro, prata e jóias, um total que representava soma incalculável, atrás da qual Parmênion e também Alexandre, enfim, todo o exército, iriam lançar-se em breve.

E aquele inesperado acontecimento era bastante propício aos planos de Saul. Permitia à sua cavalaria ganhar um tempo precioso sobre os gregos, ocupados em correr atrás de um tesouro.

Escondidos em meio às rochas escarpadas, Saul e seus homens, a pé, empunhando suas *sarissas*, o punhal entre os dentes, os arcos esticados prontos para lançar suas flechas, observavam a passagem das tropas de Parmênion, que seguiam, de nada desconfiando, em longas colunas desordenadas. Em primeiro lugar, vinham os carros de combate e os agrianos; depois, os falangistas, os arqueiros e os soldados da infantaria.

Despidos de suas armaduras e equipamentos, os lanceiros e os encouraçados fechavam tranqüilamente a marcha. Em caso de perigo, um bom galope lhes seria suficiente para recuperar todos os homens e distribuí-los em suas alas.

Depois disso, avançavam diferentes tropas ligadas à intendência ou às equipes de construção, toda espécie de plataformas com oito a 16 rodas suportando máquinas de guerra e habitações. No total, o exército de Parmênion, incluindo os agrianos e os átalos, não contava com mais do que 31 mil combatentes, dos quais três mil eram operários, artesãos e técnicos designados para diversos postos fixos.

Saul deixou que o exército grego saísse do desfiladeiro que ele dominava e esperou a chegada da multidão de carroções e de carretas, transportando civis junto com os resultados dos saques.

Se a poeira levantada impedia que se distinguissem os diversos tipos de carroças, em compensação era impossível se enganar sobre aquelas que transportavam os tesouros de guerra. Puxadas por arreios de oito cavalos ou mais, elas vinham em grupos de 10, escoltadas por lanceiros e homens a pé. Não se sabia quais delas guardavam as cargas mais preciosas e nem mesmo se algumas, apesar de fortemente vigiadas, estariam vazias, a fim de iludir eventuais ladrões.

O mais certo seria apossar-se dos dois últimos conjuntos, compostos, cada um, de 10 carroças, e neutralizar as escoltas, precipitando-se sobre elas. Tinha sido com esse objetivo que haviam reconstituído o Regimento dos Duzentos, ao qual os numerosos assassinos khorezmianos e citas emprestavam toda a sua técnica.

Enquanto o grupo de assalto aguardava o momento propício, outros elementos da cavalaria judaica, comandados por Boaz e dispostos dos dois lados do desfiladeiro, preparavam-se para obstruí-lo, empurrando enormes rochedos sobre ele.

E quando Saul deu o sinal para o ataque, viu-se espalharem-se, num conjunto de grande beleza, o grupo dos Duzentos, apoiados por seus mercenários.

Chegando a uma razoável distância, eles se lançaram de todos os lados, caindo tanto sobre os cavaleiros quanto sobre os homens a pé. Surpresos, tomados de pavor, os soldados gregos passaram da vida para a morte sem sequer se darem conta do que lhes estava acontecendo. Em poucos minutos, foram todos devidamente massacrados. Só ficaram vivos os condutores dos transportes, forçados a dar meia-volta sobre os eixos das rodas.

Uma vez executada a manobra, as carroças partiram a grande velocidade, ladeadas pelos Duzentos.

No mesmo momento, Boaz, que controlava as elevações do desfiladeiro, ordenou que se acionassem as alavancas.

Então desmoronaram, com um pavoroso rugido de terremoto, superfícies inteiras de barreiras rochosas, blocos de 10 toneladas ou mais, que rolaram esmagando tudo à sua volta e tornando impossível, dali em diante, a passagem dos lanceiros e encouraçados de Parmênion.

Reunidos novamente num esconderijo de águias, ao abrigo das perseguições, depois que uma brigada de batedores especialmente treinados limpou toda a área de possíveis pistas, os chefes da cavalaria judaica puderam, enfim, abrir os carroções e contemplar os tesouros de guerra. Havia ali 18 mil talentos de prata e 1.200 lingotes de ouro. Havia também jóias de beleza incomparável: rubis, safiras, esmeraldas, diamantes, e tudo cintilava ao clarão das tochas. Reluziam, também, coroas e tiaras de todos os tipos, objetos de culto de ouro maciço. Vinham ainda sacos de juta repletos de minérios preciosos a serem lapidados.

Após distribuir a cada um a parte que lhe cabia, Saul estava agora em condições de organizar um exército. Antes de mais nada, tinha com que equipá-lo, alimentar e pagar-lhe o soldo durante muitos anos.

É que os carroções não continham somente as riquezas acumuladas por Parmênion e Átalos desde sua campanha da Frígia. A elas se juntavam os despojos pessoais de Ptolomeu, um tesouro imenso, que ele tentou em vão recuperar, fazendo os judeus do reino de Judá pagarem muito caro por isso.

Outros carroções confiscados durante aquele audacioso *raid* transportavam moedas provenientes de todos os lugares do Oriente. E outros, ainda, continham títulos de propriedade e de soberania, bibliotecas inteiras de papiros e pergaminhos, tabuinhas com caracteres cuneiformes e hieroglíficos. Ali também estava classificada e anotada uma enorme quantidade de textos gregos que tratavam de estratégia militar e de filosofia, dos deveres do cidadão e da função dos governantes, da vida quotidiana e da vida espiritual.

Quando Dã, por acaso, deparou-se com uma longa carta de Aristóteles dirigida a Alexandre, seu aluno real — carta que Calístenes lhe transmitiu com o risco de precipitar seu fim —, ele não pôde se impedir de reunir os oficiais judeus para ler-lhes alguns trechos:

Um rei deve reunir em si duas qualidades que me parecem essenciais: ser amado pelo povo e admirado por suas ações.

Evite dar ouvidos às denúncias do delator que gostaria de arruinar seus melhores amigos. Não se deixe levar pela cólera contra eles, mesmo se souber que alguns tentam rivalizar ou desejam igualá-lo na dignidade e nos grandes desígnios.

Não ofenda ninguém com alguma ordem que faria de você não um mestre, mas um senhor; não um rei, mas um tirano detestável.

Seria bom para sua autoridade e contribuiria para consolidar sua reputação e sua grandeza que deportasse da Grécia toda a elite persa. Tome o exemplo dos assírios e dos babilônios, que receberam a elite judaica e tiveram grande proveito com isso.

Sei muito bem que seu espírito aspira às expedições militares. Mas guarde presente em sua memória as desgraças infligidas ao gênero humano pelos revezes da fortuna e pela adversidade.

Seu poder supremo será mais glorioso e honrado se você se ativer ao bem-estar do povo. Exercer o poder sobre homens livres e nobres vale mais do que dominar escravos, mesmo que em grande número.

Saiba que todo ultraje à sua dignidade é mais cruel para os homens livres do que um ultraje à sua fortuna e a seu corpo. Pois eles dariam de bom grado sua fortuna e seus corpos para conservar intactas sua nobreza e sua dignidade.

Lembre-se de que os dias passam sobre todas as coisas. Eles atenuam as ações, apagam as obras, fazem morrer a lembrança, com exceção daquilo que fica gravado no coração dos homens pelo amor ou pelo ódio que transmitem de geração em geração.

Os conselhos de Aristóteles a Alexandre foram muito comentados por Saul e os seus. Não ignoravam que o filósofo havia sido chamado por Felipe da Macedônia para educar seu jovem filho Alexandre.

O trecho relativo à expulsão dos persas da Grécia atingiu-os especialmente. Um outro, entretanto, animou-os:

Saiba que há três coisas pelas quais deixamos uma bela memória e uma glória igualmente grande: a primeira são leis justas e dignas. A segunda, outra coisa não é — a exemplo de Temístocles e Brasidas — senão a ciência dos combates e da guerra. A terceira é a fundação de cidades, pois muitos construtores adquiriram assim sua glória, e a lembrança deles se espalha para sempre, ao longe, graças a essas cidades que ainda estão de pé.

A Grécia era tão distante do Império persa que Aristóteles certamente não teria a noção do quanto estava sendo ouvido. Em cada região conquistada, Alexandre fundava uma Alexandria. Ele próprio colocava a pedra fundamental, depois deixava aos arquitetos e escravos a tarefa de construir a cidade.

Já existia a Alexandria do Egito. Em breve se ergueria, mais ou menos vasta, mais ou menos influente, a Alexandria de Rakotis, a Alexandria do Cáucaso, a Alexandria de Suziana, a Alexandria de Oxus, a Alexandria de Iaxarte, a Alexandria de Sogda e das Oritas, a maior parte delas construída em terras dos atuais Afeganistão, Penjab e Paquistão.

Em todos os lugares por que passava, Alexandre deixava seu nome na areia e na pedra. Deixava também rios de sangue, montanhas de ódio. E não só em terra estrangeira. Em todos os níveis de seu exército, desde o simples soldado até o mais prestigioso dos generais, o descontentamento e a revolta, a desobediência e o motim cresciam ao mesmo tempo que o império se ampliava.

A questão de saber se Alexandre, o Grande, não passava de uma emanação de Aristóteles, vivendo apenas graças a ele, agindo apenas sob seu aconselhamento, provocou um verdadeiro debate de idéias entre os oficiais da cavalaria. Em vão procuraram naquele texto de 28 páginas alguma alusão à pederastia, ao prestígio e à coragem que ela prodigalizava a seus adeptos. Nada disso foi encontrado.

Como a noite avançava e os olhos não se fechavam — já que o espírito estava em ebulição —, Saul mandou trazer alguns barris de vinho tinto, que seguiam junto aos tesouros de Parmênion e Ptolomeu.

Ao ver que já se começavam a abrir os barris, ele se voltou na direção de Jerusalém e pronunciou estas palavras:

— Não há vitória sem festa, como também não há derrota sem tristeza ou mortos sem luto, nem ambição sem exaltação interior. E toda a exaltação contida deverá, forçosamente, jorrar a qualquer momento. Meus amigos, é chegado agora esse momento, apesar da vontade do Eterno, que nos limita à frugalidade e nos proíbe o consumo de álcool. E é por isso que me dirijo a Ele diante de vocês. E digo-Lhe que nosso exército é Dele e que combaterá onde quer que Ele julgue necessário enviá-lo, até mesmo naquele longínquo reino dos elefantes, onde os homens não acreditam num deus único, mas numa multidão de divindades.

Observou por longo tempo seus homens, que quase não praticavam mais a religião em sua estrita ortodoxia, mas nem por isso eram menos impregnados por ela. A não ser os mercenários e o restante da guarda persa, recentemente alistados, que adoravam seus próprios deuses ou se submetiam às forças da natureza, os judeus da cavalaria orgulhavam-se de combater por Israel, mesmo que a cada dia se distanciassem um pouco mais de lá.

Então, Saul prosseguiu:

— Escutem-me bem, irmãos de sangue e de raça, e também vocês, povos estrangeiros e amigos. Esta noite, o deus dos judeus autoriza-os a molhar seus lábios nessas taças que trazemos todos à cintura. Elas não são em nada comparáveis às taças e ao *hanap* que os gregos esvaziam gulosamente antes de se lançar uns sobre os outros.

E deu um especial destaque àquela última expressão. E, como todos a comentassem ruidosamente, pediu silêncio:

— Ouçam, irmãos, ainda esta noite tenho algo a lhes propor muito melhor do que os desejos vulgares.

Encarou fixamente Dã e Boaz, depois os interpelou:

— A vocês, Boaz e Dã, companheiros de sempre, eu ofereço em casamento minhas duas jovens irmãs.

Dirigindo-se aos demais oficiais, ele continuou:

— A vocês, meus fiéis e bravos, ordeno que desposem as 22 moças que foram raptadas juntamente com minhas irmãs, pelo regimento dos Duzentos que David comandou. Penso ser esta a vontade de Deus: que não haja cópula antes do casamento, a fim de preservar a semente para fecundas e felizes colheitas.

Gritos de alegria explodiram dos quatro cantos do esconderijo. Depois, ouviu-se a voz indignada de Boaz encobrindo o murmúrio:

— Pretende casar-me pela segunda vez com uma de suas irmãs? Esquece-se de Raquel e do filho que ela me deu?

Saul pronunciou, então, as palavras apropriadas:

— Não me esqueço nem de Raquel, nem de seu filho. Mas ninguém aqui poderá lhe guardar rancor se tomar uma segunda esposa, pois é certo que jamais voltará a ver a primeira! Além disso, você me daria muita honra casando-se com Lea!

Olhou sorrindo para Boaz e acrescentou:

— A não ser que você prefira Ruth...

Desarmado, Boaz devolveu o sorriso e perguntou:

— Quem me garante que o Eterno não irá me condenar?

— A *Torah* lhe garante, já que permite aos viajantes e viúvos fundarem um novo lar.

— Está certo disso?

Saul não tinha certeza absoluta, mas perjurou sem pestanejar:

— Coloco minha mão sobre o coração e declaro: que *Elohim* me fulmine se estou mentindo para você!

Elevaram-se vozes em apoio a Saul. Outros perguntaram:

— E quem vai nos unir segundo as leis? Existe algum rabino entre nós?

Saul conhecia a resposta, mas colocou também a questão:

— Existe algum rabino entre nós?

Isaac, companheiro desde os primeiros dias, após um esforço interior, disse:

— Eu não sou rabino e não estou dizendo nada de novo a vocês sobre mim. No entanto, tenho bastante pureza, tanto no coração quanto no corpo, para poder realizar a união das pessoas. Meu pai era *hazan* na sinagoga de Mênfis, a da cidade alta, e eu o vi tantas vezes unir os casais, que me sinto capaz de realizar o ritual. E, se eu cometer algum erro ou esquecimento, *Elohim* haverá de me perdoar, pois sei como nossa Bíblia condena os celibatários.

Impressionado com as palavras do lanceiro Isaac, que normalmente se mostrava tão tímido quanto mudo, Saul o saudou:

— Agradeço-lhe pela proposta de seus serviços, e seu discurso é tão leal e puro que, por meu turno, terei o maior prazer em uni-lo a uma de nossas jovens.

Isaac ficou rubro e se calou.

Como Saul insistisse, ele confessou:

— Peço perdão a suas irmãs e a todas as jovens que libertamos com a ajuda dos Duzentos e de seu irmão. Entretanto, há uma coisa que me impede de tomar alguma delas como esposa.

Saul pressentia a natureza daquele sentimento. Apesar disso, perguntou:

— E que coisa é essa?

Perturbado, Isaac não tinha coragem de falar, mas, pressionado a responder, acabou balbuciando:

— É que as nossas jovens não são mais virgens...

Aquela reflexão provocou reações diversas entre partidários de duas facções. E as discussões foram tão acaloradas que acabaram degenerando num verdadeiro tumulto.

Ensurdecido com a ressonância que percorria as paredes da gruta, Saul bateu palmas e exigiu silêncio. E, quando o silêncio se fez, ele falou:

— Se Isaac pensa que nossas jovens são prostitutas, ele está muito enganado. E eu lhe digo bem alto e bem forte, como digo a todos vocês: nossas jovens brilham com a mais pura de todas as luzes. Elas possuem a graça maravilhosa das crianças de Israel prometidas em casamento. Elas resplandecem de inocência e de imaturidade. Só quem aceita a sujeira pode sujar-se. Mas as que jamais concederam favores aos brutos que as possuíam, essas são imaculadas, feitas de ouro e cristal.

Dirigindo-se a Isaac, acrescentou:

— A jovem que você escolher é virgem de prazer. Virgem de carícias e de ternura. Virgem de afeto e de paixão. Nela, dia após dia, você descobrirá tesouros ocultos muito mais preciosos do que esses despojos de guerra que roubamos dos gregos. Ela deixará, talvez, que se aposse do bem que possui no fundo de si mesma, já que metade dele é sua por direito, mas nunca se esqueça de que a outra metade está dentro de você...

Algum tempo mais tarde, a 15 dias de cavalgada, um emissário de Parmênion, enviado a Alexandre, chegava aos arredores de Susa. Penetrou uma cidade em festa, onde acontecia a mais grandiosa e faustosa das cerimônias, para não dizer a mais espantosa, fazendo pensar que todas as pompas e todos os aparatos do Oriente coloriam a cidade com as tonalidades da glória.

Na verdade estava acontecendo, sob a égide de Alexandre, autoproclamado rei da Pérsia, a união de 10 mil soldados seus com 10 mil moças persas.

Assim eram os macedônios: por um lado incendiavam, massacravam; por outro, mesclavam seu sangue ao dos autóctones, tanto gregos tornados persas, quanto persas tornados gregos. E, muito mais ainda, crianças greco-persas embaladas, ao mesmo tempo, pelas civilizações helênica e aquemênida.

O próprio Alexandre, após sacrificar ao deus Amon, do Egito, e ao deus Marduk, da Babilônia, agora se interessava particularmente pelo zoroastrismo, cujos adeptos divulgavam essa filosofia antiga em meio às elites do reino. Baseada na transcendência divina e na certeza do triunfo da justiça, a moral de Zaratustra, que impregnou sucessivos séculos e soberanos, só poderia seduzir Alexandre, como também seduziu os Manassés e muitos judeus de Susa.

E a festa, naquele dia, estava no auge da música e da abundância, nos jardins do palácio real do antigo rei Assuero e da rainha Esther, quando o emissário de Parmênion veio estragá-la, relatando ao comandante supremo e a seus generais que a cavalaria judaica tinha se apossado dos tesouros de guerra.

Se a notícia deixou Alexandre apenas irritado, pois sempre reprovara a tolerância de Parmênion para com David, aquele gêmeo desemparelhado, de cuja ousadia ele nem sequer suspeitava, o mesmo não se passou com Ptolomeu, um de seus oficiais superiores mais hipócritas e aduladores, que se via assim despojado de todos os seus bens. Tomado de cólera furiosa, pôs-se a amaldiçoar todos os judeus da Terra. Expulsou imediatamente a jovem persa que o mestre havia escolhido para ele e abandonou o alojamento dos oficiais.

Ao ver seus olhos pegando fogo, o rei perguntou:

— Para onde corre assim, tão apressado?

A resposta não demorou:

— Vou correndo matar judeus, e se você tem algum amor por mim virá também caçar comigo.

O rei pretextou seus compromissos, que o retinham entre os notáveis persas, mas em seguida propôs:

— Então leve Hefestion com você. Para matar judeus não tem igual!

Seria aquilo um cumprimento ou uma maledicência?, perguntou-se Hefestion, indeciso. Estava tão embebido de álcool e vinho, havia mastigado e fumado tantas drogas, que apanhou sua espada e seguiu Ptolomeu.

Cerca de 20 outros seguiram-lhes os passos, dirigindo-se todos para o bairro judeu.

Animados de fúria contida por demasiado tempo, pois havia uma semana que não guerreavam, degolaram e apunhalaram todos que encontravam pelo caminho. Quando só havia cadáveres nas ruas desertas, atacaram as casas e incendiaram uma *yeshivá* — a mesma em que antigamente havia ensinado Mardoqueu, o tio da rainha Esther.

Observando queimarem os livros sagrados, Ptolomeu, que em breve seria nomeado faraó pela hierarquia macedônia, exortou os companheiros a novos incêndios e prestou o seguinte juramento:

— Quando terminarem nossas campanhas militares e retornarmos vitoriosos dos confins dos Himalaias, impacientes por voltar a nossas terras de nascimento ou de adoção, e principalmente às terras do Egito, que prefiro a todas as demais, invadirei o reino de Judá e porei todo o povo de joelhos. Ele se arrastará sob o machado e o sabre. Responderá pelo crime cometido contra mim por sua miserável cavalaria.

A História confirma: Ptolomeu não se gabava. À morte de Alexandre, enquanto os generais se destroçavam para se apoderar do império, ele herdou o Egito e manteve seu funesto compromisso.

Saciados de sangue, carregados de sacos cheios de ouro, o bando de Ptolomeu retornava ao antigo palácio do rei Assuero, onde se realizava o mais impressionante de todos os casamentos coletivos.

De súbito, ao virarem num beco, Hefestion, que ia sozinho à frente do grupo, imobilizou-se e levou a mão ao peito. Julgou ser alguma alucinação, alguma peça pregada pelo destino, ou algum sortilégio lançado por um judeu massacrado.

Não era nada disso. A poucos passos dele, armado apenas de seu sorriso, o fantasma de Saul o aguardava.

Desconfiado, Hefestion avançou com a espada em riste e perguntou:

— Quem é você? O que quer de mim?

Aquele que se parecia com Saul respondeu:

— Eu sou quem sou, um judeu de Susa, e estou chegando de mundos distantes, com que comercio!

— E como se chama?

— Eu me chamo Saul, como meu pai, como o pai de meu pai e todos que nos engendraram, desde que fomos forçados a sair de Samaria...

Capturado pelo olhar do jovem, Hefestion teve de se esforçar muito para ocultar sua perturbação.

— Qual é a sua idade?

— Tenho a idade de todos os Saul, pois nenhum Saul digno desse nome merece gozar as alegrias da existência, se não oferecer a vida à sua causa...

— E qual é a sua causa?

A resposta deixou Hefestion gelado:

— Com certeza não é a sua, pois estou vendo sangue de inocentes em suas mãos.

Hefestion teve um sobressalto: aquele Saul era a réplica viva do outro que ele havia assassinado. Os mesmos traços, a mesma estatura, e ainda a arrogância, o olhar penetrante.

Com a chegada do grupo de caçadores, ele retomou a coragem:

— Sei quem você é. Sua causa é a dos Manassés. Você vinga Israel das pretensas desgraças que o atingem.

— Essas "pretensas desgraças" mostram bem sua má-fé. Você mesmo faz parte de nossa desgraça e, como tantos outros, arvora o direito de nos assassinar. Mas nada perde por esperar, pois os Manassés vingarão todos os nossos mortos espalhados pelas ruas.

— E como vai proceder?

— Farei como fez meu avô.

— Quem era seu avô?

— Um comerciante, como eu. Comprava seda, incenso, mirra, os melhores aromas e especiarias da Ásia. Ele abastecia o palácio do rei Assuero, até o dia em que aquele rei, influenciado por seu grão-vizir, pôs na cabeça a idéia de exterminar meu povo. E como meu pai era um manassé, marcado até mesmo em sua carne, o comerciante pacífico se transformou num terrível guerreiro. Organizou a resistência e conseguiu convencer a rainha a dissuadir seu esposo das más intenções para com os seus.

Hefestion, irritado com a pretensão do jovem, no qual via os mesmos defeitos do outro, apontou a espada sobre seu coração e perguntou:

— E você, como um manassé, o que fez de heróico?

— De heróico, o que fiz foi apenas cair morto a seus pés, sem me defender!

— E por que não se defendeu?

— Minha defesa é muito diferente da espada e do punhal. Ela está em minhas palavras, e, se me conceder ainda alguns instantes, irei contar-lhe tudo o que se diz a seu respeito. Quando souber tudo, ficará tão furioso, que não terá outro reflexo senão o de me tirar a vida.

Todo que haviam matado judeus com Hefestion e Ptolomeu escutavam aquele singular diálogo de rua. Todos desejavam, secretamente, a morte do sósia de Saul, que viera provocá-los até mesmo ali. Entretanto, todos, mesmo os mais grosseiros, sentiam um estranho mal-estar.

Prestes a transpassar o jovem manassé, que não possuía outras armas senão suas palavras, Hefestion exclamou:

— Muito bem, fale!

— Está bom, vou falar e dizer-lhe o que todos sabem por aqui, pois desde que retornei da Bactriana — região que ainda não atraiu seus passos e que fica perto do oceano Hircaniano, a 35 dias de caravana — revelei aos judeus de Susa que você não matou o gêmeo que pensava ser Saul, mas sim seu irmão, David.

Hefestion não conseguiu conter sua cólera e enfiou sua espada nas roupas do manassé. Ao ver uma mancha rubra crescer em volta do rasgão, ele disse:

— E por que haveria eu de acreditar em você? Que provas você tem disso?

O jovem ferido respondeu:

— Dar-lhe alguma prova do que lhe falei não está em meus planos.

— E quais são seus planos?

— Meus planos consistem em não deixá-lo em paz. Fique sabendo apenas isto: se você tivesse matado Saul, David não teria podido atacar a coluna de Parmênion com o sucesso que você bem conhece, pois, entre nós, só os chamados Saul têm o poder para exercer a lei de talião.

A essas palavras, Ptolomeu precipitou-se com o punhal à mão. Afastou brutalmente Hefestion e feriu a garganta do judeu:

— Dou-lhe cinco segundos, verme. O que sabe sobre esses miseráveis ladrões? Onde foram parar minhas riquezas?

O ferido respondeu:

— Para que iria eu contar os segundos, se sei que minha hora chegou?

Ptolomeu agarrou o judeu por uma orelha e cortou-a:

— Sabe que sua hora chegou, mas sabe também que vou cortá-lo em tantos pedaços quantos segundos tem uma hora?

Logo arrancou a outra orelha, mas depois disso tornou-se mais conciliador:

— Fale e o pouparei da tortura!

Para surpresa de todos, Hefestion interpôs-se bruscamente:

— Deixe-o. Sou eu o torturado. O suplício dele não irá aplacar o meu tormento.

Dizendo isso, teve de se valer de seu escalão superior e de toda a sua ascendência para trazer Ptolomeu de volta à razão e arrastá-lo para fora do bairro judeu.

O jovem observou os bárbaros se afastarem. Julgando-os suficientemente longe dali, abaixou-se e recolheu suas orelhas. Não, sua hora ainda não havia chegado. Ele ainda merecia gozar das alegrias da existência. Mas... onde estaria a alegria, onde estaria a existência naquela rua...

Saul dava mostras de tal autoridade e de determinação tão feroz, que alguns de seus companheiros se perguntavam se ele não estaria imitando Alexandre na condução de suas tropas e na maneira de se comportar.

Infatigável, corria atrás do tempo e do irmão. Deixava esgotados seus homens, sem lhes conceder um mínimo de descanso. E quando alguns o recriminavam, fazendo valer seus direitos — as dores causadas pelos ferimentos, o esgotamento devido à desnutrição, as pequenas misérias provocadas pelas marchas forçadas —, Saul, de modo geral, encontrava sempre as palavras mais apropriadas. Seu entusiasmo devolvia o fôlego e o vigor a uma tropa muitas vezes desmoralizada, que, com certeza, não participava dos grandes desígnios que animavam seu comandante.

E, quando suas palavras não eram suficientes para inflamar todos que arrastava naquela aventura, então os punia com crueldade. Ao longo de todo o caminho, passagem ou senda, já desbravado ou ainda por abrir, ou seja, 198 dias de cavalgada louca pelos desertos e montanhas que sobrevoara em seu sonho, Saul mostrou-se impiedoso, tanto para com os outros como para consigo mesmo. É que o sonho muitas vezes se tornava pesadelo: tiveram de se defender não só dos bandidos organizados, que atacavam a tropa — agora com 15 mil combatentes —, mas também contra as armadilhas da natureza e ainda todas as feras, pequenas ou grandes, que infestavam os desertos e as florestas. Tiveram de suportar mil doenças e aprender a se precaver contra os escorpiões vermelhos, as aranhas venenosas, as cobras do deserto, as cascavéis, as najas, as serpentes píton e também a se defender dos lobos e das hienas, dos tigres e dos ursos. Sofria-se com as aranhas e as escolopendras, os carrapatos, os mosquitos e as sanguessugas, que se infiltravam sob as roupas e sugavam o sangue dos homens.

Pesadelo era também a fornalha, o sol de chumbo derretido, o vento a queimar os lábios, a poeira a devorar os olhos e a inflamar os pulmões. Um calor dos infernos, que esvaziava os homens de seu líquido, secando-os como a esses uádis, esses rios desaparecidos em cujos leitos vazios, por vezes, eles tinham de caminhar.

E o frio após o calor, a neve e o gelo depois da areia e do sal, as altitudes sobre-humanas, os paredões a escalar, as anfractuosidades a evitar, o oxigênio rarefeito, a respiração cortada, a avalancha que tudo arrastava em sua branca descida.

Pesadelo foi fazer subirem os cavalos atrás das mulas, sem perder mais de um em cada 10. Foi ter de desmantelar as carretas e os carroções, e transportá-los roda por roda, eixo por eixo, mola por mola, grade por grade, timão por timão, prancha por prancha. Tudo nas costas de cada homem.

Foi transportar aos solavancos todo o conteúdo das carroças, saco após saco, mala após mala, cofre após cofre. E tudo também nas costas de cada homem.

E, depois, ter de remontar os carroções e as máquinas de guerra, peça por peça, e colocá-los novamente em estado de rodar, para desmontá-los mais uma vez, e de novo enchê-los até transbordarem utensílios, víveres, armas, equipamentos, sem falar nos tesouros de guerra, que diminuíam à medida que se reduziam as distâncias. Com efeito, fossem quais fossem os países e os povos que encontrasse pelo caminho, o exército judeu alistava mercenários e, conseqüentemente, pagava-lhes soldos.

Daquele enorme e pesado tesouro de guerra roubado a Parmênion e a Ptolomeu, só se levava o indispensável ao bom funcionamento da intendência. O grosso do saque havia sido enterrado em locais que serviam de marcas para o percurso.

Dos lados de Bucara, na Sogdiana — o atual Uzbesquistão —, repousavam mil lingotes de ouro e 20 vezes mais talentos de prata. Os lugares só eram conhecidos dos chefes e de suas ordenanças. Mapas cifrados assinalavam a topografia e o local exato. E, a cada fossa cavada, cada vez que nelas eram colocados os tesouros, os cavadores e toda a mão-de-obra eram sacrificados, de forma que ninguém jamais pudesse revelar sua posição.

Em Bucara, banhada pelo Amu-Daria, rio em cujas margens veio ao mundo o filho de Saul e Tová, foram também deixadas as mulheres e os enfermos sob a proteção de Dã. Interpretando aquela decisão como uma punição, o escravo nativo de Mênfis, tal como Boaz, revoltou-se contra Saul, que se explicou:

— Se meu irmão David ainda se encontrasse entre nós, ficaria aqui, em seu lugar. Não há honra mais merecida do que a de reunir e fixar os judeus em terras do exílio, preparando-os, ao mesmo tempo, para o retorno. Cuide, pois, de sua comunidade, proteja-a de todo tipo de agressões. Voltaremos um dia a Bucara, a sua casa, para provar o mel e o leite, os biscoitos de cevada e de trigo; enfim, todo alimento que terá preparado e feito crescer com suas próprias mãos. E, nesse dia de reencontro, os guerreiros lhe ficarão reconhecidos, por lhes abrires as portas de um reino onde a paz preside ao destino de todos.

Apenas em parte convencido, Dã perguntou:

— Se estou compreendendo bem, você está me nomeando rei?

Saul pôs-se a rir e respondeu:

— Sim, rei de Bucara e de Sogdiana.

— Permita-me que eu desconfie: estamos cercados por muitos inimigos, e dentro em pouco passarão por aqui as tropas de Alexandre.

— Muito bem, eu o farei rei quando de nossa volta, pois teremos vencido Alexandre do outro lado das montanhas. No momento, contente-se em ser o guardião de nosso rebanho. E, quando as asas do vento lhe trouxerem ruídos de botas e de incessantes galopes, então conduza seu povo para as colinas do Oeste, onde deverá permanecer o tempo necessário para que o grande exército passe e se afaste.

Dã insistiu:

— Ser rei não é o que ambiciono, e ficaria satisfeitíssimo se pudesse conservar meu posto na cavalaria judaica.

A reação de Saul, porém, emudeceu-o:

— Como pode falar em cavalaria judaica, quando não chegamos sequer a 500 num exército heterogêneo de uns 20 mil indivíduos, dos quais a maior parte não fala nem hebraico, nem grego, nem mesmo o persa, mas só esses dialetos guturais que apenas os lobos e os chacais compreendem?

E assim fez Dã. Quando as asas do vento lhe trouxeram a prova de que o macedônio acampava diante do Amu-Daria, rio que logo rebatizou como Oxo, ele reuniu seu povo e o conduziu para as colinas do Oeste. E ali permaneceu o tempo suficiente para o massacre de uma população.

Alguns meses mais tarde, o exército judeu chegava finalmente ao reino dos elefantes. Contava com 10 mil homens a mais, ferozes montanheses recrutados nas cercanias de Kabul e de Massinga durante a travessia do Afeganistão.

Foi preciso pagar-lhes e arrastá-los para outros combates que não as rixas e as querelas entre tribos. Depois de devidamente treinados, cada qual era tratado e designado, segundo suas aptidões, para este ou aquele pelotão.

Nas paradas, durante os temporais de areia ou de neve, formavam-se intérpretes encarregados de explicar onde se situava Israel no mapa dos mundos conhecidos e também de ensinar à tropa a história dos hebreus, desde seu ingresso no Egito até a saída de lá. Desde a conquista da terra de Canaã até os êxodos de Samaria e de Judá.

E, quando os intérpretes mostravam possuir certos dons e alguma paciência, uma turma de poliglotas e de historiadores, formados por Boaz, passava a ter seus serviços utilizados: sua tarefa era explicar à tropa contra quem ela iria combater quando chegasse o momento. Em lugar de se denegrir os gregos, eles eram valorizados, contando-se suas façanhas guerreiras, mostrando-os como vitoriosos, conquistadores intrépidos e famosos estrategistas. Para vencê-los, era necessário, forçosamente, que procurassem sempre ser os melhores cada vez mais. Assim eram preparados os recrutas para o confronto e o sucesso. Sem cometer o pecado do orgulho, pode-se dizer que, ao chegar ao reino dos elefantes, o exército judeu, em seu disparatado conjunto, sabia perfeitamente por que estava chegando ali e quem esperava encontrar.

Assim que transpôs a cordilheira Hindu Kush, Saul fez suas tropas estacionarem ao pé do desfiladeiro de Khaibar e enviou embaixadores carregados de presentes para o rei Paurava.

E quando, por sua vez, o rei Paurava enviou seus embaixadores e presentes àquele que se apresentava — mais por motivos de ordem protocolar do que por vaidade — como o rei dos judeus, Saul ordenou a seus cavaleiros, de confusa origem e crença, que desabalassem a todo galope com o estandarte desfraldado ao vento.

E, quando os porta-estandartes se apresentaram diante da cidade azul, o rei e sua corte, todos de casta brâmane por nascimento ficaram estupefatos diante da bandeira dos judeus flutuando à frente dos batalhões, composta de triângulos isósceles.

Os brâmanes não poderiam sonhar com melhores circunstâncias, pois aquele *sri-yantra*, de cuja existência no mundo ocidental eles nem suspeitavam, glorificava, para eles, a união magistral entre o espírito e a matéria.

Mas quem era aquela gente? Suas intenções, sua religião, sua filosofia? Por que vinham de tão longe? Traziam a paz? Eram espíritos puros e pura matéria, uma mescla harmoniosa de ambos, ou iludiam o seu mundo, adornando seu estandarte com emblemas védicos?

Aconteceram contatos e mais contatos, discursos e mais discursos, conferências e conferências, reuniões de sábios e de menos sábios, discussões entre oficiais, explicações entre religiosos.

De reuniões em reuniões, acabaram por se compreender e se respeitar. Assim, os judeus, que já se impunham a proibição da carne de porco, também cessaram de abater bois, considerados sagrados pelos habitantes do reino de Paurava.

Como os carneiros eram raros ali, o exército judeu teve de se acostumar com o consumo de carne de elefante. Cortada em finas rodelas e defumada, a tromba tornou-se muito apreciada entre os membros da corte de Saul. Pode aqui surpreender a palavra corte, mas é preciso saber que Paurava, o rei hindu — um gigante de dois metros de altura —, tomou Saul por seu igual. Cercava-o de tal solicitude que lhe destinou um palácio vizinho ao seu, por onde formigava uma criadagem de ambos os sexos. Mordomos e intérpretes estavam igualmente a serviço de Saul e de seus imediatos. Paurava e sua assembléia de brâmanes e de sábios apreciaram aqueles homens do país da Bíblia. Se não adoravam os mesmos deuses, pareciam, entretanto, compartilhar da mesma moral em muitos aspectos. Em compensação, os hindus perguntavam-se por que o judaísmo não se havia fundamentado num sistema de castas.

Não se passava uma só manhã, uma só tarde, uma só noite sem que não se realizassem amigáveis e enriquecedores conciliábulos, provocados por um ou outro rei. E, encerrados ambos com seus intérpretes, preparavam-se para a guerra total — o que não os impedia, também, de escapar às contingências militares para atingir esferas mais elevadas e confrontar seus conhecimentos dos mundos ocultos e das religiões.

Enquanto eles se debruçavam sobre interpretações apaixonantes a respeito da parte que Deus ocupava no ser humano ou da parte que o homem ocupava em Deus, Alexandre e seus homens lançavam-se sobre as tumultuosas águas do Jhelum, agarrados a odres de couro inflados de ar ou cheios de feno.

Durante o percurso, desde Susa até aquele rio, do qual era possível perceber ao longe os altos cumes da cordilheira Pamir, a intendência havia matado 60 mil carneiros, que eram imediatamente assados ou cozidos, mas cujo couro era conservado com vistas àquela travessia.

E, quando os batedores judeus preveniram os reis de que o audacioso macedônio não estava a mais de 12 dias de marcha dali, eles fizeram suas forças comuns manobrarem, estacionando-as na planície de Djalambur.

Lá os homens foram dispostos — 40 mil sob as ordens do próprio Paurava, 25 mil mercenários e uns 500 cavaleiros judeus sob as ordens de Saul. Àqueles soldados de infantaria, arqueiros e cavalaria juntavam-se 2 mil carros de combate, equipados com compridas lâminas afiadas, e 800 elefantes protegidos por carapaças, portando arreios sobre os quais dois cornaques se revezavam em sua condução.

Quando os gregos, ainda encharcados, mal saídos do rio, perceberam toda aquela concentração de paquidermes, entraram em pânico: 20 mil deles fugiram para a densa floresta.

Na realidade, tratava-se de uma armadilha, pois aqueles milhares de gregos seguiam pela floresta a fim de surpreender os indianos pela retaguarda. Durante aquele tempo, Crateros e uma grande parte das tropas, alinhados em ângulos retos, faziam grande algazarra e atraíam os postos avançados do rei Paurava, os quais crivavam de flechas.

Para grande prejuízo de Saul, os indianos ficaram aturdidos em lugar de se curvar, como seria o certo, por trás das suas proteções que se estendiam por cerca de 15 quilômetros, numa sucessão de 10 praças fortes, cada uma das quais dotada de um certo número de elefantes, prontos para atacar o inimigo.

Em princípio, e no auge dos combates, duas ou três praças fortes poderiam ceder sob o ataque grego, mas as outras teriam mais a fazer do que apenas resistir, avançando sobre o inimigo, apoiadas nos flancos pela cavalaria judaica, dividida, graças aos efetivos mercenários, em 12 pelotões de 350 cavalos cada um.

Enfrentando a infantaria móvel do rei Paurava, cujo número não avaliavam precisamente, Crateros e Aristóbulos dizimavam todos que se aventurassem a distância do arco e da balestra.

Chegou o momento em que o general hindu, que os comandava, fez seu contingente de elefantes atacar o pelotão compacto.

Após as lições de Gaugamela, o pelotão abriu-se, fragmentando-se e deixando aos paquidermes o mínimo possível de presas, embora uns 500 homens tenham sido chifrados ou pisoteados.

Mantendo suas linhas, apesar de tudo, lutando com maças e espadas contra aquela horda de selvagens, Crateros esperava impacientemente a entrada em ação de Alexandre e de Hefestion. Eles se haviam enfiado pela floresta e contornavam o exército indiano por um braço de rio com a ajuda de uma grande quantidade de odres de couro e de jangadas.

Quando Saul compreendeu o estratagema, pediu ao rei Paurava que mudasse a posição de suas cinco últimas praças fortes. Para isso, bastava deslocar as fortificações móveis em sentido inverso, o mesmo fazendo com os elefantes e os carros equipados de foices e eriçados de pontas.

Enviou suas instruções aos oficiais, convidando-os a se postarem, por sua vez, diante dos *hetaroi* e dos *sarissaforoi*. Seguido por Boaz e mais seis esquadrões, abandonou aquela ilusória linha de frente, percorrendo quilômetros em desenfreada corrida, a fim de se antecipar aos comandos gregos.

Tarde demais, viram os agrianos de Átalos e os falangistas de Eltacos descendo precipitadamente por uma colina arborizada.

Enquanto se perguntava o que os hindus esperavam para lançar seus elefantes, Alexandre surgiu das profundezas da floresta, cercado por sua agema. Reconhecia-se o rei por seu dólmã-fetiche e seu lendário capacete com um tríplice adorno de plumas brancas e pêlos de crina.

Escoltado por sua guarda, Saul imediatamente partiu a seu encontro.

Literalmente deitados em seus cavalos, com a longa *sarissa* apontada e apertada sob o braço direito, os cavaleiros judeus atacaram a agema que protegia o comandante supremo, abalando aqueles escudos humanos. Foi esse o sinal para uma gigantesca batalha em que se engajaram de forma total ambas as partes. Milhares de homens se enfrentavam sem saber exatamente por quê, alguns entregando honradamente a alma, outros, estripados, esmagados, achatados, entregando-a também, mas de maneira ignóbil.

Quando Saul e Alexandre ficaram a distância de uma punhalada um do outro, todos os homens detiveram, de repente, seu ímpeto. Uma calma súbita pairou no ar, e os dois chefes puderam medir-se com o olhar. Era como se uma trégua, em plena batalha, tivesse sido negociada. E ela se referia a não mais do que um ínfimo pedaço de terreno, alguns metros quadrados, reservados àquele ajuste de contas entre os deuses!

Ia-se, enfim, saber se Zeus e Atena pesavam mais do que o Eterno, quando Hefestion, surgindo do nada, gritou para o judeu:

— Se você é Saul, prove-me! Eis aqui meu pescoço!

Ao dizer isso, ele baixou a cabeça e se apresentou tão altivo à morte que Saul o poupou.

Oferecer-se com semelhante abnegação merecia, talvez, a admiração, mas nunca o perdão. Com o lado da espada, ele lhe aplicou um golpe tão violento nas costas que Hefestion desabou pesadamente. E como Alexandre, temendo pela vida do amante, se lançasse ao chão para encobrir seu corpo, a agema e a guarda judaica respeitaram a trégua, cada qual empurrando o inimigo que a assediava, evitando o combate enquanto os chefes permanecessem em terra.

Para castigá-los, Saul aguardava que retornassem a suas selas. Mas, enquanto Alexandre ajudava Hefestion a se levantar, uma flecha perdida, lançada de suas próprias linhas, atingiu o chefe macedônio na virilha.

Ao verem seu comandante em grave perigo, acorreram Ptolomeu e Parmênion, os corpos recobertos de cortes e de sangue. Se Ptolomeu demonstrou todo o seu ódio contra Saul, o mesmo não ocorreu com Parmênion, o velho general, cujas forças já estavam esgotadas: ele cruzou orgulhosamente o olhar com o do rapaz, e depois, bruscamente, caiu desmaiado.

Então, começou-se a sentir a terra tremer e rugir sob os milhares de passadas de uma manada de elefantes, conduzida pelo próprio rei Paurava em pessoa. Ele acreditava que Saul tivesse sido feito prisioneiro pelos gregos e corria a socorrê-lo.

Diante daquela ameaça, os chefes gregos e judeus adiaram para depois sua querela, fugindo a todo galope na direção de seus respectivos campos, deixando o espaço livre para os elefantes do rei, que produziram uma verdadeira carnificina entre os agrianos e os falangistas.

Durante muitos dias prosseguiram os combates, até o total esgotamento dos homens e dos animais. Amassadas, as espadas e as cimitarras não podiam mais cortar convenientemente. Os braços, quebrados, não mais podiam agüentar a comprida lança. Com os ossos fraturados, recurvados, os cavaleiros recusavam-se a atacar. Quanto aos cavalos, havia tantos caídos sobre o solo quantos em pé, tantos estripados quantos mutilados.

No quinto dia, não se podia saber quem havia ganho ou perdido. Os chefes, então, se encontraram. De um lado, Alexandre, ferido e febril. Do outro, o rei Paurava, também em mau estado. E, depois, Saul, que preconizava a cessação dos combates e que esquecia sua vingança depois que Hefestion, como um grande senhor, lhe havia oferecido sua cabeça.

Participaram da discussão os letrados e os astrólogos gregos que acompanhavam o grande exército. Também os astrólogos judeus e brâmanes apresentaram seu ponto de vista segundo as estrelas. Sempre que os militares tropeçavam diante de alguma decisão a ser tomada, os sábios e os feiticeiros, por sua vez, traziam a solução. Mas, por causa de um bom presságio, quantas desgraças a espécie humana já não teve de sofrer, por culpa dos astrólogos cujos pretensos conhecimentos incitaram muitos tiranos a cometer os piores crimes em todos os recantos do Oriente.

Assim como a maioria dos comandantes gregos, Alexandre ainda se imaginava cegamente obedecido por seus soldados, o que, entretanto, já não era verdade. Quando os rumores de uma nova batalha contra os adversários do dia anterior se espalharam, vários motins estouraram. Terminara o espírito corporativista daquele grande exército macedônio, pois os homens estavam cansados, tomados por dúvidas e doenças. Nem somente um, no fundo de si mesmo, poderia reconhecer as vantagens de uma guerra. Haviam perdido anos demais, amigos demais. Haviam sofrido além do insuportável durante aqueles 18 mil quilômetros de campanha, para agora recomeçarem a bater-se. Todos, naquele momento, só desejavam poder repousar em seu país natal.

E ainda faltava cerca de um ano para poderem voltar para casa, refazendo o longo percurso em sentido inverso, enfrentando os mesmos perigos e passando as mesmas provações.

Entre os judeus, predominava um sentimento análogo. A terra prometida e a terra escolhida faziam uma falta cruel aos sobreviventes da gloriosa cavalaria, cujas façanhas a História nada ou quase nada registrou. Seria porque os Manassés tinham se extraviado na grande Índia de Paurava, depois de se terem desnorteado nos exércitos de Alexandre? Saul não estava muito longe de pensar assim.

E, então, a cavalaria vendeu seus mercenários ao rei hindu e partiu, levando apenas o que necessitava em escravos e carretas para Bucara, onde Dã e os seus perdiam as esperanças de algum dia poder vê-los mais uma vez...

✡

Do interior da sinagoga percebiam-se as luzes da cidade, que tremeluziam pelos flancos das colinas. Nada muito brilhante, apenas um clarão de sobrevivência: uma ou duas lâmpadas em cada casa e seu complemento de candeeiros a óleo.

O *hazan* manifestava sua contrariedade: Ezra estendia sua narrativa, ultrapassando as dimensões do livro. Naquele ritmo, a menos que se pulassem um ou dois séculos, acabariam passando a noite em claro.

Como era preciso satisfazer as crianças, que reclamavam da sede e da fome, o *hazan* resolveu conceder-se, no máximo, mais uma hora. Depois disso, teria de suspender a sessão, convocando a mesma assembléia para o dia seguinte pela manhã.

Tomando essa decisão equilibrada, aguardou uma pausa entre duas belas frases de Ezra e o interrompeu:

— Estou-lhe muito grato. Tem o dom do detalhe e o senso da verdade. Entretanto, deve agora ceder a vez a Efraim, que irá resumir o século seguinte para o nosso conviva. Em sessenta minutos, Efraim irá levá-lo de Bucara até Xi'an, onde será convidado para o famoso banquete de raviólis, oferecido a Saul pelo imperador Qin Shihuangdi.

Voltando-se para o Estrangeiro, acrescentou:

— De minha parte, nada mais tenho a lhe oferecer além de um modesto frango ao curry!

E então Efraim, um jovem de rosto suave e de voz aveludada, avançou no círculo e saudou o Estrangeiro.

CAPÍTULO 8

Em que se fica sabendo que os judeus de Bucara, descendentes de Saul, Boaz e Dã, tornaram-se excelentes no comércio da seda, controlado parcialmente pelos partos.

Por 113 anos, três gerações de guerreiros e ricos mercadores judeus não foram capazes de obter o monopólio daquele tecido adorado pelos povos do Oriente e que já começava a perturbar a Europa meridional.

Em que se toma conhecimento de que Saul, o décimo oitavo daquele nome, sofre com as desgraças que arrasam Israel, sob o jugo dos lágidas, e com as misérias causadas pelos audaciosos partos, que atacam suas caravanas e se apossam das preciosas mercadorias.

Em que se descobre que Saul se prepara para eliminar essas duas preocupações maiores, viajando para Xi'an em busca de aliança e proteção junto a Qin Shihuangdi, famoso e temido imperador chinês que dirige seu império com mão de ferro...

O livro de Efraim

Saul esperou as comemorações de seus 37 anos antes de se pôr a caminho da fabulosa China, de onde lhe chegavam, entre outras raridades, as sedas que faziam a sua fortuna.

Para falar a verdade, assim como todos os descendentes da gloriosa cavalaria cujas façanhas eram narradas durante as vigílias, ele ainda possuía um pouco do tesouro enterrado por seu avô. Os despojos roubados de Parmênion e de Ptolomeu contribuíram em grande parte para a prosperidade e o dinamismo daquela pequena comunidade judaica da Ásia Central.

Haviam decorrido 113 anos desde então, e Saul, mais de uma vez, dirigiu-se a Israel sem jamais ter conseguido chegar à Terra Prometida. Todas as suas tentativas, estivesse ele só ou acompanhado, incógnito ou assumindo com orgulho a sua posição, resultaram em fracassos. Conheceu as masmorras de Merv e de Meched; pagou-se por seu resgate em Rhagae, perto da atual Teerã; foi apunhalado em Ecbátana; ficou preso durante 27 meses em Opis, supostamente por ter assassinado um pequeno proprietário luristano que lhe recusou sua filha. Evidentemente, aquela era uma história totalmente armada. Mas, como as fábulas não são lendas, ele teve de cumprir sua pena e pagar pelo crime que outro havia cometido. Enquanto definhava nas galés, tão distante de sua terra natal e tão perto de Jerusalém, ouvia histórias terríveis. A cidade estava sob o terceiro Ptolomeu: três reis gregos da dinastia dos lágidas já se haviam sucedido no trono. Os dois últimos, felizmente menos cruéis e mais tolerantes do que o primeiro do nome, que jamais perdoou Saul de Mênfis pelo roubo de suas riquezas; por isso, deportou 120 mil judeus da Palestina para o Egito e obrigou uma quantidade três vezes maior deles a fugir ou a renegar sua religião.

Os outros membros da dinastia ptolomaica impuseram ao país um helenismo tão estrito, que Israel acabou por perder sua alma. Pessoas notáveis e letradas foram vistas idolatrando Zeus e Atena.

Como uma reles consolação, o último rei lágida tomou a iniciativa de fazer traduzir a Bíblia para a língua de Aristóteles, a fim de ser usada em sua pátria. Pode-se dizer que isso constituiu um golpe de espada sobre o mar e que muito poucos habitantes das ilhas sofreram aquela influência.

Escravizada pelos lágidas e logo depois pelos selêucidas da Antióquia, Israel sufocava. Por mais que soasse o *shofar*,* as muralhas de Jerusalém não desabavam sobre seu ocupante, como outrora as de Jericó ao sopro de Josué.

Muitos judeus da diáspora não se consolavam. E Saul era um desses irredutíveis, que procuravam libertar e despertar a terra adormecida para lhe devolver o vigor e o brilho dos tempos bíblicos.

Após ter passado um terço de sua vida na prisão ou em campos de prisioneiros, chegou o dia em que Saul de Bucara pôde retornar para junto dos seus. No fundo das masmorras, amadureceu grandes projetos, tanto para Israel quanto para si mesmo. Assim, não demorou a impor-se como chefe da comunidade e patrono da empresa familiar. A cada três meses enviava uma caravana para os oásis de Turfan e de Khotan, onde era carregada com tecidos e outros objetos preciosos, como o jade e o âmbar. Era o final do percurso. Não se podia ir mais além porque os imperadores da seda guardavam ciosamente seu segredo, proibindo o acesso a seus territórios. Naquela época, ninguém sabia como a seda era fabricada, nem por qual milagre ou alqui-

---

* Um dos instrumentos mais antigos usados pelo homem, feito de um chifre de animal casher, exceto de vaca e touro. (N. T.)

mia nascia a misteriosa matéria. Os próprios intermediários partos jamais tinham ido mais adiante do que as caravanas de Saul.

Aparentemente, por um frágil acordo, os partos deixavam para os judeus um décimo da produção contra impostos nada desprezíveis de um mercado que se estendia desde a Bactriana até a Babilônia, e mais longe ainda, até Israel e o Egito. Em compensação, os partos abasteciam a Grécia e a Europa do Sul, mas muitas vezes acontecia de levarem suas caravanas mais longe do que as portas do mar Cáspio, que atravessavam para cortar caminho.

Entre os judeus de Bucara e de Samarcanda, e os partos da Hircânia e do Khorasam, nem tudo corria da melhor forma possível. Sem falar de guerras, não podem deixar de ser mencionados os confrontos e as constantes incursões de guerrilha.

As caravanas de Saul, compostas de 600 a 800 camelos e de uma imponente escolta armada, jamais retornavam ilesas de tais expedições. Tinham de transpor desfiladeiros e passagens em altitudes inacreditáveis. O mais difícil era sair de Takamaklan, deserto hostil cujo nome quer dizer "aquele do qual ninguém retorna". Ao contorná-lo — e, se isso não fosse feito, seria como condenar-se à pena de morte — sopravam ventos terríveis, que empurravam dunas sobre dunas à velocidade de um cavalo a galope. No verão, suportavam-se temperaturas de fornalha chegando aos 60 graus. No inverno, era preciso acostumar-se a temperaturas glaciais, de 40 ou 50 graus negativos. Além desses caprichos extremos da natureza, que consumiam os animais e os homens, as caravanas se expunham a muitos outros perigos. Sofriam extorsões durante todo o trajeto, tanto na ida como na volta. Eram atacadas também em lugares onde não tinham a menor possibilidade de se defenderem. Ladrões e bandidos das estradas perseguiam suas pistas, uns por conta própria, outros a soldo dos partos.

De roubo em roubo, de agressão em agressão, caravanas depenadas, evaporadas mesmo, o comércio se ressentia e os lucros diminuíam.

Foi então que Saul transgrediu as proibições e partiu para se aventurar, junto com seus dois irmãos — Gad e Joiakim —, no país da seda.

Disfarçados ora como quirguizes, ora como tadjiques, uigures, shans, tengris e, finalmente como xias, eles só mostraram seus rostos quando já se encontravam às portas daquela que era a cidade mais impressionante que já lhes fora dado contemplar. Atravessando a imensa planície de Xianyang, os três irmãos, acompanhados de seus intérpretes, tiveram a possibilidade de admirar o grande número de palácios de madeira de lei e de pagodes que pareciam ter caído do céu, de tal modo colocavam-se harmoniosamente, bem no meio dos rios verdejantes.

Jamais tinham visto rios ou lagos semelhantes no mundo ocidental. Lá, os homens — e eles se perguntavam como isso era possível — caminhavam sobre a água. Usando amplos chapéus pontudos que os protegiam do sol, os pés submersos, eles cortavam estranhos talos verdes na terra inundada. Outros trabalhavam nos campos conduzindo búfalos atrelados. Outros ainda conduziam para a cidade carroças carregadas de legumes suculentos, como a couve, a chicória, a beterraba e o aipo.

Mas naquela planície de Xianyang, que eles levaram quatro dias para percorrer, havia apenas legumes incomuns. Atravessava-se e seguia-se por oceanos de cevada e de trigo, que ondulavam ao vento do Leste, e cujas espigas continham três vezes mais grãos do que as da Galiléia ou da Babilônia.

Saul tomou uma entre as mãos e disse aos irmãos:

— Vejam esses grãos: são grossos, pesados, mas o imperador não terá o suficiente para sustentar a aposta que nós sabemos.

E os três riram à lembrança da peça que iriam pregar ao imperador...

Outra curiosidade era que não havia campo, arrozal ou encruzilhada em que não se erguesse algum túmulo ou monumento, dedicado aos desaparecidos que se haviam distinguido na região. Podia-se, assim, caminhar ao longo da vida, datando as épocas segundo o tamanho e a vegetação das lápides. Umas eram guardadas e bem conservadas, outras, abandonadas, vestígios de dinastias extintas e perdidas.

Naquela planície de onde se podia distinguir ao longe a capital de Xia, abrigada por trás de sua grande muralha, com largas ameias e poderosas torres de vigia, ondas de soldados agitavam-se em incessantes manobras. Todos se protegiam de maneira eficaz, fosse com armaduras de metal e placas ou cotas de malha e couraças feitas com o couro curtido de elefantes e rinocerontes. Alguns se protegiam com escudos de ferro ou de bronze, outros conservavam ainda seus antigos escudos cilíndricos, reforçados com couro de búfalo. Parecia recente, também, o acolchoado dos escudos e dos peitorais.

Se a maioria daquelas armas quase não diferia das gregas e persas, percebiam-se, entretanto, alabardas de bronze e sabres forjados no aço temperado, clavas giratórias com três esferas de chumbo, eriçadas de pontas triangulares. Espetacular também era a balestra automática, que disparava 10 flechas de uma só vez e por meio de uma única pressão do dedo.

Apesar das pesadas vestimentas que atrapalhavam os movimentos, os soldados de infantaria dedicavam-se às artes marciais. Enfrentavam-se com bastões, alternando os ataques e as defesas. Com os bastões e também com o sabre realizavam golpes com tanta elegância e precisão que, quando se pensava que haviam sido atingidos, eles retornavam ao ataque, ilesos. Com o sabre e também com as bordas das mãos e dos pés giravam sobre si mesmos, juntando e liberando, ao mesmo tempo, toda a sua energia. Outras vezes, com os olhos fechados, envolviam, por meio de gestos, não se sabe que adversário ou amigo invisível e se punham a apalpar o ar, evoluindo lentamente para outro corpo que não o deles mesmos. Estariam brincando com o universo?

Prevenido sobre a incursão daqueles estrangeiros que se aventuravam em suas terras e se atreviam a transpor as portas da cidade, o imperador Qin os aguardava com impaciência. Dizia-se que eram muito ricos e poderosos, embaixadores itinerantes de um longínquo reino dominado pelos gregos.

O imperador, então com 49 anos, tinha 1,95m de altura. Cercava-se de uma guarda de guerreiros e servidores com o mesmo porte e a mesma origem que ele: quer fossem simples soldados ou oficiais, cortesãos ou ministros, engenheiros ou coletores de impostos, todos eram Ts'in, como o seu senhor. E todos, pelo menos os que haviam sobrevivido a uma guerra de 30 anos, empreendida a ferro e fogo contra outros reinos combatentes, sentiam grande orgulho de ter participado da reunificação do país. Tinham posto fim a três séculos de anarquia e terror.

O terror, naquele momento, apenas havia trocado de lado.

Dizimada, perseguida, a corte passava por grande excitação. É que o imperador, subitamente, começou a rejeitar os ensinamentos de Confúcio, que aliavam a virtude à moral política, preconizando ordem e justiça em todos os níveis de sua nação.

A hostilidade que o imperador Qin nutria para com o filósofo, desaparecido cerca de 300 anos antes, havia sido passada aos eruditos de sua corte que se atrevessem a contradizer suas decisões. Qualquer contestação, mesmo a mais inócua, era imediatamente confundida com conjuração e taxada como complô contra o poder.

No palácio de Epang, que dominava a cidade, e também no de Jieshi, onde Qin edificava seu próprio túmulo — a morte espreitava ao final de cada palavra pronunciada. Não seria nada bom abrir a boca para se opor às coisas do imperador, pois arriscava-se a ter de engolir um rato vivo. E a esse rato, que descia pela garganta pateando por dentro do esôfago, devastando o estômago, acrescentava-se ainda um segundo, introduzido pelo ânus. Depois de costurados a boca e o ânus do supliciado, os roedores, então incapazes de escapar, executavam uma dança macabra nas entranhas do condenado à agonia.

Saul e seus irmãos já não ignoravam muita coisa sobre o imperador que dentro em pouco iriam encontrar. Durante a viagem, todos os meses eram instruídos sobre os métodos daquele augusto senhor que reunia, e não sem disso se orgulhar, tanto o que havia de melhor quanto de pior. O melhor era sua capacidade de guerrear e vencer, de se apropriar dos territórios conquistados. O pior era representado pelos massacres das populações. Centenas de milhares de inocentes eram mortos pelas armas. Outros, condenados à fome até se transformarem apenas em um monte de ossos. Reduzidos a pó, eram espalhados pelos campos, onde serviam de fertilizante. O pior significava também todos aqueles homens letrados, todos aqueles sábios que defendiam o confucionismo e eram enterrados vivos, apenas com a cabeça para fora. E ainda deviam dar-se por muito felizes quando não se lançavam contra eles os cascos de cavalos a toda velocidade. O pior era ainda todas essas pessoas que nasciam escravas, assim como outras nascem nobres, e que eram utilizadas, durante toda a sua vida, na construção de palácios e túmulos. Só para construir o do imperador haviam sido empregados 350 mil "bárbaros", que se diziam domesticados. Um milhão de outras pessoas, de todas as etnias e de baixa extração social, mas também notáveis, e até mesmo príncipes caídos em desgraça trabalharam nas gigantescas obras da Grande Muralha. Entretanto, parece-nos possível inscrever essa obra entre as melhores do imperador Qin, pois foi ele quem colocou, na verdade, a primeira pedra desse prodigioso conjunto que os astronautas puderam perceber da lua.

O melhor foram justamente as importantes descobertas no campo da astronomia e da matemática. Sob o domínio daquele imperador, determinou-se o Pólo Norte, a 36 graus acima do horizonte, e o Pólo Sul, 36 graus abaixo. Deram-se nomes a 2.500 estrelas fixas. Determinaram-se o circuito anual do Sol, o solstício de verão e o solstício de inverno. Explicaram-se os eclipses da Lua pela projeção da sombra da Terra quando se encontra em oposição ao Sol. Chegou-se mesmo a criar um globo de anéis de bronze, com motor hidráulico, reproduzindo os movimentos dos diversos corpos celestes.

O melhor foi a descoberta da extração da raiz quadrada, símbolo da íntima união entre a geometria, a álgebra e a aritmética. O melhor foi, na física, a atração do ferro pela pedra do ímã; na química, a preparação do mercúrio a partir do cinábrio. O melhor, ainda, foi a unificação dos caracteres da escrita, a dos pesos e medidas, a do afastamento dos eixos para as carroças e as carretas, determinando, assim, a largura das estradas e das ruas.

Qin atingiu, finalmente, a uniformidade de um império disparatado. E, em seu delírio demente, o imperador exigia um pensamento único, do qual ele era, ao mesmo tempo, formador e reformador. Para alcançar seus fins, mandou colocar cartazes nos quatro pontos cardeais do país, em cada rua e em cada casa de categoria, nos quais se lia esta proclamação: "Estão proibidas as discussões sobre literatura e filosofia, sob pena de morte." Como alguns intelectuais continuassem a estudar secretamente os textos fundamentais, Qin deu ordem para se queimarem todos os livros que se referissem ao confucionismo. E foi assim que, em poucos dias, a grande China, que já era chamada de Império do Meio, lançou às chamas e aos cães 250 anos de discussões, idéias e reflexões sobre o sentido da vida.

O caráter desmedido e os excessos do imperador quase não perturbavam Saul. Ele havia discutido com os irmãos sobre isso, e os três estavam de acordo quanto à linha de conduta a seguir e que não abandonariam: haveriam de compreender o imperador por meio de seus próprios defeitos, porém sempre recobrindo-o de qualidades e bajulações.

Pragmático, Saul de Bucara gostava de repetir que os fins justificam os meios, assim como os meios justificam os fins. E, para convencer o senhor dos reinos unificados a levantar seus exércitos e fazê-los marcharem contra os gregos, estava disposto a toda e qualquer hipocrisia. Na verdade, e como veremos um pouco mais tarde, o acaso, muito mais do que as palavras, colocou o imperador nos passos de Saul.

Recebido com grande pompa no imenso palácio de Epang, com seus 250 apartamentos e 17 salas de recepção, onde o ouro e as pedras preciosas se juntavam às incrustações em folhas de prata e tapeçarias de seda, os estrangeiros primeiramente receberam os agradecimentos pelos presentes, entre os quais uma *Torah* de Mênfis, com seus rolos de papiros e sua cobertura cravejada de diamantes, 25 lingotes de ouro com as armas de Ptolomeu I, uma tiara roubada pelos gregos aos reis de Jerusalém, tabuletas aramaicas e hebraicas, como também pergaminhos com escrita hieroglífica. Todas aquelas riquezas provinham dos tesouros tomados a Alexandre, o Grande, cerca de 115 anos antes.

Além desses, figurava também um objeto engraçado, que à primeira vista não apresentava nenhum atrativo. Era composto de um tabuleiro de damas, em madeira de sicômoro, com 64 casas e 32 peças de pequeno tamanho, esculpidas em alabastro. Representavam um rei que só raramente se deslocava, uma rainha quase sempre em movimento, dois oficiais um pouco loucos, duas torres rolantes, cavalos que saltavam o obstáculo em quincunce, e 16 soldados que não contavam mais do que os peões. Tratava-se de uma curiosidade, o ancestral do jogo de xadrez, exemplar único, criado e fabricado por algum matemático persa sobre o qual absolutamente nada se conhecia.

No início da expedição, Saul mal conhecia as regras do jogo. Mas a cada parada havia-se exercitado com os irmãos, descobrindo infinitas possibilidades de ataque e de defesa, mil maneiras de começar a partida, 50 mil de conduzi-la, e 50 vezes mais de combinações estratégicas de uma sutileza sem par.

O imperador pareceu desdenhar aquele presente que nenhum diamante, nenhuma esmeralda adornava. Mas, em compensação, interessou-se pela *Torah*, cujos curiosos caracteres liam-se à maneira chinesa, da direita para a esquerda. Daquela *Torah* foi necessário explicar-lhe a origem, a proveniência e o conteúdo. Tiveram também de informá-lo sobre Abraão, Jacob e Moisés, e fazer uma exposição sobre a religião dos hebreus.

Saul nada compreendia do que diziam os intérpretes, mas, pelo sorriso do imperador, depreendeu que o judaísmo o inquietava muito menos do que o confucionismo.

Silencioso, quase reservado, o imperador Qin examinava seus presentes com o auxílio de uma lupa. Tinha uma trança na cabeça, enrolada como uma pirâmide, e vestia uma elegante roupa de cor amarelo-açafrão, com gola de pele, ajustada na cintura por uma larga faixa de tecido azul-arroxeado.

Muito falantes, porque pressionados por perguntas incessantes, Saul e seus irmãos — 10 e 12 anos mais jovens do que ele — deixavam-se adular pelas pessoas da corte, espantadas por saberem que outros mundos civilizados, diferentes do seu também, existiam.

Diante de toda a satisfação por estarem recebendo e travando conhecimento com os hebreus da Bactriana, vinhos de arroz e de palmeira foram servidos, assim como também raviólis recheados com carne de porco — iguaria que eles não poderiam de forma alguma recusar, sob pena de desagradar e ofender o imperador. Saul achou preferível ser fulminado pelo Eterno do que pelo monarca. E seus irmãos eram da mesma opinião, pois o Eterno sempre sabe desculpar os erros de muitas outras maneiras diferentes da pena de morte.

E o Eterno, naquele dia, tinha ainda outros motivos para descontentamento, pois os representantes de seu povo, recém-chegados sob os céus da China, estavam aceitando que se sentassem sobre seus joelhos encantadoras jovens de pálpebras azuis e faces maquiadas com pó-de-arroz. E o que dizer dos lábios, ávidos, que ofereciam aos elogios? Seriam elas dançarinas ou coquetes, damas da vida ou damas reais? Saul perdia-se em conjecturas, sem saber em qual aparência ou atitude confiar, quando o imperador mandou, com um gesto definitivo, que todas se retirassem.

E quando foi restaurada a calma, o imperador acomodou-se num trono baixo que um eunuco, destinado unicamente àquela tarefa, transportava sempre que o senhor se deslocava.

E o imperador perguntou a Saul:

— Por que veio de tão longe? Foi só para me ver, para me contemplar e saciar sua curiosidade? Foi para me informar de algum projeto conveniente para nossos dois reinos? Foi para me comunicar algum segredo? Ou, pelo contrário, tem a intenção de descobrir algum dos meus?

Saul preparava-se para responder, mas o imperador não lhe deu tempo para isso, prosseguindo:

— Suponho que, para correr tantos perigos e percorrer tantos caminhos, atravessando todos esses diversos mundos, só o animavam nobres razões! Desde Kashgar nós o seguimos, pois sabemos que é lá que muitas vezes suas caravanas descansam, quando retornam de Khotan carregadas com minhas sedas. Não o conheço mais do que você me conhece; no entanto, é um de meus melhores compradores. Essa situação deveria ser suficiente para você. Mas parece — e não posso ver nenhum outro motivo para a sua presença aqui — que sente inveja dos partos, que sente ciúmes porque trato com eles diretamente. E digo comigo mesmo que isto faz com que você se sinta ameaçado. Estou certo?

Saul olhou o imperador diretamente nos olhos, depois disse:

— Vossa Majestade não vos enganais. Porém, de minha intenção percebestes apenas uma pequena parte, apenas uma leve poeira, comparada aos grandes desígnios que alimento e que me arrastaram irresistivelmente à vossa presença.

O imperador deixou escapar um sorriso e disse:

— Bem, conheço sua intenção: pretende suplantar os partos e garantir o monopólio do comércio para a sua família.

— Que Vossa Majestade me perdoeis, mas, a julgar por vossas palavras e pelas pobres ambições que me atribuía, lamento dizer-vos que caminhais em pleno deserto e para trás.

Joiakim e Gad manifestaram aprovação ao irmão, cujas palavras estavam exatamente na linha e no tom que haviam elaborado em conjunto: viril e adulador.

Saul acrescentou:

— Vossa Majestade, podeis tranqüilizar-vos: minhas intenções são muito diferentes dessas histórias de comércio e de monopólio. E, se me for permitido, com intimidade dizer-vos-ei o seguinte: "Se costumais seguir os rastros de todas as minhas caravanas quando elas avançam pelo desfiladeiro de Kashgar, eu, por meu turno, me mantenho sempre informado sobre todos os vossos feitos bélicos e sinto admiração por vossa ciência do combate. Além disso, sinto-me feliz e maravilhado com a forma pela qual conduzis vosso reinado. E acho, ó Majestade, que empreende uma justa cruzada contra a linguagem escrita, pois nada pode ser mais hipócrita do que a palavra, nem mais traidor do que a frase, quando esta serve de veículo, às vossas costas, a idéias envenenadas ou ultrapassadas, reivindicando mais justiça e liberdade para o povo. Sabeis, meu imperador, que desconfio, assim como vós, das obscuras luzes que a filosofia de Confúcio espalha até entre os mais miseráveis barracões de seu império. O que é bom para o rico não é, necessariamente, bom para o pobre. Que necessidade tem este último de igualdade e de fraternidade, quando só está ali para servir e obedecer? E para finalizar esse aparte — pois ainda não vos falei sobre o que me trouxe aqui — deixai-me dizer-vos que enterrar vivos os letrados não é mais do que um doce suplício, comparado com o que nosso povo lhes reserva, quando seus ensinamentos produzem efeitos nefastos e vêm prejudicar nossos privilégios: nós lhes infligimos a pior das humilhações, forçando-os a mastigar e engolir todos os seus escritos, seja qual for o material sobre o qual tenham sido compostos: papel, pergaminho, couro, tabuletas de madeira ou de metal, estelas de pedra ou de mármore. E, quando não conseguem trincar nos dentes o ferro e a pedra, arranjamos um jeito de moê-los. E esse pó de palavras e de idéias, esse veneno do espírito, eles têm de engolir até morrer."

Os irmãos de Saul entreolharam-se de soslaio: embora apreciassem o discurso do irmão mais velho, estavam achando que ele exagerava um pouco nas imagens e na crueldade. Jamais, evidentemente, se haviam cometido tais crimes entre os hebreus, tendo os profetas e iluminados desfrutado sempre da liberdade de palavra.

Tranqüilizado, o imperador manifestou seu contentamento. De agora em diante, estaria sempre disposto a escutar as pessoas oriundas do oeste do mundo.

E, então, Saul prosseguiu:

— Eu vos mostrei, ó Majestade, o quanto é grande a vossa fama pela arte de bem conduzir um povo. Ela transpôs as cordilheiras do Pamir, as estepes persas e os desertos da Arábia, para nos trazer, finalmente, aquilo que é mais forte do que todas as opiniões e os escritos, quero dizer: a esperança. Agora, já podeis adivinhar qual o meu desígnio, pois sonho, para meu povo, com algo muito mais doce do que a seda. Refiro-me à emancipação dos judeus e à volta à religião primitiva, a de Moisés, sobre a qual eu vos falava quando examinastes a nossa *Torah*.

O imperador observou Saul e pousou o olhar sobre cada um dos irmãos. Achava que possuíam rostos honestos, postura nobre. Pensou: "Mas o que é um senhor privado de feudos e de conquistas senão um derrotado, um perdedor, um desajeitado?"

Como não atinasse com o motivo pelo qual aqueles judeus de Bucara, de indiscutível generosidade, se interessariam por um reino tão distante, situado a 300 dias de marcha daquela Bactriana onde viviam, ele interrogou os intérpretes para que lhe explicassem exatamente a situação. Ao compreender que o reino deles era seu antigo feudo, uma terra cobiçada por todos os seus vizinhos desde mil anos antes, e que atualmente estava sendo ocupada pelos gregos, sentiu certa compaixão pelos visitantes.

Captando aquela imperceptível perturbação, Saul achou ter chegado o momento de revelar o ambicioso projeto que o animava. Disse:

— Ouvis, Majestade, temos grande necessidade de um homem parecido convosco, que possa acabar com a anarquia e a desordem provocadas pelo dominador grego por influência de seus filósofos e de suas divindades pagãs.

Com ingenuidade, o imperador perguntou:

— São muito numerosos esses gregos?

— Cem mil vezes menos do que os chineses.

— Suas tropas são disciplinadas?

— Só quando vencem. Derrotadas, cometem verdadeiros horrores.

Um sorriso iluminou o rosto de Qin:

— O horror é bom. É uma função natural, como beber e comer, possuir o ventre de uma mulher ou aliviar os intestinos.

Apertou os olhos e acrescentou:

— Quanto mais se cometem crimes, mais se é respeitado. Mas, diga-me, por que os gregos só liberam seus demônios quando são derrotados?

Saul retificou:

— Que Vossa Majestade me perdoe. Eu me expressei mal. Os gregos vivem vomitando horrores em qualquer época e de qualquer maneira.

A resposta pareceu agradar ao imperador. Então, ele quis saber mais sobre os gregos.

— São corajosos nos combates?

— Muito corajosos!

— Que tipo de armas usam?

— As mesmas que as vossas. Só que vossas espadas e lanças são mais sólidas do que as deles, como também são mais robustos os braços de vossos guerreiros!

— E eles possuem cavalos? Carros, máquinas de assalto, jangadas, pontes flutuantes?

— Sim, possuem tudo que puderdes imaginar, mas têm um fraco pelos livros e pelos discursos!

— Quer dizer que os soldados deles sabem ler?

Conhecendo o ódio do imperador por qualquer coisa escrita por alguém que não fosse o legislador, Saul aproveitou-se daquela pergunta e respondeu:

— Sim, Majestade, muitos deles lêem e corrompem o próprio espírito.

Diante da visível repugnância do imperador, ele exagerou até induzi-lo a desprezar os gregos:

— Todos costumam carregar alguma obra literária em sua bagagem. E, no momento em que estão descansando, estudam Aristóteles ou Platão. E também muitos outros escritores, pois a Grécia é o berço da filosofia. Lá existem centenas, milhares de Confúcios e de Lao-Tsés!

O imperador exclamou:

— Mas então é um verdadeiro pesadelo!

— Sim, Majestade, um pesadelo que aterroriza meu povo e o mantém embrutecido, longe de sua própria crença.

O imperador, então, perguntou:

— Em que acreditam os gregos?

— Acreditam no Olimpo.

— No Olimpo?

— Sim. O Olimpo é um lugar onde ficam os seus deuses, longe de qualquer efervescência, numa eternidade celeste que não é atingida nem pelos ventos, nem pelas chuvas, nem pela neve. Os deuses ficam sentados no alto de uma montanha feita de nuvens e se ocultam por trás de um véu de pureza, cuja alva claridade ilumina o reino dos homens.

Interessado, o imperador pediu que Saul desse exemplos, apresentasse detalhes. Então, ele explicou quem era Zeus, Hera, Posídon, Atena, Hermes e Tétis. Pintou todos em negro, atribuindo-lhes apenas as intenções ruins e as nefastas influências. Tampouco as Graças foram poupadas, e ele também falou mal de Harmonia, Hebe e Afrodite.

Tendo escutado atentamente, o imperador rangeu os maxilares e falou com veemência:

— Esses gregos não me agradam, pois não respeitam o culto dos antepassados. E, no entanto, nossos antepassados aproximam-se de seus deuses, pois compartilham o mesmo céu e assentam-se sobre a mesma nuvem de pureza cuja clara luminosidade nos inunda e nos guia em cada um dos nossos atos.

Parou subitamente de falar e interrogou:

— Os gregos fazem sacrifícios para o céu e os astros, como nós o fazemos? Eles oferecem o coração de um inimigo, a garganta de uma virgem ao Príncipe dos rios, ao Senhor das nuvens, ao Mestre do vento e da chuva, ao Monarca das tempestades?

Saul preparava-se para responder quando uma alegre multidão de jovens, cada qual mais encantadora do que a outra, precipitou-se sobre a sala de conferências, precedida por uma orquestra de liras e tamborins.

Uma daquelas deliciosas criaturas de pálpebras maquiadas de ouro e violeta, vestida com a mais bela seda do reino, destacou-se e veio se prosternar diante do senhor da Terra.

Por sua vez, o senhor a saudou, e depois, ajudando a jovem a se reerguer, apresentou-a aos embaixadores dos judeus. Imediatamente, pela magia do olhar, ficou claro que a bela Li-Wa preferia Saul a seus irmãos. E Saul cortejou aquela beleza com as palavras e os sorrisos necessários para encantar a jovem sem desagradar o pai.

Pondo um final ao jogo da sedução, que só faz amolecer o cérebro e enrijecer o sexo, o imperador enviou as jovens beldades para outras ocupações e se dispôs às coisas mais terra a terra:

— Se compreendi bem, você me pede que eu lance centenas de tropas pelos quatro ventos do Ocidente, para satisfazer seu grande desígnio...

Sem esperar a resposta de Saul, ele prosseguiu:

— Mas o que eu ganharia, perdendo-me assim, com meus homens, em mundos onde não farei outra coisa senão ir e voltar?

Afetando indignação, Saul exclamou vivamente:

— Como! Estou vos propondo uma aliança estratégica da maior importância e, em vez de olhar para o resultado tangível, vossa majestade só percebe a breve passagem do tempo! Ora, meu imperador, quando vossos exércitos tiverem varrido do mapa os gregos e seus aliados, e forem recebidos como heróis por Jerusalém libertada, teremos formado, de fato, uma continuidade territorial entre o império dos Qin e o reino de Israel. Terá enfim, para sua seda e muitas outras mercadorias, uma saída para o Mediterrâneo e um acesso ao sonho!

O imperador cerrou os olhos como para melhor imaginar aquele sonho, depois disse:

— Você me propõe uma aliança estratégica da maior importância, mas onde estão suas tropas, como se dividem elas?

Saul não se desconcertou:

— Disponho de 40 mil guerreiros na Bactriana, que posso reunir em menos de uma semana, e um milhão de judeus em Israel, que sairão de sua letargia da noite para o dia, quando souberem que vindes para libertá-los.

O imperador refletiu por um momento e falou:

— Se sou o senhor de meu império e de meus súditos, senhor de meus exércitos e único juiz das ordens que lhes imponho, para todo o demais é preciso reportar-me às forças do céu para obter seu apoio. Isso exige muitas orações e sacrifícios, paciência e reflexão. Ouça, haverá inúmeras discussões entre as nuvens brancas e as nuvens negras, tantas opiniões diferentes quantas cores existem no arco-íris, tantos relâmpagos e confrontos tempestuosos quantas partículas explosivas existem no raio!

Saul arriscou:

— Quereria o imperador da China fazer-me crer que não é o senhor de vosso destino?

Vivamente incomodado, Qin replicou:

— O destino é meu senhor, e não passo de seu escravo. O céu decidirá por mim. Caberá a mim, depois, aceitar ou recusar o conselho dos antepassados e a recomendação dos astros.

Os três irmãos entreolharam-se ao mesmo tempo, como se houvessem combinado e respondessem ao mesmo sinal. De fato, todos pensavam no jogo de xadrez que haviam oferecido ao imperador e sobre o qual ele nada sabia, ainda. Lá, diante do adversário, equivalentes em todos os pontos, possuindo o mesmo número de soldados e de oficiais, tinha-se o poder de forjar o próprio destino, sem esperar outra coisa do céu além de uma parte de sorte...

Sem pretender que o xadrez pudesse ter colocado os grandes antepassados em má situação, suplantando os diversos espíritos que povoavam rios, montanhas e florestas, poderíamos dizer que o imperador Qin nunca mais jurou, a não ser por aquele jogo.

É necessário especificar que as regras daquele protótipo, o mais antigo ancestral do jogo de xadrez que conhecemos hoje, limitavam bastante as combinações estratégicas. Com efeito, as torres só podiam avançar três casas de cada vez; os bispos, quatro casas. Verdadeiramente móvel era, apenas, a rainha. O rei era totalmente imóvel, sem a possibilidade de rocar ou de se deslocar para a frente e para trás.

Tão logo viu-se capaz de dominar o movimento das peças, o imperador manifestou viva satisfação. Quando adquiriu experiência suficiente para iniciar o jogo de vários modos, de memorizar mais de 15 jogadas e antecipar as do adversário, literalmente ele se apaixonou pela invenção, que fazia do jogador o senhor absoluto de seu destino. Até então, nenhum jogo chinês conhecido, fosse o *go* ou o *mahjong*, exigia tanto do espírito quanto aquele: o espírito de decisão, o espírito de criação, o espírito de sucesso, o espírito de aventura... O espírito do puro espírito, porque desinteressado. Eram raros os jogos que traziam apenas a honra e a glória. A maior parte misturava o dinheiro ao ganho e à perda. E, paulatinamente, criara-se o hábito de se jogarem apenas os jogos a dinheiro ou de azar. E eis que de repente chegava à China, trazido pelos judeus, uma invenção persa que fazia pouco do lucro e se colocava, assim como Deus, acima dos valores vulgares.

Seduzido, e também, com muito talento, tanto para atacar quanto para blefar, o imperador ainda não havia chegado ao cúmulo de suas surpresas. Fazia absoluta questão de recompensar Saul por lhe ter apresentado aquele jogo, aparentemente tão modesto, porém muito mais fascinante e enriquecedor do que presentes que, embora mais clássicos e aparatosos, eram muito menos luminosos. E falou:

— Peça-me o que quiser e lhe darei!

Astuto, Saul deu a seguinte resposta:

— Sabeis o que quero. Então: quero aquilo que vós sabeis!

Irritado, o imperador afastou aquela idéia com um gesto:

— Deixe isso para amanhã. Agora, diga-me o que lhe agradaria hoje. Peça-me qualquer coisa e a obterá!

Saul, então, respondeu:

— Desconfiai desse "qualquer coisa", pois existem coisas que parecem inofensivas e até mesmo ridículas, mas que não calculamos como podem ser devastadoras...

Divertido, o imperador lançou:

— Se fala de minha filha Li-Wa, muito bem, pode tomá-la, ela lhe pertence!

— Eu ficaria extremamente honrado, pois vossa filha é bela e pura como as luzes celestes de que falávamos outro dia. Mas eu não me atreveria jamais a colocar Li-Wa na categoria "qualquer coisa"!

O imperador confundiu-se de súbito:

— Como! Você recusa minha filha?

Saul recuou:

— Enganai-vos, ó grande imperador! Muito aprecio vossa filha e de bom grado faria dela minha esposa, contanto que a pudesse conquistar por mim mesmo, deleitando-me com seus sentimentos e seus encantos...

O imperador interrompeu-o:

— De acordo. Não contemos Li-Wa. E, aliás, não está certo que minha filha seja um presente!

Saul preparava-se para prosseguir no tom de brincadeira, quando o imperador acrescentou:

— Sei como recompensá-lo! Talvez favorecendo-o com relação aos partos?

Saul tomou ares de indignação e replicou, por sua vez:

— Deixai isso para amanhã, então. Conceder-me o monopólio do comércio da seda não é um favor que me concedeis, mas sim um negócio de que ireis aproveitar. Na verdade, se aceitásseis vossa proposta, eu não estaria sendo recebedor, mas doador. Eu vos ofereceria minhas habilidades e minha experiência...

Ao final de alguma discussão, e querendo de todas as maneiras beneficiar Saul com sua generosidade, o imperador dos Ts'in disse:

— Peço-lhe, por favor!, deu-me um jogo único no mundo que inunda meu espírito e me ocupa o tempo de lazer de forma tão inteligente e tão apaixonadamente, que nenhuma mulher, a mais sensual como a mais ordinária e que nenhum amigo, o mais fiel como o mais bajulador, poderiam compensar. Então, por isso, e nada mais do que por essa atenção, diga-me seu preço!

Os três irmãos novamente se entreolharam: haviam, finalmente, atingido o objetivo. Então Saul, como bom jogador que era, ainda retardou um pouco aquele instante e arriscou:

— Como poderia eu avaliar o valor monetário de um presente? Minha alma se sentiria ferida e fugiria de meu corpo, para ir buscar, lá fora, um envoltório carnal melhor do que este meu.

Tomando ao pé da letra, o imperador respondeu:

— Muito bem, que ela fuja! E que venha habitar o corpo de Li-Wa!

Por um curto momento ele ficou refletindo, depois acrescentou:

— Mais uma vez, você doa e eu recebo. Decididamente, você me desencoraja!

Saul achou que o momento era propício:

— Muito bem, uma vez que vos desencorajo, vou agora deixar-vos desesperado para sempre, pedindo-vos que ponhais um grão de trigo sobre a primeira casa, dois grãos na segunda, quatro na terceira, oito na quarta, 16 na quinta, 32 na sexta, 64 na sétima, 128 na oitava, 256 na nona, e assim por diante, até a sexagésima quarta casa, dobrando o número de cada vez.

O imperador teve um grande acesso de riso e exclamou:

— Muito bem, se é para me desesperar, você me desespera de fato. Na verdade, não julguei que você fosse assim tão tolo. Estou falando de um verdadeiro presente, de algo inesquecível, e você me pede grãos de trigo, uma coisa insignificante dessas!

Saul tomou ar de seriedade e falou:

— Previno-vos, com toda sinceridade e toda honestidade, ó grande imperador, que, se assim continuardes, a partir da nona casa — onde fiquei com meus 256 grãos de trigo — até a sexagésima quarta e última casa de vosso jogo, estarais totalmente arruinado antes do final da conta.

O tom grave de Saul inquietou o augusto soberano. Podia-se adivinhar que ele se absorvia num rápido cálculo mental. Depois, de repente, retomando seu sorriso, replicou:

— E eu, eu aposto o contrário!

— O contrário? O que quer dizer com isso?

— Quero dizer com isso que você não enriquecerá à minha custa e que estarei longe, mas muito longe, então, de ficar arruinado!

Saul respondeu:

— Com todo o respeito que vos devo, ó grande imperador, deixai-vos propor outra coisa. Sem querer inquietá-lo, nem tampouco abusar de vossa bondade, façamos, antes, o seguinte acordo, que se refere ao projeto que vinde adiando para amanhã há muitos dias.

O imperador encarou-o com curiosidade e perguntou:

— Não mantém mais a sua aposta?

— Mantenho, mais do que nunca. Só quero dar-vos um objetivo, pois uma aposta sem motivo não passa de palavras ao vento, um pulo no vazio.

Seguro de si, o imperador desafiou-o com o olhar:

— E que objetivo põe em sua aposta?

— Muito bem, ei-lo: se eu ganhar, vós vos comprometereis a vir socorrer meu reino distante, ocupado pelos gregos!

Tomado de um acesso de riso, o imperador bateu com força nas coxas, perguntando:

— E se perder, a que se comprometerá?

Imediatamente, Saul respondeu:

— Caso-me com vossa filha!

Depois de novo acesso de riso, pigarreando e cuspindo, o imperador exclamou:

— Se compreendo bem, já posso considerá-lo meu genro?

— Sim, o genro de um imperador arruinado, porque não tereis trigo bastante, em todo o reino, para ganhar a vossa aposta.

Diante da expressão interrogativa do imperador, Saul acrescentou:

— Tranqüilizai-vos. Não exigirei que esvazieis vossos silos em meu proveito, durante muitos anos, pois a minha aposta visa a uma ação mais nobre, a qual, pelo contrário, só vos trará honrarias e riquezas.

O imperador olhou para Saul com compaixão, não podendo impedir-se de confessar:

— Você atribui à minha filha todas as virtudes e todas as qualidades, mas devo preveni-lo eu também, com toda honestidade e toda amizade: Li-Wa tem muito mais de seu pai do que de sua mãe!

— O que está o imperador querendo dizer com essas palavras?

— Com essas palavras, ele lhe diz que Li-Wa é obstinada e intransigente, orgulhosa e vencedora, cruel e impiedosa, livre e indomável!

— Muito bem, tanto melhor, farei dela uma manassé. Vossa filha me dará muitos filhos!

Convidando o imperador a tomar de seu ábaco de nácar, Saul empurrou o tabuleiro de xadrez para a sua frente, dizendo:

— Eis aí o que vai nos desempatar. Quanto a vosso ábaco, entregareis a alma quando chegardes à quadragésima casa, pois ele não seria capaz de contar mais além!

O imperador assumiu um ar de superioridade e iniciou as suas multiplicações. Ao chegar à vigésima quinta casa, tendo colocado um grão sobre a primeira, dois sobre a segunda, quatro sobre a terceira, oito sobre a quarta, 16 sobre a quinta, e assim sucessivamente até a vigésima, totalizava 524.288 grãos.

Na vigésima quinta, ele achou 16.777.216 grãos.

Na trigésima, 536.870.912 grãos.

A essa altura, o imperador Qin começou a perder sua soberba. Na realidade, estava tão espantado, e até mesmo admirado, quanto contrariado. Foi então que Saul o preveniu:

— Agora não podereis ir adiante, de nenhuma maneira, pois daqui para a frente só uns poucos sábios matemáticos seriam capazes de prosseguir em vosso lugar.

Com um sobressalto, o imperador se lamentou:

— Ai, que falta de sorte! Pois ontem à noite mandei que enterrassem vivo o melhor de todos!

Saul exclamou:

— Talvez ainda não seja tarde demais, salvai-o depressa, antes que morra!

O imperador deu ordens para que fossem desenterrar o sábio, que havia cometido o erro de comentar, com sua família, um venerável escrito de Confúcio.

E, enquanto o matemático se recompunha de toda a sua emoção a algumas léguas do palácio, no local em que era retirado do buraco que ele próprio tivera de cavar, Saul advertia o augusto soberano:

— Precisais saber o seguinte, pois, sem que conheça essas unidades que confinam com o infinito, não será possível avaliar toda a extensão de vosso desastre. Sabeis que um bilhão corresponde a mil milhões e que um trilhão equivale a um milhão de bilhões, ou seja, um bilhão de bilhões.

O imperador pareceu tão desnorteado que Saul procurou tranqüilizá-lo:

— Quem sabe, talvez — se o bom tempo o permitir —, vossa colheita de trigo seja suficiente para encher a última casa do jogo?

Dirigiu um sorriso a seus jovens irmãos, os quais ainda não haviam chegado ao resultado final, lutando sobre garranchos de contas. Depois, disse:

— Se quiserdes, posso dizer-vos, agora, o total que vosso ábaco poderá alinhar, com todo o rigor, se é que poderá chegar, são e salvo, às fronteiras da quadragésima casa. Anotai bem, num canto de vossa memória: são 549.755.813.888 grãos.

Diante da fisionomia descomposta do imperador, Saul prosseguiu:

— E, só para essa quadragésima casa, na proporção de 17 grãos de trigo por espiga, para dar um grama, e de 120 mil espigas por hectare, devereis, pois, fornecer-me 323.386 quintais de trigo colhido numa área de 269.488 hectares.

O imperador encontrava-se à beira do abismo, quando Saul acrescentou:

— Será que podeis vos dar conta do número de hectares que tereis de cultivar para chegar às cifras astronômicas que vos anunciaremos, quando vosso matemático tiver recobrado seu ânimo?

E, naquele momento, o matemático chegou. Inteiramente desnorteado, tremendo dos pés à cabeça, ele se prosternou diante do imperador, declarando-lhe sua eterna gratidão.

O imperador fez uma careta, dizendo:

— É melhor agradecer ao judeu, pois é a ele que deve sua vida.

Dava pena ver aquele pobre homem que tinha ficado enterrado durante todo o dia, apenas com a cabeça acima da terra.

Saul fê-lo sentar-se diante do tabuleiro de xadrez e explicou-lhe as regras, confessando jamais ter conseguido chegar a uma cifra conveniente, além da qüinquagésima casa.

E, para ajudar o matemático em seus cálculos, ele forneceu o resultado da qüinquagésima casa, que era o seguinte: 562.949.953.421.312 grãos de trigo.

No velho homem, o pavor cedeu lugar à maravilha. Imediatamente lançou-se ao trabalho, exigindo, entretanto, que se acoplassem três ábacos num só. Isso tomou algum tempo, mas o matemático não o perdeu, alinhando imediatamente impressionantes fileiras de cifras.

Na qüinquagésima quinta casa, ele inscreveu 17 cifras na mesma linha, o que dava exatamente: 18.014.398.509.481.984 grãos. Em outras palavras, o referente à colheita produzida por 8.830.587.500 hectares. Cerca de 60% da superfície cultivável do planeta.

Embasbacado, sabendo que havia perdido a aposta, o imperador mostrou-se bom jogador e preferiu entusiasmar-se, também ele, na suposição de que a admiração se transmitiria da vítima para o carrasco.

Na sexagésima casa, o cálculo se complicou. Foi necessário acrescentar ainda um ábaco aos outros, pois o número obtido passava de 17 a 18 cifras. Chegava-se aos 339.094.560.178 quintais. Para obtê-los, seria necessário plantar sementes numa área correspondente a 19 vezes a superfície cultivável da Terra.

Fascinado, à beira do esgotamento, após experimentar a provação da tortura e dos cálculos, o velho homem empacou por várias vezes no total das sexagésima primeira, sexagésima segunda e sexagésima terceira casas. Ali, contavam-se agora fileiras com 19 cifras. E, como o imperador começa a se sentir impaciente, fez com que fosse servida ao sábio uma refeição com bebidas quentes, a fim de que ele pudesse recuperar a eficácia e a vivacidade de que todos o sabiam possuidor antes.

Finalmente, chegou o momento em que o sábio pôde fornecer a soma de grãos correspondente à dívida do imperador. Essa soma era tão incalculável e colossal, que não havia mais ganhador, nem perdedor, nem vencedor e nem vencido, mas unicamente os três homens triunfantes, que repetiam em ladainha: "9.223.372.036.854.775.808".

Transformado em quilos, o número era ainda mais prodigioso, pois aquela fabulosa e hipotética colheita de trigo pesava 5.425.512.962.856 quintais, ou seja, 542.551.296.286 toneladas.

O que quer que fosse dos trilhões e dos bilhões, aquela cifra ultrapassava qualquer entendimento. O imperador e seus convidados, como também o matemático, não podiam compreender como era possível chegar a semelhante número a partir de um único grão de trigo colocado sobre a primeira casa do tabuleiro de xadrez.

E Saul teve de explicar ao imperador que, imaginando-se um rendimento de 20 quilos de trigo por hectare (o que parece pouco para a época, se comparado ao atual rendimento de cinco toneladas por hectare), ele teria de cultivar 4.521.260.862.380 hectares. Em outras palavras, 306 vezes a superfície das terras não submersas do planeta.

À beira de uma vertigem, atingido pela síndrome dos grãos de trigo, o imperador balançava bem devagar a cabeça. Estava disposto a tudo para honrar sua dívida, até mesmo a lançar suas tropas contra as muralhas de Jerusalém. Enquanto isso, Saul se divertia em revirar o ferro dentro da ferida.

E disse:

— Não estou certo de que tenhais compreendido bem, mas acho melhor repetir: se toda a Terra vos pertencesse e se pretendêsseis cultivá-la inteira só com sementes de trigo, levaríeis mais de três séculos para colher o grão que me deve!

O imperador interrogou o matemático com os olhos, e ele confirmou:

— Perfeitamente, Majestade. A conta está certa!

Após alguns instantes de reflexão, o imperador disse:

— Como não tenho certeza se ainda vou viver por 306 anos — a menos que as 300 virgens que mandei percorrer os oceanos me tragam de volta o elixir da longa vida: o âmbar do cachalote e a espuma das ondas do Meio —, não me restam senão três soluções: ou bem (como você deseja e já lhe prometi) empenho meu exército contra os gregos e liberto Jerusalém, ou bem eu o mato e minhas promessas desaparecem junto com você, ou, então, completo minha primeira sugestão e faço de você meu general-chefe.

Um largo sorriso iluminou seu rosto, depois acrescentou:

— O que pensa disso o judeu? Será que pode se ver à frente de meu exército, em marcha para seu distante reino? Ou, antes, se vê com a cabeça decepada?

Saul devolveu-lhe o sorriso, replicando:

— Saibeis que só perco a cabeça muito raramente. E, quando acontece algum acidente assim, sempre depois de alguma grande fadiga ou de alguma indigestão devida a grãos de trigo, vou reencontrá-la bem mais organizada do que antes.

Por mais que seus irmãos lhe ponderassem que deveria aproveitar-se da boa vontade do imperador, e o mais rápido possível, Saul não fez caso deles e mudou de assunto.

— Já que falastes em elixir da longa vida, de virgens no meio dos oceanos e de âmbar de cachalote, deixai-me dizer-vos que os patriarcas, meus antepassados, não possuíam esse segredo de eternidade que lhes é atribuído: Adão viveu 930 anos; Seth, 912; Enoch, 905; Kenan, 910; Mahalael, 895; e Matusalém, 969 anos. Sei antecipadamente o que ides perguntar: "Mas qual é o seu segredo da longevidade?". Muito bem, deixai-me dizer-vos que para chegar à velhice é preciso ser mau. Que para ser mau é preciso amar a vida e despertar o ciúme de seu próximo. Que para amar a vida é preciso saber desfrutá-la. Que para desfrutar a vida é preciso cercar-se de muitas mulheres e tanto de filhos quanto de amigos. Que para ter filhos deve-se dar prazer às mulheres. Que para ter amigos não se deve forçosamente ser assim tão mau quanto se diz. Enfim: que todos esses anos de imortalidade não se devem nem à espuma da onda do Meio, nem ao âmbar do cachalote, nem ao chifre do bode, nem à raiz do ginseng, como também não se deve a qualquer receita ou remédio mágico, mas apenas à lenda e ao mito. Na verdade, privado das lendas e dos mitos, tendo todos os seus ídolos e deuses proibidos, o povo morreria de tédio. Não saberia nem mesmo sonhar.

Como o imperador parecia sonhador, Saul prosseguiu com sua demonstração:

— Na verdade, Majestade, todos aqueles veneráveis patriarcas morreram com idades respeitáveis, sim, entretanto, não impossíveis. Os exegetas deliberadamente confundiram anos e meses. Fazer Adão desaparecer com 77 anos e Matusalém com 80 não teria quase nada de mitológico. Em compensação, já que estavam muito mais perto de nós, os que interpretaram os textos bíblicos não ousaram acumular séculos sobre as costas recurvadas de Moisés, fazendo-o morrer aos 120 anos. Seu irmão Aarão seguiu-o três anos mais tarde. Quanto a Josué, deu seu último suspiro aos 110 anos.

Fixando bruscamente os olhos no imperador, Saul perguntou:

— O que pretendeis fazer de vossa velhice?

— De minha velhice pretendo fazer a juventude que não pude ter. Quando criança, fui mantido como refém junto com meu pai em Handan, capital do estado de Zhao. Ali, levamos uma vida miserável. Pobres e humilhados, devemos nossa salvação a um mercador de nosso reino, que nos deu de comer e ofereceu sua concubina a meu pai. Esta, uma Ts'in de personalidade muito forte, tantas intrigas fez na casa dos Zhao que eles nos libertaram. Foi assim que meu pai subiu ao trono dos Ts'in, combatendo em seguida contra os Zhao.

— Se correis atrás de vossa juventude, é porque começastes a vida ao contrário! Então, respondei-me: sereis tão poderoso e cruel em vossa juventude quanto nos vossos dias de velhice?

Divertido, o imperador respondeu:

— No que se refere a meu poder e minha crueldade, posso garantir: os gregos terão uma boa mostra. Quanto às beldades de Jerusalém, que elas se preparem, pois um leão irá compartilhar de seu leito.

E Saul replicou:

— E um touro vai compartilhar do leito de sua filha e transformará aquela tigresa numa simples ovelhinha.

O imperador explodiu em gargalhadas, exclamando:

— Gosto dessa imagem! Isso não impede que, se quiser minha filha, eu o obrigue a beijá-la em 64 pontos de seu corpo de alabastro. Começará com um beijo em seu adorável nariz, dois em uma de suas pálpebras de veludo, quatro na outra, oito na testa, 16 numa das faces de pêssego, 32 na outra. Sessenta e quatro no lábio inferior, 128 no superior, 256 na boca ávida, 512 no seio direito, 1.024 no esquerdo. Em seguida, beijará 2.048 vezes a pelugem de seu púbis; depois; 4.096 vezes a estreita vulva, suave como a seda. E, sempre dobrando o número, e o sexo e as nádegas, os pés e os joelhos deverá chegar à sexagésima quarta casa de pele, de incomparável delicadeza, onde você se perderá na infinita doçura da parte posterior do joelho.

Por sua vez, Saul teve um acesso de riso e disse:

— Por essas contas, entre trilhões e bilhões de beijos, terei tanto que fazer, por tanto tempo, que não poderei nem mesmo gerar os netos que vós desejais!

O imperador não achou necessário responder. Dirigindo-se ao matemático, falou:

— Calcule para mim o seguinte: na proporção de um beijo a cada três segundos, quantas horas, quantos dias, quantos anos, quantos séculos seriam necessários ao marido de minha filha para completar a volta em seu delicioso corpo?

Vendo ali uma oportunidade para brilhar, o pobre matemático respondeu:

— Que Vossa Majestade me desculpeis e perdoeis, mas o jogo que estais propondo ao vosso conviva parece-me desproporcional em relação ao problema a que ele vos submeteu e à aposta que haveis concluído...

O imperador, que não apreciava esse tipo de zelo, lançou-lhe um olhar sombrio e perguntou com secura:

— O que quer dizer com isso?

— Quero dizer o seguinte: pela aposta há pouco perdida, deveríeis pagar a soma reunida na sexagésima quarta casa do tabuleiro de xadrez. Em compensação, o judeu, vosso hóspede, deverá primeiramente distribuir tantos beijos, da primeira à sexagésima quarta fração de corpo de vossa filha, quantos ele dará em seguida ao se inscrever o número total dos beijos sobre a sexagésima quarta parcela de pele, de suavidade sem igual.

Como o imperador nada compreendesse, o matemático especificou mais o exemplo:

— Vossa Majestade, não pagastes pelos grãos que dispusestes sobre o tabuleiro, a cada etapa da contagem. Pagastes apenas pelo número final dos grãos, enquanto vosso amigo, o nobre judeu, acrescentará ao último resultado todos os beijos que terá dado antes para chegar da primeira casa de pele até a sexagésima quarta.

Saul felicitou o matemático, encorajando-o a retomar seus instrumentos.

O velho homem passou duas longas horas ocupado, fazendo correr as esferas de madeira nas hastes de ferro. Enfim, pôde calcular o número exato de beijos a serem concedidos.

Quando o imperador e Saul retornaram, após degustar suculentos raviólis recheados com patê de andorinha, o rosto do velho sábio brilhava com uma estranha felicidade. Até ali, jamais ele ousara perder seu tempo calculando semelhantes futilidades. Mas agora sentia um prazer imenso.

O imperador tomou seu lugar sobre o trono baixo colocado pelo jovem eunuco e disse:

— A julgar por sua satisfação, vejo que já tem o resultado.

— Exato, já tenho o resultado. E é tão impressionante, que precisei refazer várias vezes a verificação!

— Muito bem, o que está esperando para nos dizer?

O sábio olhou para Saul e disse:

— Não estou certo de que se trata de uma liberdade, considero tudo isso muito mais sua escravidão já que são tantos os beijos a serem dados!

Saul tranqüilizou-o:

— Isto não passa de um jogo do espírito e seu senhor não me colocará à prova.

O sábio suspirou de alívio e disse:

— Nesse caso, e uma vez que já me encontro mais calmo, a soma é de 18.446.744.073.709.551.615 beijos.

O imperador e Saul trocaram olhares estupefatos. Mas ainda não haviam chegado ao cúmulo do espanto, pois o matemático prosseguia sua exposição:

— Deveis saber que, no espaço de 12 meses, levando em conta os anos bissextos — um em cada quatro —, há 365,25 dias, que representam 31.557.600 segundos. Assim, na proporção de um beijo a cada três segundos, não se podem dar, por ano, senão 10.519.200 beijos.

Dirigindo-se ao imperador, sem saber se obteria clemência ou se voltaria a ser enterrado vivo, o velho sábio disse:

— Seriam necessários, ao hóspede de Vossa Augusta Majestade, 1.753.126.138.272 anos para beijar sua filha nas 64 parcelas de seu gracioso corpo. Isso, dobrando a quantidade de beijos a cada pequeno grão de pele aflorado com os lábios.

E, como o imperador e o hóspede mostravam o mesmo entusiasmo e a mesma consternação, o velho sábio atreveu-se a sustentar o olhar de seu senhor, dizendo:

— Antes de prosseguir, gostaria de saber o que Vossa Majestade esperais fazer de mim quando tiver terminado meus cálculos.

E o imperador respondeu, contra todas as expectativas, com uma crueldade tão terrível que Saul sentiu-se indignado:

— Como você não renegará jamais os ensinamentos de Confúcio, eu deveria enterrá-lo de novo. Entretanto, como nos esclareceu com seus conhecimentos, conceder-lhe-ei a clemência...

O matemático não se atreveu a manifestar sua alegria, pois o imperador logo prosseguiu com tom de superioridade:

— Conceder-lhe-ei a clemência, mas a sua punição será bem pior que morrer com a cabeça esmagada pelos cascos de meu cavalo. De fato, eu o condeno, de agora em diante, a beijar as nádegas de meu eunuco, dividindo-as em 64 pontos diferentes; e terá de beijar em tantos segundos quantos os de sua exposição.

Àquelas palavras, o matemático exclamou:

— Não falo por mim, pois, efetivamente, jamais renegarei Confúcio. Mas, ao me infligirdes esse suplício do beijo, estáis castigando injustamente vosso eunuco, que é inocente e jamais vos traiu.

O imperador manifestou desprezo no olhar e exclamou:

— Será castigo deixar-se beijar nas nádegas durante um ano inteiro?

O sábio retificou:

— Seria mais acertado dizer: "Durante toda a idade da Terra". E ainda estaríamos bem longe da conta.

O monarca ficou surpreso:

— A idade da Terra seria, então, inferior aos anos que meu futuro genro precisaria para dar a volta completa ao corpo de minha filha, beijando-o sem parar, em 64 etapas?

Enquanto o velho sábio retomava seus ábacos, Saul confidenciou ao ouvido do imperador:

— Esse homem, a quem tratais pior do que a um cachorro, é um poço de ciência, um tesouro que qualquer soberano — fosse ele Ts'in, hebreu, babilônio, egípcio ou grego — sonharia possuir.

— Mas eu me cerquei de muitos outros sábios, muito bons, até mesmo de melhores. É minha culpa se eles estudam Confúcio às escondidas e o elevam mais alto do que a mim!

— Ora, Majestade, há 300 anos Confúcio não está mais neste mundo. E, se as idéias deles sobrevivem, por que proibi-las? Não seria melhor permiti-las? Se fosse essa vossa decisão, não teríeis mais um único inimigo em meio a vossos inumeráveis súditos!

O imperador replicou:

— Sem inimigos, a vida seria de um tédio mortal.

— Talvez. Mas são tantos os que tendes, que vossa vida corre o risco de ser encurtada prematuramente!

— Por enquanto, sou eu que encurto a vida dos outros.

Percebendo que não conseguiria levar o imperador à razão, Saul teve uma idéia:

— Dai-me seu sábio. Que ele me acompanhe até Bucara e depois até Jerusalém. Eu o empregarei em nossos negócios comuns e ele vos será muito mais útil como contador-geral do que como beijador de traseiros!

No mesmo instante, resignado, o velho matemático saiu de seu silêncio e disse:

— A Terra existe há quatro bilhões de anos. É por isso, ó grande soberano, que a punição que nos infligistes é desprovida de sentido, pois, para beijar sem parar as nádegas de vosso eunuco em 64 pontos, seria necessário que eu vivesse ainda algo em torno de 440 vezes a idade da Terra. Ou, pior ainda, 110 vezes a idade do Universo.

O imperador teve, então, um gesto de tranqüilidade:

— Já que estamos no infinitamente grande, não posso me permitir cair no infinitamente pequeno. Tal comportamento desagradaria aos ancestrais. Dessa forma, não tenho outra solução senão a de me livrar de você.

Apontou Saul com um gesto do braço e acrescentou:

— Eis aí seu novo senhor!

Os dois homens cruzaram seus olhares. Ao ver um sorriso se desenhar sobre os lábios do velho erudito, Saul perguntou:

— Se a Terra tem apenas quatro bilhões de anos, em quanto estima a idade do Universo?

A resposta veio como um raio:

— O Universo tem a idade de 16 bilhões de anos.

— Deveria, então, beijar as nádegas do eunuco 11 vezes mais tempo do que os 16 bilhões de anos que compõem e governam o universo desde a sua criação?

— Exatamente. Teria de fazê-lo por 156 bilhões de anos...

O imperador nem mesmo procurava entender. Esmagado pelo tempo e pelas cifras, perdido nos bilhões de anos decorridos ou por vir, repetiu consigo mesmo:

— E tudo isso partindo de um único pequenino grão de trigo multiplicado por dois...

Saul concordou:

— Sim, um único pequenino grão de trigo, colocado na primeira casa do tabuleiro de xadrez, ou um único beijo, e que se aumenta de uma quantidade idêntica a ele, a cada nova casa...

Alguns meses mais tarde, Saul participou dos sacrifícios rituais do casamento chinês, desposando a indomável Li-Wa.

Naquele dia, ela chegou vestida inteiramente de vermelho, sentada sobre uma liteira de ouro e púrpura, carregada por jovens eunucos. Desceu às portas do palácio que o imperador havia alugado a Saul e, de acordo com os costumes, mandou que o chamassem.

Uma orquestra de liras, címbalos e cítaras a havia precedido, assim como uma procissão de notáveis e de militares do alto escalão. Saul preparava-se para acolhê-la. Vestido como um mandarim, com um pesado casacão com gola e forro de marta, cuja abertura deixava entrever um colete de seda bordada com dragões de fogo, ele se adiantou, então, para a liteira e tomou a indomável Li-Wa nos braços. Transportou-a assim, orgulhosamente, até a sala de recepção, sem deixar de se deter o tempo necessário para apresentar à nobreza a mais divina das criaturas.

Para terminar, depôs Li-Wa aos pés do imperador, que presidia à cerimônia do alto de seu trono em ouro maciço.

Ali, Saul prosternou-se, por sua vez, e permaneceu naquela posição, fazendo crer que decifrava as tabuletas dispostas sobre o chão. Aqueles textos contavam a lenda dos ancestrais de Li-Wa, cujas obrigações morais e exigências de sabedoria deveriam ser dali em diante aceitas por todo recém-chegado.

Como aquele casamento chinês tão pouco tinha de semelhante ao casamento judeu, estando tão distante das sabedorias e bondades louvadas pelos espíritos veneráveis, Saul obteve do imperador a permissão para colocar sua *Torah* entre as tabuletas. Pôde, então, consagrar-se ao recolhimento e à oração, e dar ao acontecimento um pouco de sua própria religião.

É inútil, creio eu, estender-se aqui sobre o festim e as opulências que se seguiram à cerimônia, como também pareceria deslocado narrar em detalhe, ou mesmo resumidamente, as emoções vividas por um ou outro durante a noite de núpcias, que, aliás, se prolongou até tarde, na manhã do dia seguinte.

Digamos que Li-Wa não se mostrou absolutamente indomável. Prestou-se, com felicidade e curiosidade, aos jogos do amor e, nove meses mais tarde, deu à luz um belo menino, maçãs salientes e olhos puxados, de nome Qin-Saul.

✡

Efraim interrompeu-se por um instante e observou atentamente o Estrangeiro. Achando-o suficientemente interessado, confessou:

— Pode ser que descendamos desse ramo sino-judaico, o qual se dispersou em seguida por diversas províncias e reinos bárbaros da China. Outros Manassés, entre os quais Joiakim e Gad, os irmãos de Saul, realizaram também matrimônios com princesas. E, mais tarde ainda, caravaneiros judeus de Samarcanda e de Bucara uniram-se aos Ts'in e aos Han. E, ainda mais tarde, a moças song e mandchus.

"Evidentemente, circulam outras hipóteses a respeito de nosso tipo físico atual, e todas parecem plausíveis. Lembro-lhes que cerca de 50 cavaleiros originários de Mênfis permaneceram junto ao imperador Paurava e foram, ao longo do Ganges, até Benares."

Como o Estrangeiro aprovasse com a cabeça, Efraim abandonou o tempo presente e retomou sua narração.

✡

O livro de Efraim

Alguns dias depois do casamento da filha, o imperador privou-a de seu marido. Ao elevar Saul ao grau de oficial superior de seus regimentos de elite, ele o convidou a partir consigo em viagem de inspeção. Uma tropa composta de 3 mil homens a cavalo e de balestreiros em seus carros de combate os acompanhava e os protegia de salteadores e rebeldes. É que os Reinos Combatentes, submetidos ao imperador por documentos e pela força, aceitavam mal a hegemonia dos Qin, que não praticavam o yin e o yang, e ainda menos os prós e os contras.

Os Ts'in não discutiam e não aceitavam a menor recriminação. Devia-se obedecer-lhes pontualmente, ao pé da letra. E mais os dias se passavam, com seus cortejos de horrores e de misérias, mais Saul se dizia que havia realizado uma proeza ao colocar Qin do seu lado. Parecia loucura que um imperador como aquele pudesse mobilizar seu exército por uma causa tão nobre quanto a de libertar um povo subjugado, quando ele próprio era um tirano dominador e impiedoso.

E, a cada etapa, o imperador tornava Saul cúmplice de sua duplicidade. Não havia colocado ele na cabeça a idéia de arruinar os senhores locais aplicando-lhes o golpe do tabuleiro de xadrez:

— Veja este tabuleiro de damas: ele tem 64 casas. Você colocará um sapeque (um centavo) na primeira casa, dois sapeques na segunda, quatro na terceira, oito na quarta, e assim por diante, até a sexagésima quarta casa!

Tanto os menos maliciosos quanto os mais astutos, os que haviam inventado a bobagem e os que haviam inventado a pólvora caíam irremediavelmente na armadilha.

Exclamavam:

— Vamos, augusto soberano, não façais pouco de nós! Mereceis muito mais do que essa simples esmola de nossas pobres mãos, e estamos dispostos a vos dar muito mais do que esses poucos sapeques que reclamais.

E o imperador, que os aguardava para dar o bote, fingia modéstia:

— De jeito nenhum, podem assegurar-se, eu me contento com o resultado...

Saul mal podia disfarçar seu desgosto. O imperador, com seu contumaz exagero, não apenas abusava dos mais fracos, como também menosprezava o jogo propriamente dito. Preferia iludir o adversário com a matemática do tabuleiro do que manejar convenientemente as peças, de casa em casa. O jogo o havia conquistado de início, ele tinha avaliado perfeitamente todo o seu poder e suas sutilezas, mas agora havia encontrado algo mais divertido, acumulando fortunas colossais a partir de um minúsculo centavo de nada. Naturalmente, nenhum senhor daqueles reinos combatentes havia sido capaz de honrar semelhantes somas. E então realizavam-se intermináveis negociações com o intuito de reduzir a dívida de acordo com as possibilidades de cada um.

A viagem pela província levou quatro longos meses, no decorrer dos quais o imperador escolheu os homens mais valentes e mais dispostos a morrer com ele. Na verdade, ele estava cumprindo uma dupla missão. Primeiro, garantia sua passagem para o além com um exército de fiéis prontos a acompanhá-lo nas grandes batalhas celestes. Ao mesmo tempo, respeitava seu compromisso para com Saul. E como naquela China do Meio não existia ninguém capaz de poder situar geograficamente Jerusalém, a capital dos judeus, como também não se podia sequer imaginar todo o caminho a percorrer, Sua Majestade informava os recrutas com um gesto vago em direção ao Oriente, dizendo: "Fica mais ou menos... para lá!..."

No caminho de volta, acometido de um mal-estar, o imperador dos Ts'in teve de fazer uma pausa durante 10 dias, em pleno campo. Imediatamente acusou quatro oficiais superiores, que havia arruinado no tabuleiro de xadrez, de envenenadores e hipócritas, e submeteu-os ao suplício do rato. Com a boca e o ânus costurados, eles pereceram em meio a atrozes sofrimentos. E, como se não bastasse, decapitou com as próprias mãos toda a companhia de cozinheiros e criados, culpados por não terem provado os pratos antes de servi-lo.

Quando se refez de sua indisposição, embora ainda muito mal em aparência, o imperador, ao se aproximar de Xi'an, insistiu em mostrar o túmulo que construía para si mesmo sobre a vertente norte do monte Lishan, bem no coração do distrito de Lintong. Na época estava ainda em obras, trabalhando nele, na escravidão e na poeira, cerca de 50 mil operários especializados, chefiados por cinco mil mestres-de-obra e 540 arquitetos.

Saul, que já havia estado em Mênfis — o país dos gêmeos lendários —, conhecia as três pirâmides de Gizé. Elas se erguiam do deserto até quase tocarem o céu. Todo mundo, então, evitava olhar para elas, temendo maldições. Pelo que lembrava, elas eram muito mais imponentes do que a que dominava o túmulo do imperador, que simplesmente se resumia a uma parte emergindo acima de uma fantástica e múltipla construção, que se ampliava tal como uma cidade, com seus palácios, seus pavilhões, casernas, jardins, fontes, piscinas, alguns já prontos, outros apenas delineados. Intermináveis corredores labirínticos sulcavam a cidade subterrânea ligada ao céu pela torre de iluminação. Os corredores conduziam até a sala funerária, que muitos decoradores, escultores e marceneiros aplicavam-se em adornar e mobiliar.

Além do túmulo de mármore, que deveria receber o corpo do imperador, encontravam-se também, ali, outras sepulturas e sarcófagos recentemente instalados.

Diante do espanto de Saul, o imperador informou, satisfeito:

— Entre esses aí, está o seu.

— O meu?

— O seu e o de Li-Wa! E ainda os de minhas esposas, os de minhas outras filhas e os de meus filhos.

Intrigado, Saul arriscou:

— Eles irão juntar-se a vós à medida que forem morrendo?

A resposta não se fez esperar:

— De forma alguma. Vocês me acompanharão ao mundo do além, como é a tradição, nos dias seguintes ao de minha morte!

Lendo a surpresa no rosto de Saul, ele acrescentou:

— Virão para me servir e distrair, da mesma forma como o fazem hoje.

Saul sentiu um estremecimento percorrer-lhe as costas. Perguntou:

— E quem me matará?

— A tropa dos Sábios.

— Eu não sabia que vossos Sábios possuíam uma tropa de carrascos. Nem mesmo sabia que autorizáveis os Sábios a se reunirem e deliberarem.

Chocado com aquelas palavras, o imperador Qin enfureceu-se:

— Os Sábios agem segundo a palavra dos ancestrais. Eles aplicam suas leis e suas decisões.

Saul achou melhor justificar-se:

— Não me recuso a morrer por vós em combate, se vos virdes ameaçados, mas, em compensação, recuso absolutamente a idéia de morrer para ir servir-vos no além!

E como o imperador não conseguisse captar a sutileza, Saul prosseguiu:

— Não sou nem Ts'in, nem chinês. E minha religião proíbe essas práticas brutais, pois, ao contrário daquilo em que acredita, nossos céus não são vizinhos. Nosso Eterno não joga xadrez com vossos antepassados. E eu, eu só escuto a voz Dele.

— Continue falando: você me agrada e me diverte. Sabe, no entanto, que o tornei oficial de alto escalão a fim de que o posto elevado lhe permitisse desposar minha filha. E, então, se eu vier a desaparecer deste mundo terrestre, que tanto povoou com espigas e grãos, terá dois motivos para morrer: primeiro, na qualidade de oficial superior de meus exércitos; depois, porque, graças à ambição e ao cálculo, você se tornou meu parente próximo!

Seria a atmosfera daquela câmara funerária, onde os vivos, sobretudo, agitavam-se para lá e para cá, projetando suas pálidas sombras, deformadas pelo clarão das tochas? Ou seria uma premonição ruim, mais simplesmente: aquela certeza demonstrada pelo imperador? De súbito, Saul teve necessidade de se tranqüilizar. Adotou um tom brincalhão e falou:

— De qualquer modo, tudo isso não passa de discussões inúteis. Vossa morte não será amanhã!

O imperador replicou:

— O que sabe a respeito do amanhã?

— Do amanhã, sei que o Eterno conservará vossa vida, pois o povo judeu vos espera.

Com curiosidade, o imperador perguntou:

— Em sua terra, os reis morrem solitários e desesperados?

— Solitários e desesperados, só se forem torturados e jogados às prisões, como aconteceu a vários soberanos judeus.

— Mas os outros reis, os que morrem na guerra ou no leito, não levam com eles seus amigos, seus irmãos, seus melhores soldados, sua criadagem?

— Por que os levariam, já que não irão a lugar algum a não ser à terra onde são colocados? E se apenas sua alma eleva-se até o mundo do alto, onde Deus e os anjos os aguardam?

Espantado, o imperador olhou para o céu:

— O que está me dizendo! Ninguém os acompanha em sua última viagem? Ninguém os serve, ninguém os alimenta, veste, põe no leito; ninguém os desperta, ninguém cuida deles?

Um sorriso aflorou aos lábios de Saul, que respondeu:

— Até prova em contrário, jamais ouvi dizer de uma alma que comesse, nem tampouco de uma alma que alguém vestisse, ou que se pusesse para dormir. É claro, às vezes enterram-se chefes e reis junto com suas armas, alguns presentes e algumas provisões. Mas isso não passa de um resquício das antigas crenças!

Pensativo, o imperador perguntou:

— Quer dizer que não acredita numa outra vida?

— Eu creio na vida e no *sheol**, e isso já não é pouco! Desse ponto de vista, sou mais conciliador do que os saduceus de Israel, que não admitem a sobrevivência da alma nem a ressurreição e nem mesmo a idéia de um mundo após a morte.

— São pessoas ímpias, é preciso exterminá-las!

— Não, são puristas. Devemos admirá-las!

E, como o imperador desse um murro sobre um sarcófago, demonstrando assim sua profunda discordância dos saduceus, Saul acrescentou:

— Na terra de meus antepassados, numerosos movimentos e opiniões coexistem. Os fariseus, por exemplo, acreditam que a cada ação

---

* Palavra hebraica correspondente ao grego *Hades* (lugar dos mortos). (N. T.)

que praticamos convergem a providência e a liberdade humana. Acreditam na ressurreição da carne e na existência de outro mundo, fora, em outro lugar, de outra maneira...

— Estes são os clarividentes. É preciso protegê-los!

— Sim, são puros, aliados e eleitos de *Elohim*, o criador do universo!

— E você não é aliado de seu deus?

— Deus está em mim. Vejo-O, sinto-O, e, entretanto, Ele fica além das coisas criadas, fica no infinito e na transcendência do ser, na fonte do universo e do nada. Deus às vezes está em minha alegria, em minha infelicidade, em minha tristeza e em meu desencanto. Neste momento mesmo, Ele está no receio que sinto por vós, aí, tão perto, quase a tocá-lo.

O imperador teve um sobressalto:

— O que se passa? Tendes medo de vosso deus?

Mas logo se recuperou:

— De seu deus, só sinto receio da sua visão do nada. O que é então esse *sheol*, de que falou há pouco?

— Jamais vos disse que Deus tinha a visão do nada, mas o nada não faz parte do mundo de Deus?

E acrescentou:

— E esse *sheol*, que vos deixa tão intrigado, fica sob a terra, nos abismos mais fundos, no mais profundo interior dos oceanos e das montanhas. E mesmo para além dos confins do Oeste, onde o sol se põe a cada noite, para nos trazer as trevas vindas de um vertiginoso mundo desconhecido. Esse *sheol* é o lugar da última assembléia, onde se cruzam os vivos, que não estão completamente mortos, e os mortos, que não estão completamente vivos...

— E o que lhe diz seu deus, neste momento?

— Neste momento, Ele está me dizendo: "Mas quem é esse rei que dedica um culto demente à sua própria morte? Convença-o, antes, a fazer como os filhos de Israel, que reprimem os costumes escandalosos e frenéticos dos enterros e dos funerais. Aconselhe-o a proibir as oferendas e os sacrifícios aos defuntos. Explique-lhe que a vida, entre nós, vale muito mais do que a morte, e que eu reservo o último mistério da vida além da morte para aqueles que vêm até mim..."

— Quer dizer que nada sabe sobre o mundo dos mortos?

— Melhor é nada conhecer, pois, se soubesse, durante a vida, o que vos aguarda após a morte, de acordo com vossas ações em vida, de amor ou de ódio, vossa vida seria feita apenas de hipocrisia e de misérias. Em compensação, se não tendes a menor idéia do que vos espera depois da vida, bem, vossa vida será mais honesta. Pelo menos, ela terá um sentido, pelo qual será inteiramente responsável.

O rei perguntou, então:

— É a *Torah* que guia sua existência?

— A *Torah* é o livro da vida. Ela dá um sentido a todas as coisas e uma reflexão a todos os sentidos. Diante da *Torah*, eu me comporto da melhor forma possível, pois sou um manassé e trago em mim, inscritas em meus genes e minha carne, as idéias de justiça e de vingança. São armas terríveis que o próprio Deus teme, pois podem, a qualquer momento, fazer o povo exceder-se e se revoltar contra os reis e os grandes sacerdotes, e até colocar em questão os fundamentos da religião e os valores que lhe foram incutidos.

Saul teve um gesto de desânimo, acrescentando:

— Deus me reprova e me repreende pela aliança que fiz convosco, pois ignorais os mandamentos da *Torah!*

Esperava uma explosão de cólera, mas, estranhamente, o imperador mostrou um humor conciliador:

— Você só precisa traduzir os ensinamentos para mim!

— O trabalho que pedis levaria séculos. Dizem que meus irmãos da Babilônia redigem há quatro séculos um texto explicativo das leis da *Torah* — a *Mishná* — e que ainda não o terminaram. A *Torah* é um pouco como aquele tabuleiro de xadrez e os grãos de trigo. Se colocássemos uma questão sobre cada mandamento e preceito, duplicando as interpretações a cada lei divina, teríamos motivo de reflexão por milhares e milhares de anos. Aqueles que redigem a *Mishná* a partir da *Torah* não escrevem entre as linhas, mas sim inscrevem novas palavras sobre as existentes, e assim por diante.

— Quer dizer que a *Torah* é o livro de Deus?

— Sim, podemos dizer isso. É o livro que Deus ofereceu a todos os povos do mundo. Entretanto, no mundo do alto, que alguns atingem após sair do *sheol*, Deus e os anjos se submetem, eles também, à *Torah*. Na realidade, Deus se coloca a serviço do povo, reconhecendo as leis que ofereceu a Moisés, e que os homens reviram e corrigiram sem se preocupar particularmente com a forma original!

Pensativo, o imperador fez um sinal a seus guardas para se retirarem da porta da sala funerária e puxou Saul para saírem. Ao chegarem à vista da pirâmide, ele disse:

— Eu vos fiz ver meu *sheol*, mas aqui, como podeis constatar, as trevas são vizinhas da luz.

Enquanto a tropa seguia de volta para Xi'an, a capital dos Ts'in, o imperador protegia seu cavalo do deus dos judeus. Ele o estava vendo em toda parte: na frente, atrás, de ambos os lados, no lugar dos cavaleiros... Logo, o deus dos judeus se transformou em coorte, em exército e, por fim, no povo chinês inteiro.

E então, fascinado, aterrorizado, o imperador Qin estancou seu puro-sangue de forma tão abrupta que caiu, fraturando o crânio contra um rochedo.

E assim chegou ao fim o sonho-desperto de Saul. A morte do imperador aniquilava todos os seus projetos. Não só os regimentos Ts'in, dos quais o imperador havia selecionado os melhores elementos, não se engajariam mais a seu lado, contra os gregos, como também ele perdia qualquer esperança de ganhar o monopólio da seda. Pior ainda, a morte do imperador provavelmente acarretaria também a sua.

Aparentemente, o reino inteiro chorava seu bem-amado imperador. Mas, em seu íntimo, o reino se rejubilava, e com mais forte razão os intrigantes, que cobiçavam o poder e as riquezas. Só estavam desesperados os mais próximos do imperador, os filhos mais jovens, as filhas, os genros, as esposas, os intendentes e seus ministros, seus oficiais e seus soldados de elite, os quais, por mais numerosos que fossem, preparavam-se para morrer pela ingestão de veneno. De fato, os corpos não deveriam trazer nem ferimentos, nem vestígios de golpes, nem ser maculados por nenhum corrimento de sangue. E assim deveriam se apresentar, intactos como durante a vida, às portas do céu. Todos, sem exceção, tanto os da corte quanto os da aristocracia, os das classes baixas como os dos trabalhos inferiores, iriam servir ao imperador no misterioso e impiedoso mundo do além.

Nos dias que se seguiram à morte do imperador, seus irredutíveis sucessores, guardiães da tradição, dobraram a mão-de-obra, que se apressava para acabar o túmulo, e começaram a reunir em torno dele os que iriam sacrificar. Começaram pela família real, à exceção do filho mais velho e do segundo filho. Li-Wa e as outras irmãs, as esposas e as concubinas foram isoladas e se prepararam para se juntar a seu pai e senhor.

Pressionado pelos irmãos e por seu matemático para fugir antes que o prendessem, Saul se recusou, sob pretexto de que deveria salvar Li-Wa e o filho que trazia no ventre. E, quando viu os milhares de guerreiros resignados virem acampar, com suas armas e cavalos, ao longo das três gigantescas fossas comuns, foi tomado de compaixão e de raiva.

Então, valendo-se de seu título de oficial superior, exigiu que se adiasse a execução e partiu para advogar a causa dos soldados junto ao Conselho dos Sábios.

A caminho, acompanhado por seus irmãos, seu matemático e alguns oficiais contestadores que se haviam distinguido nas guerras contra os reinos combatentes, Saul rezava para *Elohim* apoiá-lo em mais aquela provação.

E os 40 Sábios, que desde a véspera se reuniam, sem interrupção, na grande sala do palácio de Epang — numa ala que havia escapado ao incêndio —, não puderam impedir que os amotinados entrassem e se instalassem diante deles. Em toda a história dos Ts'in jamais se tinha visto semelhante demonstração de força contra aqueles Justos, supostos de poderem comentar e aplicar os augúrios dos antepassados.

E Saul, ajudado por seus três intérpretes, dirigiu-se ora em hebreu, ora em grego e em persa àquela digna e impressionante assembléia.

Ao se dar conta, a partir de suas diferentes reações, de que aqueles Sábios também estavam divididos quanto à escolha e ao número das vítimas, cuja lista havia sido redigida pelo próprio imperador, ele brandiu sua *Torah* e falou:

— Ó grandes e veneráveis Sábios, perdoem a minha brutal intrusão neste santuário, onde qualquer pensamento é aureolado por um halo divino. Entretanto, em nome do meu Deus, que ilumina minha vida com Sua luz, dirigindo minha consciência de homem, e cujo livro das Leis eis aqui, eu não posso aceitar a morte de todos esses inocentes que se preparam para imolar. Eu sei, vão responder-me que não se trata de assassinato nem de exorcismo, mas sim de um de seus seculares costumes, em que ninguém pode interferir, pois os antepassados responderiam pelo raio e o trovão. Mas, para salvar uma vida, não é melhor desafiar a morte e esperar que caiam raios e trovões sob o comando de uma justiça imanente? Não é mais sábio que os Sábios provoquem a cólera dos deuses e os ponham à prova, a fim de medir seu infinito poder, em vez de temer e profetizar catástrofes que talvez não se produzam nunca?

Seus irmãos e os oficiais dissidentes o encorajaram com interjeições e gestos.

Saul instou-os a manterem a calma e prosseguiu:

— Sei que estou me repetindo, mas venho de um mundo em que se privilegia a vida terrestre sobre a celeste. Certamente, não duvido um só instante, ó veneráveis Sábios, de todo o amor que o imperador dedicava à sua filha Li-Wa. Mas, enviando-a para o mundo do alto, estarão contrariando o imperador, pois impedirão que seu neto possa vir ao mundo. Eu sei, por ser eu mesmo o marido de Li-Wa e pai dessa criança em gestação, o quanto esse ser inocente era importante para o imperador, que esperava, um dia, deixar o país em herança para ele.

Vendo a perturbação que suas palavras lançaram sobre a assembléia dos Sábios, Saul continuou:

— Por que estão querendo enviar 10 mil guerreiros para servir ao imperador no mundo do além, quando 10 seriam suficientes? Cem, ou até mesmo 10! Por que privar da vida suas 15 esposas e suas 32 concubinas, quando uma única mulher e uma única concubina seriam suficientes para satisfazê-lo? Por que apagar da Terra suas três filhas legítimas, suas 52 filhas naturais, seus quatro filhos legítimos e seus 32 filhos naturais? Será que um membro de cada grupo não traria mais paz a seu monarca do que essa legião de filhos e filhas, que não cessariam de intrigar e brigar entre si?

De sua cadeira de ouro maciço, com braços em forma de dragões, um dos Sábios respondeu:

— Você conhece, talvez, as coisas do céu, onde evolui o seu deus, mas vejo bem que ignora as nossas. Para nós, os homens e os elementos, tão logo chegam ao céu, fixam-se no domínio do imóvel. Vagas e nuvens, monstros e insetos, qualquer fonte de vida cessa seu movimento e se petrifica num silêncio mortal. Isso é para lhe dizer e mostrar que jamais o imperador poderá se incomodar com a agitação de sua progênie nem mesmo com a de sua corte. Ele não poderá ouvir o farfalhar da seda, nem o aveludado dos passos, pois o farfalhar e os passos não existirão ali, como também não haverá rumores, ruídos de corredor ou vozes, pois lá toda palavra é enclausurada, e todo murmúrio, abafado.

Um segundo Sábio acariciou o ar com uma pluma de pavão e disse:

— Você privilegia a vida sobre a morte, pois essa é a vontade de seu deus, mas imagina o que seria a vida em palácio, com todas essas filhas e todos esses filhos disputando a herança e o poder? Eles se detestam e competem tanto entre si que no final das contas não iria sobrar nenhum!

Dirigindo o olhar para cada um dos Justos, Saul disse:

— Procurei uma aprovação em seus olhos e nada percebi que não fossem a razão e as certezas. No entanto, não perco as esperanças de convencê-los a poupar minha esposa, Li-Wa e de conceder a graça aos guerreiros. Eles deram a vida pelo imperador antes de cada batalha que travaram. E, se devem aos antepassados o fato de terem sobrevivido aos terríveis combates e aos múltiplos assaltos, não deveriam vocês interrogar aqueles veneráveis espíritos sobre o sentido que dão à vida e ao destino, antes de tomar dessa forma aquilo que eles ofereceram? Para ser mais claro, e como certamente estou errado diante da razão que os anima, como das certezas que os mantêm, a vocês também, na imobilidade, não vejo outra solução senão apelar para a não-razão e a incerteza. Assim, pergunto-lhes o seguinte: para que serve abater um ser de carne, feito de calor e de vivacidade, de inteligência e de emoções, para reduzi-lo à condição de estátua? Será que uma estátua de verdade ou, melhor ainda, a moldagem de um corpo humano em argila não contentaria mais tanto seus antepassados quanto seu imperador?

Um murmúrio subiu das cadeiras pelos quatro cantos da sala do Conselho. Pela primeira vez em séculos os Sábios mostravam-se prestes a uma turbulência. E, àquela efervescência dos Sábios, mesclavam-se agora os elogios e os aplausos dos oficiais contestadores.

Ao se restabelecer o silêncio, o presidente do Conselho dos Sábios, um velho com o rosto sulcado pela varíola, interpelou Saul com uma voz trêmula como um balido:

— Quer dizer estátuas? Moldes?

— Sim, estátuas que representariam os que foram chamados a servir ao imperador. Elas respeitariam suas características físicas e sua personalidade.

O velho homem exclamou:

— Mas o que faria da alma de quem serviu de modelo para a escultura ou para o molde, uma vez que a alma, como bem sabe, habita o corpo do vivo e dele só se separa no instante da morte?

Sem esperar uma resposta de Saul, o ancião de voz trêmula retomou:

— Sua proposta é sedutora, pois nossos antepassados e nosso imperador ficariam sem dúvida mais bem servidos por almas sem corpos do que por corpos sem alma. Melhor, eles se contentariam certamente com uma boa alma. Então, se possui o segredo de fazer com que essa emanação do espírito suba até o mundo do além, sem ser necessário tomar a vida do que a dá, revela-nos, nós o escutamos.

Ouviram-se ainda murmúrios, aprovações, expressões de descontentamento, opiniões discordantes, trocas de perguntas e de olhares, o que permitiu a Saul preparar sua resposta. Quando achou tê-la encontrado, um sorriso o iluminou inteiramente:

— O meu segredo jaz apenas no talento e na sensibilidade do artista. Claro, é mais fácil encontrar um carrasco do que um criador. É mais fácil matar do que restituir. Entretanto, quer sejam eles escultores ou modeladores, quer trabalhem no mármore ou na terracota, os artistas são animados pelo fogo sagrado. E, em cada uma das imagens, eles se dedicarão a captar a alma do modelo, a ponto de torná-lo vivo tanto por fora quanto por dentro.

O presidente da assembléia dos Sábios coçou seu queixo marcado pela varíola e perguntou:

— E como fará o artista para captar sua alma?

Seguro de si, Saul respondeu:

— Ele irá colocar na obra um pouco de sua própria alma. Isso é característico de todo artista. E é dessa maneira que costumamos perceber, de repente, alguma coisa que foi tocada pela graça, em meio a outras coisas criadas, mas que não nos proporcionam a menor emoção...

O presidente do Conselho dos Sábios propôs que interrompessem a seção, para permitir que seus membros debatessem o assunto. Iriam os antepassados se contentar com esculturas? Da boa vontade deles dependia a vida de cerca de 17 mil homens e mulheres.

Já que não poderia conduzir os guerreiros até Jerusalém — a morte do imperador anulando *sine die* a aposta e a dívida —, Saul lutava obstinadamente por salvá-los.

Do palácio em que se encontrava, podia vê-los, impassíveis e impecavelmente alinhados, à beira das covas.

A qualquer momento iriam receber sua dose de veneno e cairiam dentro dos buracos, instantaneamente fulminados. Depois, bastaria arrumá-los convenientemente, com a arma à mão, em formação de ataque ou de defesa, numa simulação de verdade.

Ao apiedar-se dos guerreiros, Saul não esquecia a própria sorte, também ele condenado ao veneno e ao Éden chinês — um paraíso do qual se podia ver estenderem-se ao infinito os meandros da Grande Muralha, na crença de que ela fechava com cadeado o próprio céu.

Saul estava pouco se importando com a própria sorte. Morrer agora ou mais tarde era-lhe absolutamente indiferente. O que o feria mais era, apenas, a consciência de seu fracasso e de todo o tempo perdido. Já fazia um ano que havia deixado Bucara, um ano sem nenhuma notícia de Bactriana ou de Jerusalém, fazendo supor que suas caravanas nem mais conseguissem chegar a Kashgar e Khotan, como no passado. Ele se dizia que talvez os partos já tivessem arrasado seus estabelecimentos, massacrado seus familiares e empregados.

Sobre a questão da seda, o imperador sempre o havia deixado na incerteza. E ele, agora, se perguntava se o rei não o teria levado sobre um desses juncos, nas águas de um enganoso rio.

A não ser Li-Wa e o matemático, a China nada lhe havia trazido de bom. A supor que saísse vitorioso de seu confronto com os Sábios, a China ficaria para ele como a terra das esperanças desfeitas e das ilusões perdidas. Apenas a decisão dos Sábios poderia fazê-lo voltar a ter melhores sentimentos. Sabia que sua demonstração era incerta, mas, apesar de tudo, achava que ela deixaria marcas.

E essa vitória contra o absurdo e a crueldade seria sua recompensa pelo longo caminho andado e pelos sombrios dias que havia passado na companhia de um imperador com sede de sangue e de conquistas.

Quando a seção foi reaberta, Saul pôde perceber, pela maneira como os Sábios retomavam seus assentos, que havia saído vitorioso em sua aposta sobre as forças celestes.

Segundo as palavras do mais sábio dos Sábios, os antepassados aceitavam substituir os vivos por sua representação em terracota, habitada por uma alma. A esse acordo de princípio, acrescentava-se toda uma série de condições e de medidas que deveriam ser estudadas — notadamente, o custo de uma tal operação. Deveriam pagar aos artistas ou não? Deveriam contentar-se com algumas centenas de escultores e de modeladores? Ou, pelo contrário, deveria ser desenvolvido o senso artístico no comum dos mortais, convidando-se o povo a participar daquela fascinante empresa? Melhor, ainda, por que não pedir aos próprios agraciados que moldassem sua imagem, refletindo-se nelas como num espelho?

Procuraram-se as soluções mais econômicas e as mais imediatas, pois o imperador, a se acreditar nos antepassados, exigia a presença de todo o seu pessoal à sua volta em menos de um mês.

E como aquele prazo parecia impossível de se cumprir — tantos eram os indivíduos a representar e os fornos a construir para queimar as reproduções de cada um —, o mais sábio dos Sábios não parava de coçar as pústulas que invadiam seu rosto.

Ao fim de algum tempo, ele anunciou uma nova interrupção da seção, sob pretexto de que era necessário consultar os antepassados a propósito do prazo e de um eventual adiamento. Foi então que o matemático veio em socorro de todos. Ele se levantou e disse:

— Permitam, ó veneráveis Sábios, minha função é calcular, e insisto em ajudá-los nesse assunto feliz e extremamente complexo das reproduções humanas. Ao dar-lhes como prazo um único e pequeno mês para modelar e queimar 17 mil imagens, das quais 10 mil de guerreiros e 7 mil de membros da corte — com suas posturas, vestimentas e armas, condecorações, adornos próprios à sua posição —, nossos grandes antepassados zombam de vocês! Ou, então, eles não fazem a menor idéia das coisas da arte, pois a arte não é feita em cadeia, como o trabalho de nossos arrozais, mas com mão lenta e suave. Além do mais, pois trata-se de captar 17 mil almas, devemos contar como certo que cerca de metade delas irá integrar-se às estátuas sem muita dificuldade, mas que a outra metade preferirá vagar aqui e ali, antes de se submeter ao artista.

Por sua vez, o mais sábio dos Sábios se ergueu e disse:

— Eu o estou reconhecendo. Não foi condenado por nossa augusta assembléia a perecer enterrado, por ler Confúcio secretamente em seu palanquim?

— É exato, vocês me condenaram e sofri a terrível sentença.

— Ressuscitou, então?

— Não, fui agraciado pelo imperador, que estava com um problema matemático para resolver e não conseguia fazê-lo.

Diante do espanto generalizado e com um sorriso zombeteiro, ele prosseguiu:

— Uma vez que me fazem pensar nisso, lembrem a seus antepassados, com toda a amabilidade, que eles permitiram que o rei fizesse uma aposta com o judeu, meu novo senhor, segundo a qual se comprometeu, para com este último, a lhe entregar toda a safra de trigo produzida por toda a Terra durante 306 anos.

★ ★ ★

Temendo passar por louco ou impostor, o velho Sábio tomou Saul e seus irmãos como testemunhas.

Os três foram ouvidos pelos Sábios, confirmando a história, e o matemático prosseguiu, diante de uma assembléia completamente desnorteada:

— Essa colheita, que duraria 306 anos, vem provar, se necessário, que os antepassados, ao autorizá-la, demonstram ter perdido toda a noção das luas e dos números.

Como os Sábios parecessem divididos, demonstrando ora estupefação, ora irritação, o matemático apressou-se em calcular o tempo necessário para mil artistas trabalharem em 17 mil modelos vivos. À razão de três dias e de 12 horas por dia para a escultura, mais o mesmo número de dias para se domesticar as almas rebeldes, uma noite a vigiar o cozimento no forno e mais um dia consagrado à pintura das vestimentas, à colocação dos adornos e das armas, o matemático chegou ao total de 36 dias, ou seja, 19 semanas e quatro dias, ou quatro meses e 14 dias.

Nada havia de excepcional ou de espetacular naquele cálculo. Era apenas um número normal de dias e de meses, uma previsão absolutamente simples. Entretanto, por trás daquele número ordinário, ocultavam-se o extraordinário e o irreal, o fervor e a agitação dos humanos preparando-se para enviar seus duplos para o mundo do além. Viam-se soldados em descanso, outros aguardando sua vez, e seguia-se com admiração e emoção as mãos do artista na argila, salientando uma pálpebra, desenhando um lábio. Ele colocava ali um pouco da própria alma. Atraía a do modelo por meio da sua. Gostava-se de pensar que as duas almas se acoplavam, que subiam uma dentro da outra para o mundo de cima, enquanto os coveiros arrumavam em perfeita ordem os corpos de terracota no fundo das largas escavações.

Após uma última deliberação, o Conselho dos Sábios adotou a resolução do judeu: como suprema honra, foi-lhe reconhecido, assim como à sua esposa, o direito de se apresentarem em primeiro lugar diante do escultor. Saul havia salvado tantas vidas humanas com um único discurso, que o mais sábio dos Sábios o acompanhou pessoalmente, em seu palanquim de nuvens, até o túmulo do imperador.

Saul encontrou Li-Wa em prantos. Ela posava, o ventre estufando um longo vestido vermelho, diante do melhor artista do reino. A emoção de ambos — mãe e filho — se confundiu e facilitou a passagem da alma.

Outro célebre escultor veio ocupar-se de Saul. Trabalhou durante três dias inteiros. E, na noite do terceiro dia, ele colocou a imagem do judeu no interior do forno. Deixou-a queimar toda a noite; depois, pela manhã, foi ao encontro de seu modelo. Tratava-se de ultimar os detalhes, realçar, com a espátula, os galões de oficial superior, de retocar o avesso das botas.

Quando o sósia em terracota ficou pronto para descer à cova, Saul, que se havia entregado inteiramente ao artista, viu sua alma escapar daquele duplo de si mesmo.

Temendo atrapalhar sua subida, ele recuou e disse:

— Vá, e não esqueça jamais quem somos...

O Estrangeiro voltou a pé para sua casa. Subindo a colina, ele respirava o ar fresco a plenos pulmões.

Tinha ficado fechado desde nove horas da manhã até uma da madrugada: apenas um ínfimo pulo no quadrante de seu relógio, se formos pensar nos séculos que haviam desfilado diante de seus olhos.

Com aqueles que viravam as páginas do livro, ele tinha visto desenvolver-se a saga dos Manassés tal como uma cavalgada pelas estepes do Tempo. Convidado a ouvir a lenda dos judeus de Assam e a recontá-la depois para outros homens, em outros mundos, ele agora sabia...

Ao chegar a seu quarto, o Estrangeiro tirou as roupas empoeiradas e entrou no chuveiro. Um estreito fio d'água saiu pela torneira, escorrendo sobre sua pele.

A luz sobre o espelho não era das melhores. Mas podia-se distinguir bem o sinal da Justiça e da Vingança gravado em sua pele.

Saiu do chuveiro e se enrolou na toalha. Naqueles trajes, olhou para seu reflexo no espelho: com 58 anos, o corpo ainda estava firme, e a aparência, bem delineada. Claro que algumas rugas marcavam a testa, pequenas bolsas sublinhavam os olhos. Mas isso não impedia que o olhar continuasse penetrante, e o queixo, voluntarioso.

Ficou um instante examinando-se, apalpando-se, como se começasse a se enxergar de uma forma diferente. Talvez estivesse pensando nos heróis do livro, naqueles que agora já conhecia e nos que iria conhecer no dia seguinte. Ainda faltavam mais de dois mil anos para descobrir...

Para terminar, dirigiu um sorriso de cumplicidade ao próprio reflexo, e disse:

— Até amanhã, meu velho Saul. Durma bem, e jamais esqueça quem somos...